U0109447

中國語言文字研究輯刊

十二編

許錟輝 主編

第9冊

曾運乾音學研究（上）

柯響峰 著

花木蘭文化出版社

國家圖書館出版品預行編目資料

曾運乾音學研究（上）／柯響峰 著 ── 初版 ── 新北市：花
木蘭文化出版社，2017〔民 106〕
目 6+210 面；21×29.7 公分
（中國語言文字研究輯刊 十二編；第 9 冊）

ISBN-978-986-404-983-7

9 789864 049837

中國語言文字研究輯刊

十二編　　第 九 冊　　　　　ISBN：

曾運乾音學研究（上）

作　　者　柯響峰
主　　編　許錟輝
總 編 輯　杜潔祥
副總編輯　楊嘉樂
編　　輯　許郁翎
出　　版　花木蘭文化出版社
社　　長　高小娟
聯絡地址　235 新北市中和區中安街七二號十三樓
　　　　　電話：02-2923-1455／傳眞：02-2923-1452
網　　址　http://www.huamulan.tw 信箱 hml 810518@gmail.com
印　　刷　普羅文化出版廣告事業
初　　版　2017 年 3 月
全書字數　309786 字
定　　價　十二編 12 冊（精裝）　台幣 30,000 元

版權所有·請勿翻印

曾運乾音學研究（上）

柯響峰　著

作者簡介

柯響峰，字谷應。1961 年出生於台東。新竹玄奘大學中國語文學系碩、博士。現爲華梵大學中文系兼任助理教授，講授文字、聲韻、訓詁等課程。歷任玄奘大學中國語文學系兼任講師、醒吾科技大學、德霖技術學院兼任講師。著有《白虎通義音訓研究》、〈音訓的流與變〉、〈《白虎通義》中的複聲母問題〉、〈《洛陽伽藍記》中的佛寺建築〉、〈從《說文》木部字看漢代建築文化〉、〈從鯤鵬之化看李白理想意識的超越〉、〈段玉裁對江有誥「入聲」觀念的啟示探索〉等文。

提 要

　　曾運乾先生（1884 年～1945 年），生於清末民初。值新舊交替與東西文化激盪之際。其於學術最爲後世所稱引者，爲音學之成就。於等韻之學，主影母獨立，而喻母非喉音，不與影母清濁相配。其於韻圖例置三等與四等者有別。又以照三，韻圖置於齒音下，最亂舌齒之經界，當歸其本類，不必藉由門法辨音。於廣韻之學，則以音之「正變侈弇鴻細」條例，定五聲五十一紐。又析《廣韻》二百六韻爲三百一十一類，此曾氏對《廣韻》之考訂而有〈《廣韻》補譜〉。其學生郭晉稀，依其意填出圖譜，能爲檢音之備，又兼明一音之流變，實功同韻圖。於古音之學，則據經籍異文與文字諧聲，考得喻母三等古歸匣母，而 G 母四等則古歸定母，此爲其古聲研究之最大成就者。至於古韻，則主齊韻之當分爲二，一與支佳韻合而爲娃攝，一與皆微韻合而爲衣攝。而脂韻之半在威攝，半在衣攝，此二攝之別，實王力脂、微分部之先導。其分古韻三十攝，已臻近完備。本文試從《廣韻》之學、等韻之學、古音之學三部分，探討曾君音學之理論與其研究之成果。

懷念與感謝

　　於伯元師所指導之碩士論文《白虎通義音訓研究》之基礎上，博士論文本擬撰寫劉熙《釋名》音訓問題，以延續研究方向。旋後伯元師以筆者已有機會於大學教授聲韻學課程，便期勉能進一步研究有關聲韻學之全面知識，因而易以《曾運乾音學研究》爲題目。曾氏於音學之學術著作，以北京中華書局所刊行《音韵學講義》乙書而論，除關照了上古聲類與韻部外，亦全面性的關照了等韻與《廣韻》之中古音系統。基於曾氏音學上之成就，於 2008 年批定此論文大綱作爲研究方向。2010 年初，伯元師再度赴美休養，而於此際道體稍有違和，且已檢測出肝臟有癌細胞現象。逐於國內外醫院持續進行治療，其中過程甚爲艱辛。此間見病情有所起色，實亦備感欣慰。伯元師居美期間，每有電子書信賜下，於生活、課業上多所垂詢。例同往年，師於歸國前，必先來書信告知班機抵台時間，並徵詢是否得便驅車前往接載。年年歸來時，於機場迎賓大廳幸見伯元師神清氣朗，聲若洪鐘，實學生無上之福分。而 2012 年原有八月歸來之期，本欣於道體變和，又於論文能多所請誨。然天不假年，竟溘然長逝於美。方憶是年初之三月七日，始步韻文師幸福，以詩爲壽，曰：「欣聞神健勝從前。七七而今換舊年。西席函經壇植杏，南陽載道鐸喧天。吟詩繼暑豈人後，論學焚膏每自先。桃李盈園春寄馥，薰風自扇便流傳。」又憶 2002 年四月十一日，伯元師赴清華講學前之數日。沈師謙作東，宴請汪師雨盦與伯元師於復興南路

和平東路口之上園樓餐廳，筆者得幸隨侍。十年間，三師皆乘鶴歸去矣！今思及此，能不慟心？因挽詩：「始祝壬辰壽八千，遙驚斗落折椿年。將懷景慕欣來雨，卻撫空車痛斷緣；大道原應酬木鐸，天時豈忍撤琴弦。親師宴上三公遠，請誨無門苦最煎。」〔註1〕之後以生性駑鈍不敏，又慵懶成性，以致耽擱論文進度。

論文於延遲偌多時間之後，才於匆促中完成。首要感謝姚師榮松，不棄樗材，對此論文能繼伯元師後，加以細心督促，多所斧正；感謝余師培林，自碩士班以來，多所提攜鼓勵；而莊師雅州，數次贈書指導，助益甚多；感謝柯師金虎與文師幸福，能在論文寫作之餘，於系上提供教學相長之機會；也要感謝論文考試委員葉師鍵得、金師周生與張師慧美，適時提出許多寶貴意見，指正寫作上之缺失，使論文得以改正通過。此外也特別要感謝師大國文研究所許雯怡助教，給予許多寶貴之意見與協助，此論文始能順利完成。

〔註1〕文收於《陳新雄教授哀思錄》，(台北：文史哲出版社，2013年1月)，頁6。

曾運乾先生小像（1884～1945）

目次

表 次

第一章 緒 言

　　《四庫全書》列小學類於經部之末，以其爲明經之根柢也。梁啓超《中國近三百年學術史》一書中云：「小學本經學附庸，音韻學又小學附庸，但清儒向這方面用力最勤，久已蔚爲大國了。」〔註1〕有清自乾嘉以來，樸學所以日益昌興，一以政治氛圍之肅謹，一以好古風氣之漸盛，一以出土文獻之日多。

　　而此一時期亦東西文化相互激盪之年代，傳統學問小不得不有新方法。小學之中又以音韻一門最爲衝擊。瑞典漢學家高本漢，以西方語言學之方法爲中國學問之研究。著有《中國音韻學研究》一書，實開西方研究中國音韻之先河。漢語語言文字本非拼音系統，於語音音值之標明，確有其不如西方語言學之處。於是自歐陸新興之語言學研究方法與理論架構之引進，自不能不對中國音學與學者之研究有所影響。

　　曾運乾生於滿清而卒於民國。其學問自舊學系統養成，而其學術成就，雖亦有《毛詩說》、《尚書正讀》等經學著作，惟炳然於音韻之學。今每舉曾氏之名而言其學術者，莫不稱其〈喻母古讀考〉之能析韻圖喉音下，喻母三四等之古讀不同。於是古聲之考訂，自錢竹汀有〈古無輕脣音〉以來，及於

〔註1〕 梁啓超《中國近三百年學術史》，（天津：天津古籍出版社，2003 年 5 月），頁231～232。

曾氏有〈喻三古歸匣〉與〈喻四古歸定〉之說，皆爲古聲之確論。至於古韻之分三十部，乃據黃侃之二十八部而來。是時錢玄同亦分古韻二十八部，二者所據皆本章太炎古韻二十三部，又益之以戴震獨立之入聲六部，本當爲二十九部，惟黃氏之蕭部無入而豪部有入；錢氏則蕭部有入，而豪部無入，遂爲二十八部，古韻至此則本近於完備。然曾氏以豪、蕭二部皆當有入聲相承，是爲二氏之調停。又《廣韻》中某韻中字，歸於古韻某部，而其中又有可以再爲分析歸納者，此本於崑山顧氏離析《唐韻》之法。自此而後，研究古音之學者，每據《廣韻》中字，析其諧聲偏旁而歸其本部。曾氏三十部亦得此要旨，於是更析齊韻爲二類，半在支佳爲衣攝，半在皆微爲威攝。其說見於〈古本韻齊韻當分二部說〉中。又析《廣韻》之支韻，半在娃（益）攝，而半在阿攝。阿攝即歌部，支韻中寄、奇、倚字皆入阿攝，而侈、移、眵字則入娃（益）攝，都以文字之諧聲爲條件。至於衣、威二攝各得脂韻之半，實王力脂、微分部之先聲，古韻至於曾氏爲三十部。

　　曾氏於古韻稱攝而不稱部，此承於休寧戴氏；以噫攝爲古韻之首，則當襲自金壇段氏以「之」爲首部之法。至於韻部次第則其心裁，未與他人相同。《廣韻》聲類，自陳澧有系聯之法，得四十之數以來，後之學者莫不踵繼而求，至於方法則各有擅場。曾氏亦持陳澧之法，以求《廣韻》聲類。惟未與陳法同者，在曾氏以「聲鴻音侈，聲細音弇」爲音切之基本結構。於是更分聲類之鴻細以配韻類之侈弇，再就同用、互用、遞用之法求其系聯，而不用又音又切，是以別定《廣韻》聲類爲五聲五十一紐。

　　《廣韻》韻部自《切韻》以來或有分合。今敦煌遺書所見《切韻》殘卷一百九十三韻，較之今本《廣韻》二百六韻於寒、桓，眞、諄，歌、戈，互爲分合。論者有以爲抄錄所併，亦有主增益而得者。其中於韻部之分合中，見有開合洪細之界分。以系聯求之，則《廣韻》二百六韻，可爲二百九十四類。陳澧論切語之法有「上字與所切之字雙聲，下字與所切之字疊韻。上字論其清濁而不論其平上去入，下字論其平上去入，而不論其清濁」之語。是以知陳氏系聯之法，求聲求韻，互不相涉。曾氏亦用系聯之法以求《廣韻》韻類，惟更以「正變鴻細侈弇」爲條件，於是考訂《廣韻》二百六韻分三百一十一類。

　　論音韻又有等韻之學，曾氏不主等韻譜，亦不主門法。以爲自宋元以來

之等韻譜皆牽強附會，未合隋唐切語之舊法。韻譜既牽強，則門法亦不足觀，故於等韻之學並無立說。然則雖無立說，曾氏確能知等韻之弊在作譜者不識音理，而妄併挪移，誤其本位，以致依位求音而不可得。能知其弊，遂能興其利。於是合音之正變、侈弇、鴻細、開合齊撮之條件，考訂《廣韻》中之音切，而有〈《廣韻》補譜〉之作。斯譜之填成雖其學生郭晉稀，據曾氏考訂《廣韻》所得條例而得，然誠曾氏音學之完整體現，而人又少言及者。其音學體系之建構，非《廣韻》自為《廣韻》，而古音自為古音。曾氏實能知古韻今韻雖自不同，古聲今聲亦自有異。然皆一音之衍演，非各為獨立，此曾氏音學體現於〈《廣韻》補譜〉中，其大旨於本文則有所申明。

一、研究動機

　　曾氏處於新舊學術交疊之年代，於音學之成就，則名重士林。其所建構之音學理論與著作，多有未能發表刊行者。今能得見者，大抵散見於學術季刊中。而又以皆發表於民國初年間，其後流光淹逝，再得甚難。或有得其吉光片羽者，然欲據此以窺曾氏之音學體系，實則甚難。隨後時局動盪，其學幾至不傳。曾氏之學，渡海來台則魯實先先生之功不可沒。惟所傳者亦僅篋中手抄古韻三十攝之攝名，以及每攝中所存古音諧聲之部而已。至於古紐與《廣韻》、等韻之說，則皆未能得見，實至為可惜。魯氏精於文字，而文字必繫於古音，於是曾氏三十攝於魯氏門下，遂得大傳。反而以三十攝為古音研究者，唯本師陳伯元先生之《古音學發微》，餘皆未見論述。然亦僅論及古紐之〈喻母古讀考〉一文，證喻母三等四等之古讀不同，以及古韻三十攝攝名與其三十攝之分合而已。

　　曾氏學術著作之刊行直至六○年代後，始由北京中華書局，依據曾氏執教時之上課講義為底本而為編輯。以上課所用，斯名「講義」，亦以上課之用，遂須備全。講義中非採他人之說而裒集者，皆曾氏音學之理論，循之以研究其音學，實亦不二法門。曾氏學術著作雖得裒集，然學界對其學術之研究，所見皆單篇之論文，而所論則多在古聲喻母或《廣韻》聲類之範圍之內。至於對曾氏學說較為全面探討之學位論文，則付之闕如。

　　本論文以曾運乾音學為研究，其初之起意，實則由於本師陳伯元先生之關照。以筆者有機會任教於大學聲韻學課程，不能不於音學有全面性之研究。

曾氏音學援《廣韻》而入，得中古之聲類、韻類。此其〈《廣韻》五聲五十一聲紐〉與〈《廣韻》補譜〉之基礎。又可上推而及於古韻、古聲，此其〈喻母古讀考〉與〈古本音齊韻當分二部說〉之基礎。至於等韻一學，雖舊譜或有牽強踳駁之弊，然自宋元以來，斯學之大興，仍不能不爲之了解。是以能知其所失，遂以能用其所得。音學研究能得此三向可謂完備矣，於是以曾氏音學研究爲本論文之題目。

二、資料蒐集

　　曾氏學說付梓甚少，由北京中華書局所刊行之《音韵學講義》，本爲較爲完備者。本論文以 1996 年 11 月出版者爲文本。又有湖湘文庫出版於 2012 年 9 月之《聲韵學》一書。是書與《音韵學講義》之差異，乃在補入〈語音學原理〉與〈注音字母〉兩篇，又刪去曾氏學生於《音韵學講義》一書中之註釋。補入之兩篇原在講義中所有，一爲基本音學概念，一爲因應民國初年之國語推行，是以未有影響於取材。前書則有郭晉稀之註釋，雖非曾氏原作，然以曾氏親授之故，雖筆記亦可觀曾氏音學之義。

　　曾氏學說以古聲之喻母古讀最爲著稱，次則《廣韻》之五聲五十一紐兩篇。而依此論述之文章，大抵亦在此兩篇之間。其餘則付之闕如。至於學位論文則未見以曾氏爲研究對象者，資料確實收集不易。惟曾氏之音學，體系宏大。有上古音，有中古音，有等韻之學，雖無直接論述曾氏音學之文本，亦有助於曾氏音學問題之討論。

三、研究方法

　　（一）校勘：今據刊行之《音韵學講義》以研究其音學，雖省卻資料蒐集之功，惟《音韵學講義》一書之刊行，或以手民之誤，或以原稿有疏，或因引用本訛，寫作過程對於該書內容皆重爲校勘，一一查明。

　　（二）統計：曾氏之音學，人所稱引者爲〈喻母古讀考〉，此已爲古聲之定論。或有未完全同意其說者，皆以其中稍有出例，然亦大抵皆同。其《廣韻》五聲五十一紐，乃據「鴻細侈弇」條例而來，曾氏講義中只載有規則與結果，未見臚列所有切語統計之結果，此

每爲論者所疵。本文就其條例，統計《廣韻》中所有切語，以求是否合於曾氏之所論。

（三）構擬：音值之構擬爲西方音學研究之方法。其法引入於民國初年，雖當曾氏之時，惟曾氏音學中未見採用。然此法於比對音理結構之合理性，有其科學之成效，誠爲嘉法。本文於討論曾氏以一二四等爲侈音而三等爲細音中，以此作爲研究方法。此外，亦能闡明曾氏〈喻母古讀考〉之演變，並贊其說。古韻三十部之排序比對，以音值之構擬亦可看出其中是否具有合理性。

（四）比較：曾氏於古聲之成就在喻母古讀。其所舉之證據，即以經籍之異文爲比較。本文以表列方式比對經籍異文之資料，以爲曾氏論述之證據。又曾氏音學雖無師承，然所論亦不能無據。有承緒於前人者，有啓發於後人者，亦有增損他人成說者，皆以表列一一比較其同異與分合。

（五）表列：本文以表列資料方式作爲論述之方法，此法有文字敘述所不能及之效用。無論統計、比較之法，多以表列爲之，便於一覽。

本論文之研究以曾氏音學爲範圍，其他學術成就則存而不論。曾氏生平資料亦爲稀少，得見者唯其摯友楊樹達所著〈曾星笠傳〉，餘皆存隻字片語，實蒐集之不易。幸其音學理論，大抵皆存於中華書局所輯《音韻學講義》中。該書雖未收〈語音學原理〉與〈注音字母〉兩篇，惟此二者乃音學基本課程，非關曾氏音學體系，是亦無關宏旨。

四、研究重點

（一）古聲之喻母古讀

曾氏以經籍異文爲考訂喻母古讀資料，其說或已爲古聲之定論。然〈喻母古讀考〉謂「喻三古歸匣」、「喻四古歸定」。喻二是否古必歸於匣，或有不歸於「匣」，而歸於「曉」者？以「曉」、「匣」之同在牙音。喻四是否古必歸於定？或有不歸於「定」，而歸於「透」者？以「透」、「定」同在舌音又互爲清濁之故。此皆復以音理而證其成說者，爲本論文研究之重點一。

（二）古韻三十部

曾氏古韻分三十攝，其稱攝不稱部，所承爲何？段氏以合韻之遠近爲韻

部之次第，曾氏古韻之次第又爲何？古韻分部以入聲之獨立爲重要條件，曾氏之入聲概念是否影響其古韻分部之結果？此爲本論文研究之重點二。

（三）「鴻細侈弇」條例

曾氏《廣韻》之學定聲類爲五聲五十一紐，非其說者以其所持「鴻細侈弇」條件考之《廣韻》切語，而出例者似爲甚多。既然如此，何曾氏仍持以定《廣韻》聲類？本研究將試就曾氏「鴻細侈弇」條例，以《廣韻》切語爲比對，分析其「聲鴻者例用侈音，聲細者例用弇音」之說是否正確。此本論文研究之重點三。

（四）聲與韻結合之要件

曾氏考訂《廣韻》韻類，以「正變侈弇」爲條件，以爲正變非鴻細，而是各有其鴻細。而以「正變侈弇」定《廣韻》三百一十一類。此與陳澧系聯所得不同。其韻部之考訂是否合於音理？而曾氏既以「鴻細侈弇」爲聲與韻結合之要件。則五聲五十一紐與《廣韻》三百一十一類間如何結合？此本論文研究之重點四。

（五）〈《廣韻》補譜〉

曾氏於《廣韻》之學，有《廣韻》之考訂與〈補譜〉之作。《廣韻》之學於音學中，本是體系龐大。曾氏考訂《廣韻》二百六韻三百一十一類，正其類分，定其切語。又用正變侈弇鴻細條例，作〈《廣韻》補譜〉。《音韻學講義》中之〈補譜〉爲曾氏學生所填，雖非曾氏原稿，然亦有其價值。斯譜體例完整，惟其中仍有需再考證處。如韻攝名稱之檢討，切語歸字之修正，原譜疏漏之苴補。此爲本論文研究之重點五。

（六）等韻門法

曾氏以宋元以來等韻譜皆牽強附會，又亂舌齒之經界，未合陸氏舊法。又不主門法而僅述其要旨，是以無所立說。歷來等韻譜之作，或據《廣韻》，或據《集韻》，曾氏既已考定《廣韻》聲類以鴻細分五十一紐，又考訂《廣韻》韻類，以正變侈弇分三百一十一類，再以開、合、齊、撮爲四界。則其〈《廣韻》補譜〉能否不藉門法而正等韻譜之弊？此爲本論文研究之重點六。

（七）曾氏音學理論與方法

此外，曾氏音學於「古音」、「《廣韻》」、「等韻」皆言其音學上之成就。然則其音學研究之方法與理論架構，乃是能眞正體現曾氏音學價值之門徑。

是以本文除探討其於古音、中古音、等韻之成果外，更另章討論其研究方法與理論根據，此為本論文研究之重點七。

五、寫作困難

本論文寫作過程所遇到之困難：

（一）曾氏學說除古聲之成就外，餘皆非主流，而所見單篇論文與學術論文為數甚少，以曾氏整體音學為研究對象者則未見。是以本文寫作，資料蒐集實為不易。

（二）所據文本為北京中華書局之《音韵學講義》，惟是書疏誤甚多，以致須逐一比對校勘，以免引用失誤。

（三）本論文自題目之擬定，大綱之寫成，都在本師陳伯元先生指導下進行。論文未成，而先生長逝。遂致請誨無門。幸承姚師榮松之細心指導，遂能順利完成。

六、未來展望

本論文雖就曾運乾音學之古音學、《廣韻》學、等韻學三部分作為研究。然曾氏音學體系豐博，本義雖已全面論述，仍未能備全。其「鴻細侈弇」條例，於變韻侈音類中，以用細音為正例。曾氏於此只用條例而無說明，更無論述。本論文以篇幅之故，只運用其條例檢核其結果，而未及深論剖析原因。又《音韵學講義》中，以教學為目標，故有「音轉」一章之討論。本文未另闢新章論述，只附論於他章中。此皆待日後一一再行補述，以全曾氏音學之研究。論文寫作過程中，以才學疏淺，恐致成篇累牘而猶未能得其要旨。懇望先進、同好能不吝斧正為禱！

第二章　曾運乾之生平與著作

　　曾運乾以其學術成就而著名於世，其中最爲稱顯者乃音學之創見。曾氏本湖湘人氏，而湖湘自古即文風勃蔚，惟至曾氏之際，宋學於湘中仍爲獨勝。曾氏本受學於其兄，自幼能誦《爾雅》。而於音韻之學本無所承，然以天賦異稟，據於舊學基礎上，更益以新學之方法。於民國初年，即提出喻母古讀之創論，以喻母分列韻圖三、四兩等中，二者古音來源不同，此說遂爲古聲之定論。

　　曾氏於音學雖有此成就，然其生平事蹟皆零星而附見於他文中。較爲完整者，唯其摯友楊樹達所作傳記，餘則付之闕如。至於音學之重要論述，雖陸續發表於學術季刊中，或以所處時局動盪而未能綜輯付梓。幸其執教上庠時所用之講義尚存，於是由其學生後輩再爲整理勘誤後發行，即今日所見之《音韻學講義》一書。依書中所載出版年月，時已在 1996 年後。惟書前由其學生郭晉稀所作前言，則註明於 1963 年 6 月。是以曾氏著作之彙集問世，或仍不早於此時。

　　曾氏音學之成就，於時雖名重於士林。其能渡海而傳臺者，唯寧鄉魯實先。魯氏博於史學、曆法，而其文字之學所用古韻，則皆繫以曾氏三十部。又以執教上庠之故，於是曾氏音學遂能見聞於臺，此誠魯氏推闡之功。

第一節 生平簡介

曾運乾，字星笠，自號半僧〔註1〕，晚年又號棗園，湖南益陽人。生於清光緒十年八月初三（1884），卒於民國三十四年一月二十日（1945）〔註2〕之湖南辰谿衛生站中，〔註3〕享年六十一歲。

曾氏先祖於明世自江西遷於湖南益陽，後又遷於益陽縣西之桃花江，自此而爲桃花江人。今湖南省益陽市西轄下資江畔，有桃江縣桃花江鎮，爲其故所。曾氏尊翁紀鄉公有五子，曾氏排行第四。其叔父紀周公無後，遂以入嗣。曾氏少時即顯出不凡之氣宇，其初受學於兄長仁甫，十六歲補爲益陽縣學生員。是時正處清末之際，朝廷以興辦新學爲由，乃於光緒三十一年（1905）下詔廢除自隋唐以來之科舉制度，時曾氏年二十一。此後數年間居家鍵戶，勤於讀書，又特以小學爲能。於《爾雅》諸篇，咸能成誦。〔註4〕曾氏一生治學，正奠基於此一時期。

其後，湖南提學使錢塘吳慶坻（1848～1924），於長沙創設湖南優級師範學堂。曾氏往試，校閱者乃善化譚紹裳，驚見曾文之偉岸，遂拔爲入選第一。是時執教於此者，皆湖湘一時碩彥，如善化劉鉅與湘陰郭焯瑩等人。郭氏精於漢代劉氏父子流略之學，又工辭藻。曾氏受學於斯，益窺古今學術之流變。

湖南學風於有清一代，大抵治宋儒心性之學。直至善化唐煥（生卒未詳）著書，辨證《古文尚書》之僞。與漢學家閻若璩（1636～1704）、惠棟（1697～1758）二家相爲應和，於是湖湘始有漢學風氣。唐煥之子仲冕，號陶山（1753～1827）承其家學，與戴震（1724～1777）、錢大昕（1728～1804）、孫星衍（1753～1818）交遊，頗能得東原之學。仲冕後，其子唐鑑（1778～1861），

〔註1〕 楊樹達《積微翁回憶錄》上冊，（北京：北京大學出版社，2007年5月），頁106。

〔註2〕 楊樹達《積微居小學述林全編》下冊，（上海：上海古籍出版社，2007年8月），頁465。

〔註3〕 時湖南大學正位於湖南辰谿。

〔註4〕 楊樹達〈曾星笠傳〉稱曾氏能誦「《爾雅》十三篇」，參見曾運乾《音韵學講義》，（北京：中華書局，2000年11月），頁1。《漢書・藝文志》所載爲三卷二十篇。今刊本則爲十卷，分篇則自〈釋詁〉至〈釋畜〉爲十九篇，未知楊氏之說，所據版本爲何？

則又復歸於心性之學。自此而後，惟長沙余存吾（1735～1798），稍能稱述戴氏之學。楊樹達《積微翁回憶錄》云：「唐陶山之學不主一家，然吾湘乾嘉間前輩能了解漢學者僅陶山及余存吾（廷燦）兩人耳。」〔註5〕嘉道年間，邵陽魏源（1794～1856）治今文，而新化鄒漢勛（1805～1854）則通於名物訓詁，尤其精於音韻之學。至同光年間，湘潭王闓運（1833～1916）、長沙王先謙（1842～1917）、善化皮錫瑞（1850～1908），皆繼邵陽魏氏之後，研治今文之學，其中又以皮氏成就最為卓絕。章太炎曾論王闓運：

> 王從詞章入經學，一意篤古，文體規摹毛、鄭；發明雖少，然亦雜采古今，無仲舒、翼奉妖妄之見，……大抵湘中經學亦頗雜遝；然有一事則為諸家所病，蓋于江、戴、段、孔古音之學實未得其分毫也。偶一舉及，其疵病立見矣。〔註6〕

事實上，湘學向來不與有清以來之學術同流。楊樹達回憶：

> 太炎先生嘗云：「三王不通小學。」謂介甫、船山、湘綺也。三人中湘士居其二。余昔在北京，曾與星笠談及此；余謂此時吾二人皆遊於外，他日仍當歸里教授，培植鄉里後進，雪太炎所言之恥。星亦謂然。〔註7〕

湘學自皮氏之後，至於曾氏，一時無能與之分庭者。

　　曾氏學問不經師承，而白博贍宏雅。楊樹達稱其治學能「學以濟其思，思以助其學，謹而不拘，達而有節。」是以說經能不拘泥於漢學家法，又能平視漢宋，尤其精於音韻，能「以聲音訓詁辭氣推求古人立言真意之所在」〔註8〕遂成湘學第一人。〔註9〕

　　辛亥革命後，以時局變遷之故，長沙報紙遂風起而雲湧。曾氏以才華卓著，兼及文采。報社於是有為文評論之請。此間工作之暇，則更致力於古籍

〔註5〕楊樹達《積微翁回憶錄》，（北京：北京大學出版社，2007年5月），頁62。

〔註6〕章太炎《國學講演錄》，（南京：鳳凰出版社，2008年），頁15。

〔註7〕楊樹達《積微翁回憶錄》，（北京：北京大學出版社，2007年5月），頁151。

〔註8〕楊樹達《積微居小學述林全編》下冊，（上海：上海古籍出版社，2007年8月），頁470。

〔註9〕說見楊樹達《積微居小學述林全編》下冊〈曾星笠傳〉，（上海：上海古籍出版社，2007年8月），頁469～470。

之研治，成績亦稱斐然。隨後曾氏執教於上庠，歷瀋陽東北大學、廣州中山大學、長沙湖南大學教授之職。其學問宏博，上自經傳子史，下及聲韻訓詁，乃至於天文、曆象、樂律、數理等，無不窺曉。據楊樹達《積微翁回憶錄》1945 年 12 月 3 日，引劉天隱語：

> 十二月三日。訪劉天隱。告余：「昔年因孔廟丁祭，欲製深衣；同
> 人考之，皆不能得。適星笠到省，遂以委之。星考之一宿，遂得
> 之。今長沙瀏陽兩學宮深衣，皆依其說所製也。上海廣倉學窘曾
> 以經學、小學、史學命題試士，星託名投卷二，及揭曉，則二卷
> 一首選，一第二也。」余告天隱，主持校閱者乃王靜安也。〔註10〕

王靜安即清末大學者王國維。曾氏文章能得王國維賞識，可見其立意深刻，文采風流。今審其著書類別，其學問淹通博識，實未囿於小學而已。然於學術成就上，仍以聲韻之成就最具代表性。

　　曾氏子嗣六人：長子靖寰，先其而卒。楊樹達於 1935 年 12 月 21 日有詩〈星笠既喪長子又遭回祿肖聃有詩唁之依韻賦此〉〔註11〕弔唁：

> 君家文正垂遺教，氣數持權不信書。頗訝兩災何太驟，要知萬象
> 本來虛。不聞梅鶴當妻子，且學梁鴻卜賃居。況有佳兒勝將作，
> 樓台彈指美如初。

次子子泉，〔註12〕先後任教於中央大學湖南省工業專門學校及湖南大學，亦爲建築工程師，其時湖南烈士公園爲其傑作。〔註13〕曾氏歿時，子育南、鎮方、志遠、皆中學生，六子志寧爲小學生。又有女二人、孫三人。楊樹達輓云：「鍾期一去牙絃絕，惠子云徂郢質亡。」〔註14〕黃伯軒有〈祭曾星笠先生〉文，〔註15〕黃假我則有〈挽曾星笠師〉七律詩：〔註16〕

〔註10〕楊樹達《積微翁回憶錄》，（北京：北京大學出版社，2007 年 5 月），頁 165。

〔註11〕楊樹達《積微居詩文鈔》，（上海：上海古籍出版社，2006 年 12 月），頁 35。

〔註12〕楊樹達《音韻學講義》作「子泉」，《積微居詩文鈔》詩後注語作「子荃」。

〔註13〕楊逢彬按語，參見楊樹達《積微翁回憶錄》，（北京：北京大學出版社，2007 年 5 月），頁 155。

〔註14〕楊樹達《積微翁回憶錄》，（北京：北京大學出版社，2007 年 5 月），頁 156。

〔註15〕黃伯軒〈祭曾星笠先生〉參見《文風學報》，（1947 年第 1 期）。

〔註16〕黃假我〈挽曾星笠師〉http://sou-yun.com/Query.aspx?type=poem&id=330765&

為開風氣奮匡時，老入蠻荒總不辭。

酉洞遍探資考據，辰陽夕宿有沉思。

幾回西笑結吟社，一卷南華憶侍帷。

訝報春風鵑喚歇，名山草木共低垂。

記錄有關曾運乾生平之資料甚少，目前所知最為詳盡完整者，乃據曾氏摯友，湖南長沙楊樹達（1885～1956）所著〈曾星笠傳〉所錄事蹟，其餘則散見於師友間零星附載。而楊氏整理日記，親手編錄之〈積微翁回憶錄〉中，多處記載與曾氏間往來交誼，可為補充參考。金克木（1912～2000）有〈記曾星笠先生〉收於《學林漫錄》第九集中。張舜徽（1885～1956）所著〈瀟湘耆舊錄〉亦收有曾氏傳記，大抵與楊氏略同。

此外，何廣棪（1940～）著有〈曾運乾字星笴非字星笠辨〉〔註17〕乙文。以為曾運乾之字當為「星笴」而非一般之稱「星笠」。何文舉出兩處證據，其一為：據曾氏好友楊樹達著有《積微居小學述林》請曾氏作序。序後楊氏別記以：「余於 1937 年春印布《積微居小學金石論叢》，是後續得文字若干首，稍事裒集，擬為論叢之續，請吾友曾氏星笴序之。」〔註18〕記中稱曾氏為「曾氏星笴」而非一般所稱之「曾氏星笠」。並以為自民國 20 年（1931 年）商務印書館刊印之《積微居文錄》，以至 1983 年 7 月中華書局《積微居小學述林》、《積微居小學金石論叢》皆誤「星笴」為「星笠」。可見積非成是由來已久。其二為：古人名與字必然相關聯，引《說文》五篇上〈竹部〉：「笴，易卦用著也。」、「笠，簦無柄也。」以為「曾先生既以『運乾』為名，當以配『星笴』之別名為是。」用「笠」於義則無所取。

何文中單見一處作「星笴」不作「星笠」，便忽略所有有關曾氏字號之文本皆作「星笠」之事實。楊逢彬於《積微翁回憶錄》後所附〈重版後記〉中云：「一九八五年，筆者編纂《積微居友朋書箚》，為確定每通信箚的確切

---

lang=t。2014 年 8 月 31 日。

〔註17〕何廣棪〈曾運乾字星笴非字星笠辨〉，參見《碩堂文存三編》（臺北：里仁書局，1995 年 6 月 15 日），頁 82～84。

〔註18〕楊樹達《積微居小學述林全編》上冊，（上海：上海古籍出版社，2007 年 8 月），頁 3。

年份和日期，該年筆者兩度赴中科院圖書館善版書閱覽室查閱《日記》。」〔註 19〕即或何氏認爲自 1931 年商務印書館刊行之《積微居文錄》有誤，然則楊逢彬兩度查閱《日記》，不可能不發現《日記》中偌多曾氏摯友楊樹達親書之「星笠」二字，而於文件多次付梓時，皆誤植爲「星笠」。前文又有黃伯軒〈祭曾星笠先生〉文，黃假我〈挽曾星笠師〉詩。二人皆與曾氏同時，豈有皆誤之理。民國三十四年，曾運乾病逝於湖南辰谿衛生站。是時由湖南大學所組成之治喪委員會，刊行由楊樹達所撰〈曾氏運乾傳〉手寫本（參見附圖一），今收錄於湖南大學嶽麓書院數位博物館中。該文即今收錄於《音韵學講義》一書中所刊之〈曾星笠傳〉。二文首句均書作「君諱運乾，字星笠。」中華書局所出版《音韵學講義》乙書，除楊氏所作傳外，亦刊有曾氏親授弟子郭晉稀所撰之前言，談及整理與編纂是書之經過。楊氏雖已作古，但郭氏尚在，豈有任中華書局誤刊師名之理，可見曾氏字星笠並不誤。又「曾運乾」字「星笠」，取「乾」爲天，而天體下覆如笠，日月星辰於焉運行。正是取《易經・乾卦・象》：「天行健，君子以自強不息。」之意象。是以「運乾」字「星笠」於義完全吻合，應不煩改字而另作他解。至於《積微居小學述林》於曾序之後，楊氏別記以「吾友曾氏星笠序之」，「笠」應爲手民一時之誤。

〔註 19〕楊樹達《積微翁回憶錄》〈重版後記〉，（北京：北京大學出版社，2007 年 5 月），頁 302。

附圖一　楊樹達撰〈曾君運乾傳〉手寫影本〔註20〕

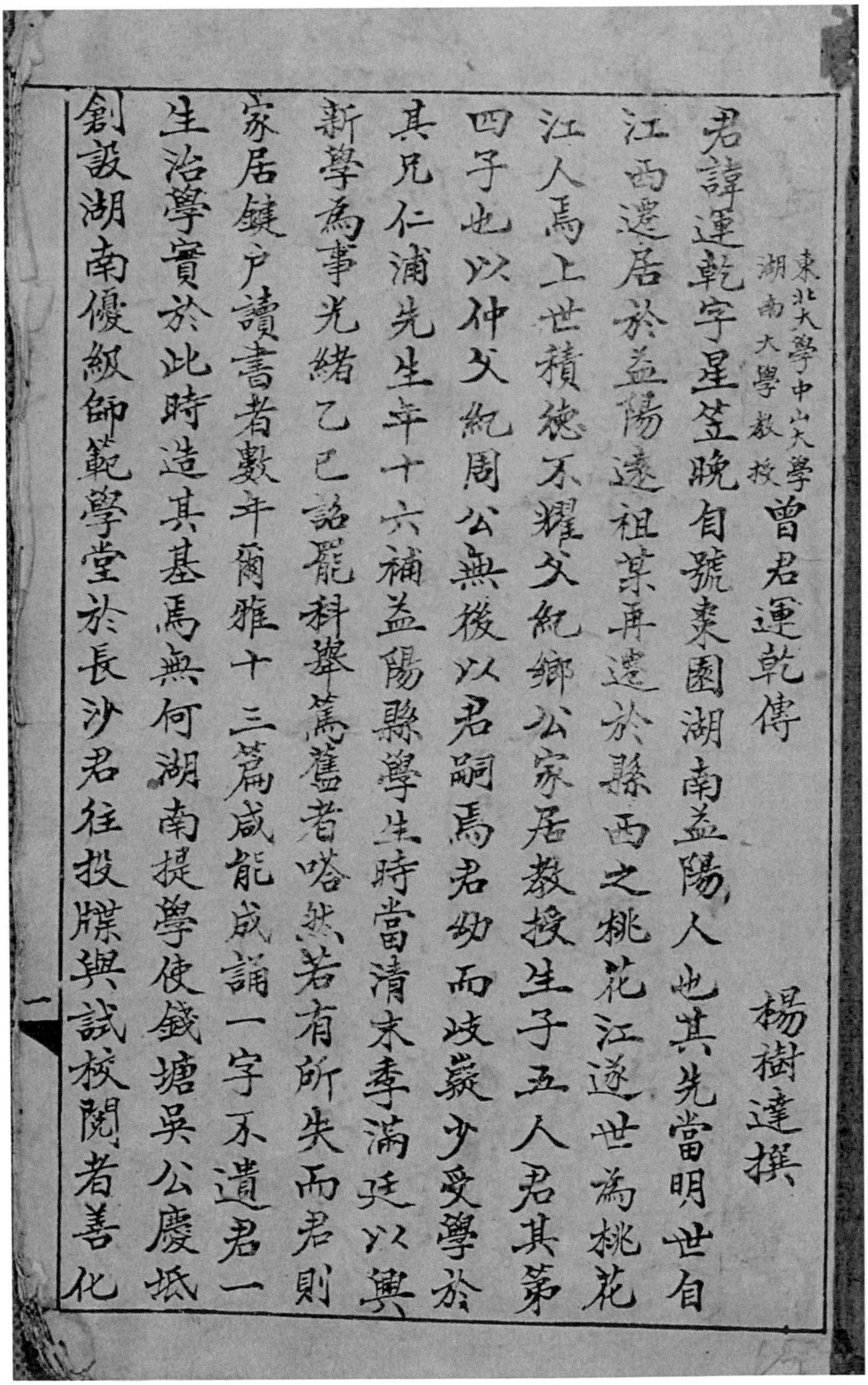

君諱運乾字星笠晚自號棗園湖南益陽人也其先當明世自
江西遷居於益陽遠祖某再遷於縣西之桃花江遂世為桃花
江人焉上世積德不耀父紀鄉公家居教授生子五人君其第
四子也以仲父紀周公無後以君嗣焉君幼而歧嶷少受學於
其兄仁浦先生年十六補益陽縣學生時當清末季滿廷以與
新學為事光緒乙巳詔罷科舉篤舊者嗒然若有所失而君則
家居鍵戶讀書者數年爾雅十三篇咸能成誦一字不遺君一
生治學實於此時造其基焉無何湖南提學使錢塘吳公慶坻
創設湖南優級師範學堂於長沙君往投牒與試校閱者善化

楊樹達撰

東北大學中山大學
湖南大學教授

曾君運乾傳

一

第二節　師　友

記載曾運乾生平事蹟之資料既然不多，其師友交往亦付之闕如。曾氏於長沙湖南優級師範學堂，受學於劉鉅，郭焯瑩等人。然就師承而言，曾氏學問不受於一家，主要仍是以其天資聰慧，自學而成。

據《積微翁回憶錄》1923 年 7 月 21 日記：「晤曾星笠（運乾），見示所著《聲學五書》稿本，說喻母古讀定匣二母。至精審。」〔註21〕由所錄文字稱其字「星笠」又注「運乾」，應是二人初識之際，此亦回憶錄中首見。時曾運乾年四十歲，楊樹達三十九歲。至 1929 年 1 月 13 日所記，則已稱「曾星笠」。《積微翁回憶錄》中有五十餘條記曾星笠事，可見楊樹達與曾運乾往來甚為密切，情感也最為深篤。1945 年 1 月 20 日曾氏去世，楊樹達挽以「鍾期一去牙絃絕，惠子云徂郢質亡。」〔註22〕作〈曾星笠傳〉云：「余與君交三十年，寇難以來，與君朝夕相聚者七載，兩人論學，訢合無間。」實以曾氏為知音。

一九三八年，湖南大學播遷至湖南辰谿，當時以局勢艱難而鬱鬱不能自聊。曾氏遂與楊樹達、曾威謀、王疏庵、熊雨生等人結五溪詩社，治學之餘以吟詠護憂。詩文散見於楊樹達日記中，迻錄所得，輯為《積微居詩文鈔》。其中更有三十四條與曾氏有關者。

表一　《積微居詩文鈔》中所見與曾運乾相關之詩文表〔註23〕

詩文數 ＼ 詩名	詩　文　名　稱	時　間
一	〈疊前韻贈嘯蘇星笠〉	1939.01.12
二	〈寄天隱和星笠韻〉	1939.01.18
三	〈曾王二君來談去後賦此〉	1939.01.23
四	〈疏庵入新舍詩有紙窗燈火微如豆板屋規模小似舟之句刻畫維妙維肖星笠賀之余亦次韻〉	1939.01.24
五	〈反前詩意自解再用前韻呈曾王二君〉	1939.01.24
六	〈仍用前韻兩首示二君〉	1939.01.25

〔註21〕楊樹達《積微翁回憶錄》，（北京：北京大學出版社，2007 年 5 月），頁 14。

〔註22〕楊樹達《積微翁回憶錄》，（北京：北京大學出版社，2007 年 5 月），頁 155。

〔註23〕楊樹達《積微居詩文鈔》，（上海：上海古籍出版社，2006 年 12 月），頁 1～95。

七	〈次星笠謝嘯蘇招飲韻〉	1939.02.01
八	〈謝嘯蘇以詩見送入城並柬星笠七用秋字韻〉	1939.02.02
九	〈再用端字韻答王曾二君〉	1939.02.04
十	〈三用端字韻酬曾王二君〉	1939.02.06
十一	〈次韻星笠偕嘯蘇威謀晚步沅岸〉	1939.02.28
十二	〈和星笠無題〉	1939.03.01
十三	〈和星笠元夜招威謀紹熙紹賓嘯蘇茗飲原韻〉	1939.03.06
十四	〈星笠入夜切齒甚急賦此調之〉	1939.03.11
十五	〈余嘲星笠切齒星笠答詩以半聲相誚疏庵遂有「休共聲丞話短長」之句佐鬥之意甚顯賦此答星笠兼詰疏庵〉	1939.03.13
十六	〈戲贈星笠歸益陽〉	1939.03.14
十七	〈星笠建議解互嘲之紛贊而和之〉	1939.03.17
十八	〈次韻王疏庵答星笠自益陽返校索詩〉	1939.05.21
十九	〈喜弘度來辰次星笠韻〉	1939.06.06
二十	〈喜肖聘星笠來辰次疏安韻〉（疏安即王疏庵）	1939.10.30
二一	〈余移寓馬溪星笠首來結鄰潤生疏庵德昭繼之疏庵有移居詩次和〉	1939.11.09
二二	〈劉弘度自樂山賦詞懷辰谿同人二曾將來馬溪示疏庵及余時疏庵避敵機山洞有詩次韻〉	1939.12.04
二三	〈星笠賦夜不寐有感詩以解之〉	1939.12.08
二四	〈星笠既喪子又遭回祿肖聘特徇有詩唁之依韻賦此〉	1939.12.21
二五	〈雨生威謀鬥韻不止星笠復和二首參戰後均狼狽至於設誓自明乃服余弭兵之說賦此嘲三君〉	1940.04
二六	〈十月望夜偕豢龍星例威謀步月威謀有詩次韻〉	1940.11.15
二七	〈送星笠歸里次邱有吾韻〉	1941.02.23
二八	〈和星笠同肖聘威謀有吾步月〉	1941.12.03
二九	〈霰和星笠〉	1941.12.13
三十	〈本校推薦部聘教授為星笠雨生及余而余獨得之兩君以詩賀余〉	1943.01.12
三一	〈和星笠鳳凰閣〉	1943.06.13
三二	〈送星笠歸里用雨生韻〉	1944.01.12
三三	〈星笠近感校事有歸隱意詩以廣之〉	1944.04.14
三四	〈喜星笠返校〉	1944.10.18

第三十首詩後附有曾氏賀楊樹達獲部聘教授，有詩存錄，實屬難得：

> 雄文驚海內，束帛貴郊園。較伏猶輸老，方韓不逐貧。名高緣實
>
> 召，道大豈官尊。余亦參斯選，廷臣陋叔孫。〔註24〕

曾氏不以詩文稱世，見錄者大抵在五溪詩社時期。至於音學研究之成果，早年爲上課之講義，又有陸續發表於刊物中者，皆零星散見。直至北京中華書局編輯出版《音韵學講義》，始得見曾氏音學研究成績之全貌。然據書前其學生郭晉稀序於 1963 年 6 月，則《音韵學講義》一書當不早於此時。〔註25〕於此時期，資料取得不易。其三十部之名既未刊行，臺灣研究曾氏學術，則錄自魯實先手抄之本。此間因緣乃魯氏本湖南省寧鄉縣人，1940 年著《史記會注考證駁議》，批駁日本學者瀧川龜太郎《史記會注考證》中疑義與不當之處。書成寄予時任湖南大學中文系教授楊樹達，頗得楊氏賞識，認爲魯氏：「超越前儒，古今獨步。」〔註26〕其後並推薦予復旦大學中文系主任陳子展，於是遂入復旦擔任教授。〔註27〕陳廖安《魯實先先生的學術貢獻》：

> 魯先生早歲立志，苦學成名。性強矯，特立獨行；而事父純孝，
>
> 言似狂慢，而推伏孔子、太史公，幾無間言。早歲雖自學成名，
>
> 第奉楊樹達爲見知師，言談行文之間，特稱遇夫先生而不名，且
>
> 蒐訪其遺著，爲刊《積微居叢書》於臺島，以報其知遇，有以見
>
> 其醇篤之風誼。〔註28〕

魯氏既苦學早名，淹通四部，融貫經史。個性雖孤高而能特尊楊樹達者，以同爲湘人之誼，並尊其學術地位，復得提攜，實有知遇之恩。曾氏與楊氏友

〔註24〕楊樹達《積微居詩文鈔》，（上海：上海古籍出版社，2006 年 12 月），頁 62。

〔註25〕今日所見《音韵學講義》一書皆北京中華書局 1996 年 11 月版。

〔註26〕楊樹達《史記會注考證駁議‧序》，附錄於學人版日人瀧川龜太郎《史記會注考證》，（臺北：洪氏出版社，1996 年 10 月），頁 1427。

〔註27〕參見楊樹達《積微翁回憶錄》：「一九四二年廿三日。陳子展昨來電請任復旦大學教授，今日覆書辭不能往，介紹魯實先、張舜徽二君。」，（北京：北京大學出版社，2007 年 5 月），頁 131。

〔註28〕陳廖安〈「師大‧大師」魯實先先生的學術貢獻〉《漢學研究之回顧與前瞻國際學術研討會論文集》，（臺北：國立臺灣師範大學國文研究所，2006 年 4 月），頁 461。

善，又同爲湘人，並時執教於湖南大學。湖湘文風鼎盛，楊氏雖亦治小學，惟於音學，則以曾氏爲先聲獨步。魯氏發表《史記會注考證駁議》，曾氏亦曾爲文讚許，〔註29〕可見二者亦有所交誼。魯氏於《史記會注考證駁議‧體例未精》中云：

> 訓詁之事，……任情圈點，比觀諸家，皆有互異。瀧川之書，亦施圈點，惜於疑難之處，不附説以明之耳。近人浙中張桐、蘄春黃侃，曾有諟正，俱未刊行，所列數條，瀧川皆所未及。〔註30〕

文中述及蘄春黃季剛者，於學豐瞻精博，又特於聲韻重於士林。《史記會注考證駁議》乙文，據楊樹達先生所序：

> 廿六年春，余居北平，寧鄉魯君實先，以其所撰《史記會注考證駁議》一文貽余。〔註31〕

又《積微翁回憶錄》一九三七年五月三日記：

> 得寧鄉魯實先書，寄示所撰《史記會註考證駁議》，凡二萬餘言。聞見甚博，且通曆法，未易才也。〔註32〕

綜觀二文所示時間，陳廖安以爲：

> 前後發覆，年代相同，而月日有「春」及「五月三日」之異。魯先生民國二年生，《駁議》初稿完成於民國廿六年、公元一九三七年，時年廿四歲可確認無疑。〔註33〕

是時，古韻研究至蘄春黃季剛，已分至二十八部，至曾運乾則已分至三十部。楊樹達《積微翁回憶錄》一九三八年三月卅一日記：

> 曾星笠來談，謂擬定古韻爲三十部。於黃季剛二十八部外，取其

〔註29〕同上注頁。曾運乾〈題魯實先《史記會註考證駁議》買陂塘〉

〔註30〕魯貫先《史記會註考證駁議》附錄於學人版日人瀧川龜太郎《史記會注考證》，（臺北：洪氏出版社，1996年10月），頁1429。

〔註31〕同前注，頁1427。

〔註32〕楊樹達《積微翁回憶錄》，（北京：北京大學出版社，2007年5月），頁94。

〔註33〕陳廖安〈「師大‧大師」魯實先先生的學術貢獻〉《漢學研究之回顧與前瞻國際學術研討會論文集》，（臺北：國立臺灣師範大學國文研究所，2006年4月），頁435。

豪、蕭部分出入聲一部，此與黃永鎮，錢玄同相同者也。其他一
部，則取微部分爲二：一爲齊部，開口之字如衣、伊等屬之，以
與屑、眞爲一組；其餘合口之字則仍爲微部。《詩經》中齊、微二
部雖偶有交錯，大致劃分云。〔註34〕

屈萬里稱魯氏「學富五車，目空一世。」〔註35〕雖合魯氏性格，但以其孤高
個性，而能援用如曾氏於古韻分部之最新學術研究成果，亦足見魯氏學識淹
通，於眞學亦與時俱進，謙虛能容。此外，魯氏得甲骨文字新材料，於古文
字能別有會意而獨得胸襟者，異曲而同工。曾氏三十部之名，於《音韻學講
義》未刊前，藉魯氏手抄援引之功得以補苴罅漏，厥功至偉！

第三節　著作簡述

　　曾運乾生平著作發表，依其時間先後，自 1926 年發表〈聲學五書敘〉
於《東北大學週刊》，以至 1936 年〈等韻門法駁議〉於《語言文學專刊》。
期間十年，爲曾氏聲韻學主要論著發表階段。其他古籍注說，如《三禮說》、
《荀子說》等，則在 1964 年後，由北京中華書局所刊行。1996 年中華書局
再將其未刊論著，如《宋元明清之等韻學》、《廣韻學》、《廣韻之考訂》、《古
紐及古韻學》等與已刊之部分論著合輯，以《音韻學講義》爲名出版。至
於《說文聲類譜》則存目，而未能得見遺稿。

一、著作與專論

（一）經史著作

1.《尚書正讀》，中華書局，1964 年 5 月出版。

2.《毛詩說》，嶽麓書社，1990 年 5 月出版、中華書局 1964 年。

3.《通史敘例》，南京鐘山書局，1933 年 12 月出版。

4.《春秋三傳通論》，講義手抄本。

5.《三禮說》，中華書局，1964 年。

〔註34〕楊樹達《積微翁回憶錄》，（北京：北京大學出版社，2007 年 5 月），頁 99。

〔註35〕屈萬里〈輓魯實先先生〉《魯實先先生逝世百日紀念哀思錄》，（臺北：洙泗出版
　　　社，1978 年），頁 184。

6.《莊子說》，中華書局，1964 年。

7.《荀子說》，中華書局，1964 年。

8.《爾雅說》，中華書局，1964 年。

（二）經史論文

1.《禮經喪服釋例》，《國立中山大學文學院專刊》。

2.《人道篇》，《新民月刊·通論》。

3.《說報》，《新民月刊·通論》。

4.《原禮》，《新民月刊·通論》。

5.《齊物論發微》，未刊。

6.《尚書立具錄》，《語言文學》專刊第 1 卷第 3、4 期。

7.《通史敘例》與陳天倪合著。

（三）音韻著作

1.《等韻學講義》，併錄於《音韻學講義》。

2.《廣韻學講義》，併錄於《音韻學講義》。

3.《古聲韻講義》，併錄於《音韻學講義》。

4.《音韻學講義》，中華書局，2000 年 11 月。

5.《說文聲類譜》，《聲學五書敘》存目，未見遺稿。

6.《切韻補譜》，《聲學五書敘》存目，未見遺稿。

7.《切韻釋例》，《聲學五書敘》存目，未見遺稿。

8.《群經聲讀考》，《聲學五書敘》存目，未見遺稿。

9.《聲論》，《聲學五書敘》存目，未見遺稿。

（四）音韻論文

1.〈廣韻五聲五十一紐考〉，《東北大學季刊》1927 年第 1 期。

2.〈喻母古讀考〉，《東北大學季刊》1928 年第 2 期。

3.〈六書釋例〉，《東北大學週刊》1929 年第 71 期。

4.〈說文轉注釋例〉，《中山大學文學院專刊》第 2 期。

5.〈論雙聲疊韻與文學〉，《文學雜誌》廣州 1933 年第 1 期。

6.〈聲學五書敘〉，《東北大學週刊》1926 年第 9 期。

7.〈讀敖士英關於研究古音的一個商榷〉，《學衡》1932 年第 77 期。

8.〈廣韻部目原本陸法言切韻證〉，中山大學《語言文學專刊》1936 年
　　第 1 卷第 1 期。

9.〈等韻門法駁議〉，中山大學《語言文學專刊》1936 年第 1 卷第 2 期。

10.〈古本音齊韻當分二部說〉，湖南大學《文哲叢刊》卷 1。

11.〈國語詞尾音轉來母考〉，未見遺稿。曾氏曾於 1942 年 11 月 7 日，
　　見示於楊樹達。〔註 36〕

13.〈集韻敘略〉，未見遺稿。

14.〈雅詁例〉，未見遺稿。

（五）雜　文

1.〈鳳凰閣記〉，湖南省桃江縣誌。

2.〈論雙聲疊韻與文學〉，《文學雜誌》廣州 1933 年第 1 期。

3.〈《積微居小學述林全編》序〉，上海古籍出版社，2007 年 8 月。

二、重要著作簡述

（一）〈聲學五書敘〉

本篇文章發表時間應是曾氏最早見於著錄者，發表於 1926 年《東北大學週刊》第九期。1996 年，北京中華書局刊行《音韻學講義》，另收錄本篇文章於書末。

〈聲學五書敘〉一文，按敘後所載，是能「捃六代之雅言，訓詁遠遵高密；考千載之遺韻，音圖下傲溫公。逡次錢言，廣新知於十駕；彌縫顧闕，襲音學之五書。」〔註 37〕亦爲曾氏於聲韻上之心得。所謂「襲音學之五書」即是曾氏之《音論》、《群經聲讀考》、《說文聲類譜》、《切韻釋例》、《切韻補譜》等五部著作，襲用顧炎武《音學五書》之名而成。曾氏爲此作敘，因稱〈聲學五書敘〉。

通篇以時代先後而論次語言文字之發展。於「萬物棣通」後即「節奏先調」，已知有發聲之事實。文字肇始，「義以聲宣」，完成語音、語義、文字之結合。其後名物之釋義訓名，並見雙聲疊韻之祕。累辭爲文，掇句成章。而

〔註 36〕楊樹達《積微翁回憶錄》，（北京：北京大學出版社，2007 年 5 月），頁 136。

〔註 37〕曾運乾〈聲學五書敘〉，《東北大學週刊》1926 年第 9 期。

後「對文互協」、「疊韻成聲」。音聲迭代，源流有別。繼之而有韻書之作，至《切韻》總其大成。曾氏踵事其華，並作《音學五書》。

此敘以雙聲字成句，相當程度展現曾氏於文字聲韻與文辭上之功力，然文中內容，亦稍有疏略、錯誤或抄寫譌誤、脫漏者，為數亦甚夥。疏略者，如：「抑又廉肉來相準矣」，「肉」為日母字，以廉、肉皆來母，恐是作者一時之疏略；錯誤者，如：「弇侈旁通上定下透」，「旁」為並母，「通」為透母。旁字顯然譌誤；抄寫譌誤者，如：「自京分北宮商」，「自京」疑脫「東」字。又「北」字疑本作「𠅤」，古文「別」，抄寫者誤作「北」；脫漏者，如：「知母之顛倒豆登」當為「端母知母之顛倒豆登」。此皆曾氏學生郭晉稀，於北京中華書局所刊行《音韻學講義》中所作之修正，並可為參考。然其中仍然尚有疏略而未舉者，如「類能芟夷榛雜照」，榛為照母，但雜，徂合切，則為從母。「儻黃裔億禩上影下喻而重興。」禩，祥里切，是邪母非喻母。此外，敘既用雙聲字，則疊韻與否自可不論，「以故考老古幽部音疊韻轉注」則難免為例不純。

至於「悉協喁于喻」、「惟是喁于喻互唱」，「喁」字《廣韻》、《集韻》、《韻會》、《正韻》皆魚谷切，疑母。而「于」，為母。郭晉稀雖有注出，惟兩處皆誤，恐是曾氏口音無別，而非手民之誤。

《聲學五書》據《積微翁回憶錄》所載，曾氏曾於 1923 年 7 月 21 日見示稿本於楊樹達，此書於此時當已完成初稿。〔註 38〕然曾氏學生郭晉稀，於《音韻學講義》一書中則謂《說文聲類譜》未見遺稿，或未刊出。又《切韻補譜》於《音韻學講義》一書中所引，則以〈《廣韻》補譜〉為名，亦未見遺稿，出版時乃據《廣韻》填出。

（二）〈《廣韻》五聲五十一紐考〉

自番禺陳蘭甫為求《切韻》之故，而系聯《廣韻》切語。方法一出，學者踵繼。曾氏於〈聲學五書敘〉中以為「韻有對轉，聲無類隔，雙聲亦韻。」〔註 39〕因定「二十八韻，韻分四等；五十一紐，紐別四聲。」此亦曾氏於聲

〔註 38〕楊樹達《積微翁回憶錄》，（北京：北京大學出版社，2007 年 5 月），頁 14。

〔註 39〕曾運乾〈聲學五書敘〉：「鐵橋羅弇侈旁通之證，覈軒發陰陽對轉之凡，……知舌脣古無類隔。雙聲亦韻……。」參見曾運乾《音韻學講義》，（北京：中華書

韻分紐別部之主張。二十八韻乃曾氏早期之主張，其後修訂古韻爲三十部。其「紐別四聲」是指聲調之平、上、去、入四聲，與「五聲五十一紐」之喉、牙、舌、齒、脣五聲所指不同。曾氏雖參用陳蘭甫於《切韻考》中之系聯條例，以爲考訂《廣韻》聲類之法。然眞正所依據者，則是自陸法言〈切韻・序〉中：「支章移切脂旨夷切魚語居切虞遇俱切，共爲一韻。先蘇前切仙相然切尤於求切侯胡溝切，俱論是切」一語所得之啓示。曾氏以爲「音侈者聲鴻，音弇者聲細」，〔註40〕此乃聲韻相配之必要條件。因此據以定《廣韻》聲類爲五聲五十一紐。本篇發表於 1928 年《東北大學季刊》第 1 期，並收錄於北京中華書局刊行《音韵學講義》中。1976 年 5 月，臺灣木鐸出版社刊行此文於《國學論文薈編第二輯・聲韻學論文集》中，名爲〈《切韻》五聲五十一紐考〉，篇名雖有《廣韻》、《切韻》之不同，實則爲一。

（三）〈讀敖士英關於研究古音的一個商榷〉

自錢大昕以來，於聲類之研究，成效斐然。曾氏作〈喻母古讀考〉，以爲影母獨立而不與喻母爲清濁相配或正變相承之關係。又喻母三等，古隸牙聲匣母，四等則古隸舌聲定母。1931 年 8 月暑假，曾氏學生自北平購得《北京大學國際學刊》第二卷第三號。其中有敖士英氏所作〈關於研究古音學的商榷〉一文，涉及喻母古讀問題。敖氏對於影母獨立而喻母三等歸於淺喉之說，與曾氏相同。然喻母四等則改隸於齒聲，則與曾氏相左。於是作此文以爲商榷，實則並不同意其說。

曾氏以爲敖士英所舉喻四例證二十七條，有誤舉者三條，有反助其說者十四條。眞正以爲喻四歸於齒聲者不過十條，而此十條又大有可商榷之處。此正曾氏作文之目的。文中又進一步指出研究古聲類，不可不知之四件事。

當知古讀例。如：《左傳・襄二十四年》：「會於夷儀」，〔註41〕《公羊》作「于陳儀」。〔註42〕曾氏按：

局，2000 年 11 月），頁 574～575。

〔註40〕曾運乾《音韵學講義》，（北京：中華書局，2000 年 11 月），頁 120。

〔註41〕《左傳・襄二十四年》《十三經注疏 6》，（臺北：藝文印書館，1989 年 1 月），頁 610。

〔註42〕《公羊傳・襄二十四年》《十三經注疏 7》，（臺北：藝文印書館，1989 年 1 月），頁 258。

《說文》：「陳从申聲」古音如田。《史記》「齊田氏」即「陳氏」
也。田隸定母，陳隸澄母。夷之讀如陳，實讀如田也。正喻四讀
同定母之證。〔註43〕

此為經籍中二字異文之例，然今音雖異，古讀則同。

第二、當知旁紐雙聲。如：《儀禮・士喪禮》：「澳濯棄于坎。」鄭玄注：
「古文澳作緣。」〔註44〕曾氏按：

緣在喻四，澳在泥二（案：當為泥一），舌類旁紐雙聲，與上弋、
槃同例，故可通讀。若如敖君說喻四齒聲，則緣、澳通讀之理，
不可得而推也。〔註45〕

此條例是自旁紐雙聲關係，反證喻四之不可讀為齒音。

第三、當知轉語。如：《儀禮・大射》：「頌磬東面。」鄭玄注：「古文頌
為庸。」〔註46〕

曾氏按：

庸在喻四。从庸聲孳乳之字，如傭亦讀丑凶切，與澄母相為清濁。
鱅亦讀蜀庸切，禪母。依古音讀例，禪母正讀同定。至庸或與頌
通讀者，頌今音有二：（一）餘封切，喻四；（一）似用切，邪母。
實以喻四一切為正。知者，籀文頌从頁容聲，作額。與籀文公，
从宀谷聲同音。皆從谷聲，雙聲對轉得聲也。然籀文松，从木容
聲，作案。亦讀祥容切，入邪母者。此正方言庸謂之倯，轉語之
好例證也。〔註47〕

所謂「轉語」，乃是由戴東原關於聲類性質之正轉「同位」與變轉「位同」
之音學概念而來。聲類有「同位」或「位同」之關係者，聲易流轉而變，是

〔註43〕曾運乾〈讀敖士英關於研究古音的一個商榷〉，參見《學衡》第 77 期，1932 年，
　　　　頁 1。

〔註44〕《儀禮・士喪禮》《十三經注疏 4》（臺北：藝文印書館，1989 年 1 月），頁 420。

〔註45〕曾運乾〈讀敖士英關於研究古音的一個商榷〉，參見《學衡》第 77 期，1932 年，
　　　　頁 7。

〔註46〕《儀禮・大射》《十三經注疏 4》（臺北：藝文印書館，1989 年 1 月），頁 189。

〔註47〕曾運乾〈讀敖士英關於研究古音的一個商榷〉，參見《學衡》第 77 期，1932 年，
　　　　頁 11。

爲「轉語」。

第四、當知聲類系統。如：《春秋・襄公三年》，《公羊傳》：「定弋。」《左傳》、《穀梁傳》作：「定姒。」又十五年，《左傳》、《公羊傳》作：「姒氏薨。」《穀梁傳》作：「弋氏。」曾氏案：

> 《說文》弋从厂，象物挂之也。從弋得聲者十六字，唯與職式賞職代與職貸他德、徲得代徒耐忒集韻惕德妖與職酨與職貸他代岱徒耐蟘試式吏弒式吏伐恥力軾賞職忒他德蟘徒得，切語十八，皆與透、定、徹、審三通用。與其毫無依據，讀弋入齒類，毋寧據《廣韻》各切語，皆讀弋聲入舌類也。〔註48〕

曾氏就此四者所提出之例證，亦正藉敖文以喻四古讀爲齒頭音，提出以爲商榷之說。

（四）《尚書正讀》

《尚書》以文句高古而有詰屈聲牙之稱。漢代有孔安國傳，至唐代有孔穎達疏，而清代孫星衍則有《尚書今古文註疏》。漢注中每每以經文某句，甲訓爲某，乙讀若某句之某，又丙以爲某者。如〈康誥〉：「今民將在祇遹乃文考，紹聞衣德言。」孔安國傳：「今治民將在敬循汝文德之父，繼其所聞，服行其德言，以爲政教。」孔穎達疏：「今治民所行，將在敬循汝文德之父，繼其所聞者，服行其德言，以爲政教。」〔註49〕又孫星衍疏：「衣或爲依。言今之人，將在敬述文王，繼其舊聞，依其德言。」朱駿聲之《尚書古注便讀》：「衣猶佩服也。」〔註50〕曾運乾《尚書正讀》則作：「衣當爲殷。《中庸》：『壹戎衣』注：衣讀爲殷，聲之誤也。齊人言殷聲如衣。言今民將察汝之敬述乃文考，紹文考所聞殷之德言與否也。」〔註51〕後以「紹衣」一語爲典故，作承繼舊聞善事，奉行先人德化教言之詁。宋・歐陽修作〈謝獎諭編次三朝故事表〉云：「章聖紹衣上下，錯國既安，玉帛走於庭，犀革橐於庫；刑賞有典，

〔註48〕曾運乾〈讀敖士英關於研究古音的一個商榷〉，參見《學衡》第 77 期，1932 年，頁 16。

〔註49〕《尚書》《十三經注疏》，（臺北：藝文印書館，1989 年 1 月），頁 201。

〔註50〕朱駿聲《尚書古注便讀》，（臺北：廣文書局，1977 年 1 月），頁 157。

〔註51〕曾運乾《尚書正讀》，（臺北：華正書局，2003 年 9 月），頁 161。

禮樂有經。」〔註52〕即用此典故。

　　就訓詁之法觀之，曾氏之《尚書正讀》與孫星衍之《尚書今古文註疏》、朱駿聲之《尚書古注便讀》，看似簡單無奇，甚至不免腹誹，然則實各有依據。楊樹達《積微翁回憶錄》：「曾星笠由廣州歸，來訪。告余云：『近授《尚書》，誦本文，審辭氣，大都通解』。」〔註53〕曾氏以其通於聲韻訓詁之理，加以不以字句訓詁爲本事，而能自通篇行文辭氣爲關照，以證得文義。實曾氏與前人不同之處，亦《尚書正讀》一文最主要之貢獻。

（五）《音韵學講義》

　　北京中華書局裒集曾氏未刊之論，如〈宋元明清之等韻學〉、〈《廣韻》學〉、〈《廣韻》之考訂〉、〈古紐及古韻學〉等，與已刊之部分論著合輯，以《音韵學講義》爲名，再爲刊行。今日如欲研究曾氏音韻之學說，以《音韵學講義》一書堪稱完備。書前先附以由楊樹達所撰〈曾星笠傳〉，略述曾氏生平與治學之成就。次以曾氏學生郭晉稀所撰前言，略述曾氏學說之精萃，並談及整理編輯之經過。書中亦有由郭晉稀以其受學之筆記加以注釋、補充整理者，頗能發明曾氏學說之精義。然此書付梓，或由於手民之誤，或曾氏原稿之疏，書中仍有待勘或商榷之處。以2000年11月北京第2次刷版爲例，如論〈《廣韻》之五聲五十一紐〉：

1. 「澄二：柱，直主切，虞韻」當爲「麌韻」。又「非二：鄙，方美切，尾韻」當爲「旨韻」。

2. 《廣韻》眞、諄既分兩類，「牀三：神，食鄰切，眞韻」，「精二：遵，將倫切，諄韻」皆不誤；「穿三：春，昌脣切，眞韻」當爲「諄韻」作「眞韻」則誤。

3. 「奉二：房、防，符方切，湯韻」，「照二：莊，側羊切，湯韻」雖「湯」在「陽韻」，然《廣韻》韻目無用「湯」者，「湯」當改作「陽」爲宜。

4. 「奉二：父，扶兩切，麌韻」「兩」在「養韻」，當爲「扶雨切」。又

〔註52〕歐陽脩〈謝獎諭編次三朝故事表〉參見《四部叢刊初編縮本》卷九十，《歐陽文忠公全集》，（上海：上海商務印書館，1965年9月），頁670。

〔註53〕楊樹達《積微翁回憶錄》，（北京：北京大學出版社，2007年5月），頁65。

「明一：母，莫後切，厚韻」雖「後」「厚」同韻，仍从《廣韻》作「莫厚切」為宜。

又如論〈宋元明清之等韻學〉中：

1. 〈山攝外四・開口呼〉舌音徹母下有「徹」，澄母下有「屮」。《廣韻》：「屮，丑列切，徹母；徹，丑列切，徹母」二字同切。今考《經史正音切韻指南》則當移曾文之「屮」字至「徹」位，而易「徹」字為直澄切，澄母之「轍」始與《經史正音切韻指南》合。

2. 〈山攝外四・開口呼〉齒音照母下有「哲」，《廣韻》：「哲，陟列切，知母」已列於同圖之舌音之母下，此位當為「哲」，旨熱切，照母。此與果攝內四齒音下「哲」同。

然則皆瑕不掩瑜，《音韵學講義》一書當為曾氏畢生聲韻學之精華所在。

（六）《聲韻學》

湖南教育出版社以湖湘文化源遠流長，遂以《湖湘文庫》為名，編輯出版湘籍人士之作。其中於 2012 年 9 月，以《声韵学》為名，出版曾運乾有關聲韻講授筆記。此書所不同於由郭晉稀所整理，北京中華書局出版之《音韵學講義》者，乃是將曾氏上課講義中，第一篇〈語音學原理〉與第二篇〈注音字母〉重新補入。又以郭氏整理所加入之「講授筆記」非曾氏原刊文字，故刪去不錄，餘則同於《音韵學講義》一書。是以《声韵学》乙書為曾氏講義之本貌，而《音韵學講義》則為其精華與補注。

自十八世紀歐洲興起語言學研究，其觀念與方法隨後傳入中國。對於傳統聲韻之學，於研究方法上亦起變化之作用。增刊之〈語音學原理〉，即語言學中之語音概念與方法。民國肇始後，對於國音教育之積極推展，則〈注音字母〉一篇等同現今之國語語音學。故由湖湘文庫所刊《声韵学》乙書，可謂自上古音、中古音以至今音，融合了傳統與先進，中國與西方之研究方法，於漢語語音系統為全面之關照。

第四節 小 結

曾氏出生於清末民初，乃一新舊交替之世代，亦為西學衝擊國學之年代，此一變化不可謂不大。曾氏學問初由其兄啟蒙，又以天資聰穎，特於小學為

能。其初受舊學至二十一歲，清廷廢科舉而立新學，於是閉門不出，發憤讀書。湖湘自來雖文風鼎盛，然有清一代以樸學爲主要學術風潮，湘中所治皆宋儒心性之學，遂與分流。是以湘學中之治小學，無可稱出曾氏之右者。

民國初肇，時局波盪。曾氏以文采勃煥而受聘於報社，頗能執筆針貶時事。後執教於大學，其音學研究成果，主要收於中華書局所編輯之《音韵學講義》。是書本以上課之講義爲基本架構，再補入其他發表之音學專論所成。於出版時雖未收錄〈語音學原理〉與〈注音字母〉兩部分。然據湖湘文庫後刊之《声韵學》一書，則可知曾氏雖秉舊學，仍能運用當時引自西方之語言新學爲治學之方法，堪稱與時俱進。

曾氏音學成就見於著錄中最爲著稱者爲〈喻母古讀考〉，歸喻母三等於匣母，四等於定母，此說已爲古聲之定論。其分古韻三十部有〈古本韻齊韻當分二部說〉，其衣、威分攝當爲王力脂、微分部之先聲。至於《廣韻》之學，有聲韻「鴻細侈弇」之說，以爲聲鴻者音侈，聲細者音弇，皆發前人所未論而獨步於音學者，皆著之於〈《廣韻》五聲五十一紐〉文中。然雖亦有不同意於此說者，惟其說於《廣韻》研究仍具一定之重要性。至於《廣韻》補譜之考訂，能正等韻論舌齒經界之誤，又改良切語上字之繁複，以入聲之字百二字，以表五十一聲類之再配韻類侈弇之區分，則能以簡馭繁，誠有功於音學。

除音學研究之成績外，曾氏於《尚書》等古籍，能以審文氣而正其讀，此不同於清儒之治學，每拘於單字片語之訓解，而往往失其精義。是以，於舊詁中頗能有所新解。

第三章　曾運乾研究音學之理論與規則

　　民國初年，曾氏聲音學方面之著作，陸續發表於學術季刊中。於《廣韻》有〈廣韻五聲五十一紐考〉，於等韻有〈等韻門法駁議〉，於古音則有〈喻母古讀考〉、〈古本音齊韻當分二部說〉等要說。此外亦有見其存目而未刊行者，或有存目而遺失原稿者，目前大抵收錄於由北京中華書局於 1996 年 11 月所編輯之《音韻學講義》一書中。書前有曾氏學生郭晉稀 1963 年 6 月，敘於甘肅師範大學之前言，則曾氏著作付梓刊行之時間當更早於於 1996 年。2012年 9 月湖南教育出版社，又以《湖湘文庫》編輯出版湘籍人士之著作，其中由夏劍欽整理出版之《聲韻學》即曾氏有關聲韻之講授筆記。此書補入〈語音學原理〉與〈注音字母〉兩篇，呈現曾氏講義之全貌。二書詳略稍有差異，然其主要有宋元明清之等韻學、《廣韻》學、古音學三部分，於具體呈現曾氏於音學之學術研究內容，其成果則一。

　　曾氏之著作雖有發表者，然裒集刊行則其身後。楊樹達作〈曾星笠傳〉附於書前，傳中於曾氏之學術雖舉其要者而爲述。然其著作精神與音學之體系，則非經精研，實無以明之。曾氏學生郭晉稀於《音韻學講義》一書之前言中言及：

> 曾先生認爲陳彭年撰定《廣韻》，祇是「因法言韻就爲刊益」《集韻
> 敘略》，陸法言《切韻》孫愐《唐韻》陳彭年《廣韻》，「名爲三書，
> 實爲一書」〈廣韻〉部目原本陸法言切韻證。所以研究《廣韻》一書，是

　　研究古今韻學的橋樑。曾先生便是通過對《廣韻》的研究，來建

　　立他的全套聲韻學體系的。〔註1〕

　　郭氏並進一步說明《音韵學講義》雖由今至古，以時間先後爲序刊列爲：等韻學、《廣韻》學、古音學。然就閱讀之順序，則建議由《廣韻》學入手，始能掌握曾氏音學系統之脈絡與重點。此一看法主要即著眼於曾氏音學系統之建構，具有其理論根基與研究方法，如能循其脈絡則亦能知其本末。耿振生《20世紀漢語音韵學方法論》〔註2〕中，提出有關漢語研究有：

　　一、韻腳字歸納法。

　　二、反切系聯法和音注類比法。

　　三、諧聲推演法。

　　四、異文通假聲訓集證法。

　　五、統計法。

　　六、審音法。

　　七、歷史比較法。

　　八、內部構擬法。

　　九、譯音對勘法。

　　等九個方法，以爲音韻學研究之用。本文更爲尋繹調理曾氏研究音學之根柢，細考曾氏之研究音學，此九法皆一一運用。本篇雖不依此九法之名以核於曾氏，然九法實皆在其音學研究之中。

第一節　以《廣韻》爲研究音學之基礎

　　人有概念而欲爲溝通始有語言。語言結構雖由語意、語法、語彙等要素所構成，而其傳達則端賴語音。然語音乃物理性質之聲波，於記錄此一特性之技術未發明前，語音只能口耳相傳而留存。世界上所知語言系統甚多發展至此，即未能繼續演進，亦有由語言而更往文字創造之方向發展者。文字之發明，無論爲單純表音之拼音文字系統，抑或表義之文字系統，人類文字之發明，毋寧皆爲概念之傳達，由聽覺性質之語言，更再爲演化而具視覺性質

〔註1〕曾運乾《音韵學講義·前言》，（北京：中華書局。2000年11月），頁1。

〔註2〕耿振生《20世紀漢語音韵學方法論》，（北京：北京大學。2004年9月）。

之文字。文字雖不等同於語言，然亦解決語言之以語音線型結構，稍縱即逝之缺失。

一、《廣韻》以切語形式存音

　　漢文字爲表義性質之文字，其構成則六書之法。六書者雖有劉歆、班固、鄭眾與許愼之說，然各有同異，今則以劉、班之次第，許愼之名稱爲說法。是以六書即：一象形、二指事、三會意、四形聲、五轉注、六叚借。段玉裁《六書音韻表‧六書說》：

> 文字起於聲音，六書不外諧俗。六書以象形、指事、會意爲形，
> 以諧聲、轉注、叚借爲聲；又以象形、指事、會意、諧聲爲形，
> 以轉注、叚借爲聲。又以象形、指事、會意、諧聲、轉注、叚借
> 爲形，以十七部爲聲……。〔註3〕

段氏之說，標明語言之音雖已不存，然文字既起於聲音，則考之文字亦可以知音。此外，音學研究亦可以自以下材料，爲音之考求：（一）諧聲偏旁。（二）古代韻文。（三）經籍異文。（四）古籍音讀。（五）說文重文。（六）音訓釋音。（七）韻書系統。（八）譯語對音。（九）漢字假借。（十）古今方言。（十一）同族語言。〔註4〕其中韻書爲標注語音最爲系統且相對完整之材料。其初漢語文字之爲語音之標注，其方式自諧聲系統之「從某某聲」，而後有漢儒注經傳之「讀如、讀若」，以及「讀爲、讀曰」或以「直音」標注。此外又有「音訓」之法，雖所訓在義，反得兼存字音。至於切語之法，以二字爲一字之音，可以濟直音及聲讀法之窮者。〔註5〕令漢語語音標注，自「凡從某聲皆有某義」之諧聲語音架構中脫離出來，成爲單純之標音方式。至於反切之法，創於何時，歷來說法不一。《顏氏家訓‧音辭篇》：

> 夫九州之人，言語不同，……逮鄭玄注《六經》，高誘解《呂覽》、
> 《淮南》，許愼造《說文》，劉熹製《釋名》，始有譬況、假借以證
> 字音耳。……孫叔言掫《爾雅音義》，是漢末人獨知反語。至於魏

〔註3〕段玉裁《六書音韻表‧六書說》，參見許愼撰，段玉裁注《說文解字注》附錄，（臺北：黎明文化事業公司，1988年10月），頁842。

〔註4〕陳新雄《古音研究》，（臺北：五南圖書出版公司，2000年11月），頁23～49。

〔註5〕曾運乾《音韵學講義》，（北京：中華書局。2000年11月），頁97。

世，此事大行。〔註6〕

陸德明《經典釋文・條例》：

> 古人音書，止爲譬況之説。孫炎始爲反語。魏朝以降漸繁，世變
> 人移，音訛字替。〔註7〕

張守節《史記正義・論例・論音例》：

> 先儒音字，比方爲音，至魏秘書孫炎始作反音，又未甚切。〔註8〕

以上皆主反語創於東漢・孫叔然。然章太炎《國故論衡・音理論》則以爲始
於東漢・應劭。曾氏〈漢魏以來之切語〉〔註9〕言二者殊難斷定何者爲是，然
亦以爲：「謂孫炎爲集反切之大成者，固不誣也。」〔註10〕可見二者關係密切。

陳澧《切韻考》：

> 《廣韻》切語上字四十類，每類之中，常用者數字耳，合四十類，
> 常用者不過百餘字。此非獨《廣韻》切語常用之，凡隋唐以前諸
> 書切語皆常用之。孫叔然《爾雅音》，今見於《釋文》者，數十條。
> 其切語上字即《廣韻》常用之字。可知此等字，實孫叔然以來，
> 師師相傳，以爲雙聲之標目，無異後世之字母也。〔註11〕

切語或非一時一地一人所造，陳澧之言，間接說明了切語之使用，於隋唐之
前，已成爲通行之標音形式，而切語用字亦趨向於固定之範圍。曾氏引漢魏
至於隋唐之間，諸書稱引者百餘家。〔註12〕謂：

> 諸家所著之切語，其切紐用字，雖或互有參差；而聲類系統則仍
> 有條不紊。故隋陸法言得斟酌採取，而成有條理有組織之完善韻

〔註6〕 顏之推《顏氏家訓・音辭》《四庫全書》，（臺北：臺灣商務印書館。1983 年 10
月），頁 848～937。

〔註7〕 陸德明《經典釋文・條例》，（北京：中華書局。1983 年 9 月），頁 2。

〔註8〕 張守節《史記正義・論音例》《四庫全書》，（臺北：臺灣商務印書館。1983 年
10 月），頁 247～17。

〔註9〕 曾運乾《音韻學講義》，（北京：中華書局。2000 年 11 月），頁 98。

〔註10〕 曾運乾《音韻學講義》，（北京：中華書局。2000 年 11 月），頁 103。

〔註11〕 陳澧《切韻考》，（臺灣：學生書局，1969 年 1 月），頁 298。

〔註12〕 曾運乾《音韻學講義》，（北京：中華書局。2000 年 11 月），頁 103～111。

書。〔註13〕

反語雖未必創於孫叔然，然切語之法自孫氏所著《爾雅音義》一書後而大行，是亦孫氏之功。〔註14〕曾氏《音韵學講義》彙舉陸德明《經典釋文》中所載孫炎《爾雅音義》，今以表列之如下：

表二　曾運乾《音韵學講義》彙舉孫炎《爾雅音義》字表〔註15〕

例數	聲類	雙聲例字				
一	影	因烟	陓於于	荽於爲		
二	日	人然	儴如羊	萎人垂	犉汝均	
三	心	新鮮				
四	邪	錫涎	沮辭與			
五	疑	迎妍	頿五果	迕吾補	凝牛蒸	寓五胡，魚句。
六	來	零連	蔞力朱			
七	清	清千	寀七代	橾七各，七路。		
八	幫	賓邊	蟹甫尾	販方滿		
九	見	經堅	光古黃	絢九遇	蟹居衛	菩居筠	擭居郡
十	禪	神禪				
十一	從	秦前	巢仕交，徂交。	沮慈呂		
十二	泥	寧年				
十三	喻	寅延	台羊而			
十四	照	眞甄	底之視			
十五	滂	娉偏	敉敷是	繁芳麥		
十六	定	亭田	遟徒荅	著直略	蕈徒南	朾丈耕	
十七	牀	澄纏				
十八	並	平便	辨蒲莧	賁符粉		
十九	群	檠虔				
二十	溪	輕牽	渓苦穴	蕠苦奎	藚去貧	駽犬縣	
二一	穿	稱煇	杼昌汝			
二二	端	丁顚	荊都耗			
二三	曉	興掀	汽虛乞	隷虛貴	呬許器	灂許廢	

〔註13〕曾運乾《音韵學講義》，（北京：中華書局。2000年11月），頁111。

〔註14〕曾運乾《音韵學講義》，（北京：中華書局。2000年11月），頁100。

〔註15〕曾運乾《音韵學講義》，（北京：中華書局。2000年11月），頁101。

二四	透	汀天	胎大才	妥他果	奎他結	葵他忽	鶎勑亂
二五	精	精箋	挈子由	巢莊交	臧子郎	蜶子逸	
二六	明	民眠	儚亡崩，亡冰。				
二七	審	聲擅					
二八	匣	刑賢	恨戶懇				
二九	曉	兄喧					
三十	喻三	營員					

上表可見所用切語上字即《廣韻》中常用之字。曾氏又以《續通志‧七音略》所舉古切字要法六十字爲證，言：「以其字紐之採取，有舌頭而無舌上，有重脣而無輕脣，則固與《廣韻》類隔音和之例相合。所定之六十字，至遲亦當在陸法言撰集《切韻》以前也。」〔註16〕

是以自孫炎集製切語，而反語遂爲大行。張世祿《中國音韻學史》云：

> 反切的形式是依據于中國文字的性質和語言上自然變異得現象而
> 產生的的；同時因爲受直音的影響，所以在文字注音上，只採取
> 了兩字順序直讀的形式。但是由整個的音級進而爲聲、韻的分析，
> 由單字的直音進而爲兩字的拼音，實在是注音方法上的一大改
> 革。這種改革的完成，固然是由于適應實際音讀演變的情形，同
> 時還有一種外來的影響以促進牠的發生。〔註17〕

張氏所謂外來影響者，即是隨伴佛教文化之傳入中土後，釋典之翻譯與梵音拼音學理之交互影響而成。《隋書‧經籍志》云：

> 自後漢佛法行於中國，又得西域胡書，能以十四字貫一切音，文
> 省而義廣，謂之婆羅門書，與八體六文之義殊別。〔註18〕

能以「十四字貫一切音」之法，似已超越傳統音切之上。然陳澧《切韻考》中仍以爲字母等韻之學與反切之應用不能混爲一談，反駁宋人鄭樵、陳振孫之說。關於此點，張世祿於《中國音韻學史》中則略爲保留，認爲「在注音

〔註16〕曾運乾《音韵學講義》，（北京：中華書局。2000 年 11 月），頁 101。

〔註17〕張世祿《中國音韻學史》，（臺北：臺灣商務印書館。2000 年 5 月），頁 129～130。

〔註18〕《隋書‧經籍志》卷三十二《四部備要》，（臺北：臺灣中華書局。1971 年 12 月臺二版），頁 20。

方法上，由直音改爲拼音，中間還不免受了外國拼音文字的影響。」〔註19〕
而龍宇純〈例外反切研究〉一文中云：「反切的起源，大家都說是受了梵文拼
音的影響，這話直是不錯的。」〔註20〕則與張氏之說相同。

　　孫炎集成反語加以整理，並以雙聲標目，於是聲類系統大定。又受梵語
拼音之法影響而有字母之概念。此後反語既興，而韻書之出現則有其時空背
景。《南史·陸厥傳》言及當時爲文者，好用宮商，又別平上去入四聲，遂
以此制韻。四聲之運用與聲韻觀念之開拓，影響此一時期之文學觀念甚鉅。
梁文帝《金樓子·立言篇》有：「綺縠紛披，宮徵靡曼，脣吻道會，情靈搖
蕩。」〔註21〕又此一時期之文學批評巨作，劉勰之《文心雕龍》，書中別立
有〈聲律篇〉，其云：「凡聲有飛沉，響有雙疊。雙聲隔字而每舛，疊韻雜句
而必睽。」又有「異音相從謂之和，同聲相應，謂之韻。」〔註22〕之說，正
是證明此一概念之影響甚大。文辭既講究聲律之美，字音之制定便自然形成
趨勢。於是而有韻書之作。董同龢《漢語音韻學》：

> 文辭講求聲律既成一時的風尚，字音的釐定也就不可或緩；恰在
> 此時，反切大行，工具已備。於是，別四聲，分韻類，逐字注音
> 的韻書，也就在中國應運而生了。〔註23〕

董氏自文學史上聲韻概念之發展作關照，以解釋此一時期韻書興起之原因。
此外，此一時期，政治之動盪，社會之紛擾，民族之雜居，文化之衝擊，以
致於語言之變化，在在皆當列爲考慮之因素。國立師範大學國音教材編輯委
員會所編纂之《國音學》一書，言及民國前國音史略，於〈唐宋韻書〉條下
云：

> 在南北朝民族遷徙融合的大時代，語言由混淆而形成通行的「普
> 通話」以後，爲了政治上、學術（文學）文化上的需要，就產生

〔註19〕張世祿《中國音韻學史》，（臺北：臺灣商務印書館。2000年5月），頁131。

〔註20〕龍宇純〈例外反切研究〉《中上古漢語音韻論文集》，（臺北：五四書店、利氏學
　　　　社。2002年12月），頁35。

〔註21〕郭紹虞《中國文學批評史》，（臺北：文史哲出版社。1988年4月），頁134。

〔註22〕劉勰《文心雕龍》卷七，（臺北：文史哲出版社。1988年4月），頁11。

〔註23〕董同龢《漢語音韻學·切韻系的韻書》，（臺北：文史哲出版社。1998年10月），
　　　　頁78。

韻書了。〔註24〕

是以知韻書之產生有其複雜因素存在。韻書雖興於久遠，惟多有不傳。目前所知最早之韻書為李登《聲類》，見錄於唐代封演之《封氏聞見記》中。封氏云：「魏時有李登之《聲類》十卷，凡一萬一千五百二十字，以五聲命字，不立諸部。」〔註25〕又《魏書‧江式傳》：「晉世義陽王典祠，令任城呂忱表上《字林》六卷，……忱弟靜，別放故左校令李登《聲類》之法，作《韻集》五卷，宮、商、角、徵、羽各為一篇。」〔註26〕又《隋書‧潘徽傳》：「末有李登《聲類》、呂靜《韻集》，始判清、濁，纔分宮、羽。」〔註27〕五聲即宮、商、角、徵、羽，後人以之比附喉、牙、舌、齒、脣。自此而往，有關聲韻之韻書則著作日盛。今知李登有《聲類》而呂靜有《韻集》。曾運乾以為《聲類》實以聲為經之第一部韻書，而《韻集》則為以韻為經之第一部韻書。〔註28〕惟所舉二書皆已不存，不能證曾氏之說。且古人稱「聲」，或有指「韻」而言者，是以曾說亦不能無疑。惟韻書之見錄者，概以李登《聲類》為最早。繼李、呂二氏之後，夏侯該《韻略》、陽休之《韻略》、周思言《音韻》、李季節《音譜》、杜臺卿《韻略》等，其人及著作，皆見錄於隋‧陸法言〈《切韻》‧序〉中，書亦都亡佚。曾氏言《廣韻》之沿革，又標舉法言之前，精研聲韻者及其著作；又有與同撰《切韻》者，與《切韻》之續注者。〔註29〕今列之如下。

表三 《切韻》前之重要韻書及其作者表

姓　　名	著　　作	見　　錄
李登	《聲類》	《魏書‧江式傳》
呂靜	《韻集》	《隋書‧潘徽傳》

〔註24〕國立師範大學國音教材編輯委員會編纂《國音學》，（臺北：正中書局。2005 年 2 月），頁 17。

〔註25〕封演《封氏聞見記》，《四庫全書‧子部‧雜家》，（臺北：臺灣商務印書館。1983 年 10 月），頁 862～415。

〔註26〕《魏書‧江式傳》卷九十一《四部備要》，（臺北：臺灣中華書局。1971 年 9 月 臺二版），頁 12。

〔註27〕《隋書‧潘徽傳》卷七十六《四部備要》，（臺北：臺灣中華書局。1971 年 12 月 臺二版），頁 10。

〔註28〕曾運乾《音韻學講義》，（北京：中華書局。2000 年 11 月），頁 112。

〔註29〕曾運乾《音韻學講義》，（北京：中華書局。2000 年 11 月），頁 112～114。

夏侯該	《韻略》	《隋書・經籍志》
陽休之	《韻略》	《隋書・經籍志》
周思言	《音韻》	《南史・周朗傳》
李季節	《音譜》	《北史・李公緒傳》
杜臺卿	《韻略》	《隋書・杜臺卿傳》
周彥倫	《四聲切韻》	《隋書・杜臺卿傳》
沈約	《四聲譜》	《梁書・沈約傳》
王斌	《四聲論》	《南史・陸厥傳》
劉善經	《四聲指歸》	《隋書・劉善經傳》
潘徽	《韻纂》	《隋書・潘徽傳》

表四　與陸法言同時之研聲韻者表

姓　　名	著　　作	見　　錄
劉臻	《切韻》同研	《切韻・序》、《隋書・劉臻傳》
顏之推	《切韻》同研	《切韻・序》、《北史・文苑傳》
盧思道	《切韻》同研	《切韻・序》、《隋書・盧思道傳》
魏彥淵	《切韻》同研	《切韻・序》、《隋書・魏澹傳》
李若	《切韻》同研	《切韻・序》、《北史・李庶傳》
蕭該	《切韻》同研	《切韻・序》、《北史・儒林傳》
辛德源	《切韻》同研	《切韻・序》、《隋書・辛德源傳》
薛道衡	《切韻》同研	《切韻・序》、《隋書・薛道衡傳》

表五　《切韻》之續注者表

姓　　名	著　　作	見　　錄
長孫納言	《切韻》箋注	
郭知玄	《切韻》正字	
關亮	《切韻》增字、釋訓	《廣韻・卷首》
薛峋	《切韻》增字、釋訓	《廣韻・卷首》
王仁昫	《切韻》增字	《廣韻・卷首》
祝尚丘	《切韻》增字	《廣韻・卷首》
孫愐	《切韻》增字	《廣韻・卷首》
嚴寶文	《切韻》增字	《廣韻・卷首》
裴務齊	《切韻》增字	《廣韻・卷首》
陳道固	《切韻》增字	《廣韻・卷首》

　　隋・陸法言著《切韻》之後，長孫納言等人迭有箋注、正字與增補，其中以唐・孫愐之《唐韻》爲其中最著者。又有李舟《切韻》，韻部與陸法言著《切韻》異，論者皆以系統不同而區分。孫愐《唐韻》之次第與著作體例，依其自序言：

> 《切韻》盛行於世，然隨珠尚纇，虹玉仍瑕。注有差錯，文復漏誤。若無刊正，何以討論。⋯⋯輒罄謏聞，敢補遺闕，兼習諸書，具爲訓解。〔註30〕

是知孫愐於陸書本秉於增補缺遺而作。曾氏以爲孫愐之《唐韻》「於陸書之部目次第，未有更革也。」〔註31〕本師陳伯元先生所著《廣韻研究》一書，論及《廣韻》之源流，於《唐韻》下云：

> 《唐韻》現存吳縣蔣斧藏唐寫本唐韻殘卷一種，及柏林藏VI21015等五卷爲天寶本。開元本亦有P2018及P2016等卷。是書王國維據卞令之《式古堂書畫彙考》及魏了翁〈唐韻後序〉考知：「開元中初撰之本，其部目都數，計平聲上二十六韻，平聲下二十八韻，上聲五十二韻，去聲五十七韻，入聲三十二韻，與巴黎所藏陸法言《切韻》全同，惟上聲較陸多一韻，與王仁昫《切韻》同，則其部數全用陸氏之舊。」〔註32〕

以今所見敦煌遺書中《唐韻》殘卷，更證《唐韻》之本於《切韻》。丁度《集韻・韻例》言陳彭年撰定《廣韻》，只是「因法言韻就爲刊益」而已。〔註33〕明・王應麟《玉海》：「景德四年十一月戊寅，崇文院刊定《切韻》五卷，依九經例頒行，祥符元年六月五日，改爲《大宋重修廣韻》。」今澤存堂刊本《廣韻》卷首：「景德四年（1007年）十一月十五日⋯⋯特加刊正⋯⋯宜令崇文院雕印宋國子監，依九經書例施行。」又「大中祥符元年（1008年）

〔註30〕孫愐《唐韻》，參見《新校宋本廣韻》，（臺北：洪葉文化事業有限公司。2007年9月），頁16。

〔註31〕曾運乾《音韵學講義》，（北京：中華書局。2000年11月），頁115。

〔註32〕陳新雄《廣韻研究》，（臺北：臺灣學生書局。2004年11月），頁17。

〔註33〕丁度《集韻・韻例》，參見《小學名著五種》，（北京：中華書局。1998年11月），頁3。

六月五日……改爲《大宋重修廣韻》。」﹝註34﹞正是王應麟所言。黃季剛〈與人論治小學書〉：

> 今行《廣韻》，雖非陸君《切韻》之舊；然但有增加，無所刊剟，
>
> 則陸君書，固在《廣韻》中也。﹝註35﹞

是以《切韻》雖不存，而《廣韻》獨行。《廣韻》之後雖有丁度之《集韻》，然音學研究，仍以《廣韻》爲要津。今據《廣韻》可以考陸氏之舊，陳澧作《切韻考》系聯切語上下字之法，即是以《廣韻》之切語爲本。

曾氏於音學之研究，於〈《廣韻》部目原本陸法言《切韻》證〉一文中言：「考法言《切韻》、孫愐《唐韻》、陳彭年《廣韻》，名爲三書，實爲一書。」﹝註36﹞法言著作論南北是非，古今通塞。就《切韻》可以知古今之音變。三書既存其一，則就《廣韻》以求古今之音自是正途。

顧炎武〈答李子德書〉：

> 齊一變至於魯，魯一變至於道。今之《廣韻》固宋時人所謂「菟
> 園之冊」，家傳而戶習者也。自劉淵韻行，而此書幾於不存；今使
> 學者目睹是書而曰：「自齊梁以來，周顒、沈約諸人相傳之韻固如
> 是也。」則俗韻不攻而自絀，所謂「一變至於魯也」。又從是而進
> 之五經三代之書，而知秦漢以下至於齊梁，歷代遷流之失，而三
> 百篇之《詩》可弦而歌之矣，所謂「一變至於道也」。故吾之書，
> 一循《廣韻》之次第，而不敢輒更，亦猶古人之意。﹝註37﹞

黃侃：〈音韻略說〉：

> 往者，古韻今韻等韻之學，各有專家，而苦無條貫。自番禺陳氏
> 出，而後《廣韻》之理明；《廣韻》明，而後古韻明；今古之音盡
> 明，而後等韻之糾紛始解。此音學之進步，一也。﹝註38﹞

﹝註34﹞陳彭年、丘雍《廣韻》，（臺北：洪葉文化事業有限公司。2007 年 9 月），頁 9～10。

﹝註35﹞黃季剛〈與人論治小學書〉，參見《黃侃國學文集》，（北京：中華書局。2006 年 5 月），頁 150。

﹝註36﹞曾運乾《音韵學講義》，（北京：中華書局。2000 年 11 月），頁 116。

﹝註37﹞顧炎武〈答李子德書〉《音學五書》，（北京：中華書局。2005 年 02 月），頁 8。

﹝註38﹞黃季剛〈聲韻略說〉，參見劉夢溪編《中國現代學術經典·黃侃劉師培卷》，（石

二、曾氏據《廣韻》而爲音學研究之基礎

（一）據《廣韻》切語考得「聲鴻者音侈，聲細者音弇」之理。

（二）據《廣韻》切語上字之系聯，考得《廣韻》聲紐五十一，因作〈《切韻》五聲五十一紐〉，爲曾氏《廣韻》學之重要學說。

（三）據《廣韻》切語「聲鴻音侈，聲細音弇」之理，考得侈弇非二百六韻之正變，乃二百六韻之正變又各有侈弇。

（四）據《廣韻》切語正、變，侈、弇，鴻、細之理，考得古聲十九紐，與錢竹汀以來古聲研究諸家之成果相吻合。

（五）據《廣韻》切語正、變，侈、弇，鴻、細之理，又參之以《切韻考》，作〈等韻門法駁議〉，以駁宋元以來等韻各家及門法之弊。

（六）據《廣韻》切語古聲十九紐，駁宋元以來，合喻於影，以爲清濁相配之誤，以經傳與說文諧聲諸法，作〈喻母古讀考〉，證喻母三等歸匣，四等歸定。

（七）據《廣韻》切語，參之以諸家成就，證之以經傳韻語，作〈古本音齊韻當分二部說〉，定古韻爲三十部。

（八）據《廣韻》切語，立古韻三十部，分四類，定古韻通轉之範圍。

《廣韻》既本於《切韻》，則可知其中切語所存即爲中古之音。而《切韻》著作本又「論南北是非，古今通塞。」是以據《廣韻》切語，亦可以上推古音，此音韻學者之共論。曾氏音學能自《廣韻》切語中，考得聲韻有「鴻細侈弇」之理，始有五聲五十一紐之說。《廣韻》雖流傳有緒，然以歷來有所增補，非一人一時所爲，其中或訛或疏。曾氏於是爲之考訂《廣韻》韻類，作成〈補譜〉。斯譜雖未見傳，郭晉稀據曾氏之意填出〈《廣韻》補譜〉，斯譜綜輯《廣韻》聲類及考訂之《廣韻》韻類，又能析影喻二類清濁與喻母三四等之不同。遂使《廣韻》中所有切語各安其位，能正宋元以來門法之蹐駁。至於分古韻齊部爲二，其取法雖自崑山顧氏，取材則自《廣韻》存字。是以知曾氏音學研究皆以《廣韻》爲基礎。

家庄：河北教育出版社，1996 年 08 月），頁 258。

第二節 以《切韻考》爲研究音學之權輿

番禺陳蘭甫於《切韻考・序》中云：

> 切語舊法，當求之陸氏《切韻》。《切韻》雖亡而存於《廣韻》。
>
> 乃取《廣韻》切語上字系聯之爲雙聲四十類；又取切語下字系聯
>
> 之，每韻或一類或二類或三類四類，是爲陸氏舊法。〔註39〕

《廣韻》切語計用四百七十三字爲切語上字，〔註40〕其中多有互爲雙聲者。是以「雙聲四十類」即陳澧以系聯之法所求得之《廣韻》聲類。陳氏作《切韻考》惟以系聯之法求聲類韻類之先導。

一、《切韻考》爲音學研究方法之重要著作

法言《切韻》以四聲分五卷，立目者共二百六韻。至於聲類則僅「紐其脣、齒、喉、舌、牙部，件而次之。」〔註41〕聲類雖在切語中，惟其隱而未見，此亦陳澧所以求陸氏舊法之因。陳澧之法具見於所著之《切韻考》中。而曾氏亦用陳氏之法以求《廣韻》聲類。宋元以來之等韻譜，或據《廣韻》、《切韻》，或據《平水韻》，雖所據不同，然於聲類則皆用三十六字母。字母雖亦繫之韻圖，惟於敦煌文書未出之前，僅明・呂介孺《同文鐸》中言及。陳澧以系聯而得《廣韻》聲類四十之數，其與三十六字母間之關係，亦不能不爲之尋緒抽繹其聲類源流。

語言隨時、地而變，漢語聲系中有關聲母之類數亦古今不同。今所見三十六字母，相傳爲唐代僧人守溫所創。據明・呂介孺《同文鐸》所載，爲大唐舍利剏三十字母，而後守溫增益爲三十六字母。知守溫之前，已有舍利三十字母。羅常培以爲三十字母乃守溫所訂，今所傳三十六字母，則爲宋人所增改，而託諸守溫者。林尹則以爲唐舍利所剏而守溫據以修改增益，是以仍依呂介孺之說。對照於今所見三十六字母，守溫自舍利字母中，再增益「孃、床、幫、滂、微、奉」六母而爲三十六字母，表列如下。

〔註39〕陳澧《切韻考》，（臺北：臺灣學生書局，1969 年 1 月），頁 1。

〔註40〕可參考本文第四章第二節所統計。

〔註41〕孫愐《唐韻・序》，參見陳彭年等編《廣韻》，（臺北：洪葉文化事業有限公司。2007 年 9 月），頁 18。

表六　守溫三十六字母表

發音部位	三　十　六　字　母				
喉　音	影	曉	匣	喻	
牙　音	見	溪	群	疑	
重脣音	幫	滂	並	明	
輕脣音	非	敷	奉	微	
舌頭音	端	透	定	泥	
舌上音	知	徹	澄	娘	
齒頭音	精	清	從	心	邪
正齒音	照	穿	床	審	禪
半舌音	來				
半齒音	日				

　　自三十字母以至於三十六字母間之演變，推測其原因，當爲實際語音中已見區別，時間或在唐末五代至宋代之間。江永《音學辨微・辨字母》、陳澧《切韻考・外篇》、劉復〈守溫三十六字母排列法之研究〉、王力《漢語史稿》，皆主三十六字母乃當時實際語言中之聲類。然而不論是作爲一種系統之聲類，抑或實際語言中之聲類，三十六字母間，是否已經再無區別之條件？江永《四聲切韻表・凡例》：「昔人傳三十六字母，總括一切有字之音，不可增減，不可移易。凡欲增減移易者，皆妄作也。」〔註42〕江永於音學之研究上，雖被歸於精於審音一派，然其對於字母之觀念顯然爲保守，自始均爲三十六字母之維護者，〔註43〕此亦音學研究之重韻而輕聲所致。江永未及得見敦煌石室之〈歸三十字母例〉以及〈守溫韻學殘卷三十字母表〉，〔註44〕顯然並不知字母之來源，本沙門因應佛經翻譯所爲，而並非其所認定之「隋唐之間，精於音學者爲之。」〔註45〕如此一來，三十六字母於音理審定之精密度上，便容有再爲商榷之空間。羅常培〈敦煌寫本守溫韻學殘卷跋〉：

〔註42〕江永《四聲切韻表・凡例》（臺北：廣文書局，1966 年 1 月），頁 1。

〔註43〕參考李葆嘉《清代上古聲紐研究史論》（臺北：五南圖書出版公司，1996 年 6 月），頁 33。

〔註44〕參考周祖謨編《唐五代韻書集存》下冊，（臺北：學生書局，1994 年 4 月），頁 795～796。

〔註45〕江永《音學辨微・辨字母》（臺北：廣文書局，1966 年 1 月），頁 5。

> 蓋守溫初作字母，僅類聚《切韻》反切上字而參對梵藏體文，
>
> 於梵藏有而華音無者固皆刪汰，於華音有而梵藏無者亦付闕
>
> 如。〔註46〕

就守溫類聚反切上字而作成字母一事，顯然與清代學者陳澧為求《切韻》之故，而作《切韻考》時所使用之研究方法類同。惟創制字母若只為因應翻譯佛經之需求，則「既不必類聚反切，也不會採用方言調查法歸納，而是走了一條最自然不過的捷徑。」〔註47〕顯然只要參對梵藏體文，驗之於脣吻，作基本之審音即可。三十字母增益孃、床、幫、滂、微、奉六母，而成為三十六字母。宋元以來等韻圖，如《韻鏡》、《四聲等子》、《七音略》等即以三十六字母為聲類，排列成圖。

　　由三十字母至三十六字母之演變，竺家寧以為主要於三方面：（一）三十字母缺輕脣音「非敷奉微」。（二）三十字母缺孃母。（三）三十字母有禪無牀。〔註48〕事實上，除字母之不同外，三十字母列來母於牙音，列心、邪為喉中清音，就音理之審定，實已與今三十六字母不同。如以語音之演變，乃勢所必然，以語言必因時因地而有所更革。如此一來，無論就共時異地之語音而言，或歷時一地之語音而言，顯然三十六字母並非如江永所言，不可增減。《切韻·序》：「欲廣文路，自可清濁皆通；若賞知音，即須輕重有異。」較之《切韻》之著作精神，與參與審音之學者及成書之編纂過程，則單只參照體文，驗以脣吻，以因應釋書翻譯而歸納之三十六字母，就語音系統而言，顯然過於單薄。例如齒音二等三等，字母雖合，以宋元韻圖而言，又分別劃然。可見近齒之照二與近舌之照三，於上古各有來源。而於中古三十六字母時期，雖合併為「照、穿、床、審、禪」，然實際之切語上字卻仍分成「莊、初、床、疏」與「照、穿、神、審、禪」二類，遂分列韻圖齒音二三等中。至於喻母三等、四等亦復如是。若承此演變之趨勢，則江永之說，實有再為商榷之必要。

〔註46〕羅常培〈敦煌寫本守溫韻學殘卷跋〉，參見《中央研究院集刊》第三本（1934年）。

〔註47〕李葆嘉《清代上古聲紐研究史論》，（臺北：五南圖書出版公司，1996年6月），頁34。

〔註48〕竺家寧《聲韻學》，（臺北：五南圖書出版公司，1993年11月），頁240。

二、《切韻考》之系聯方法

江永之後，於中古字母之研究，直至清代陳澧始有進一步之進展。陳澧爲求陸氏舊法，因作《切韻考》，其序云：

> 自孫叔然始爲反語，雙聲疊韻，各從其類。由是諸儒傳授四聲，韻部作焉。而陸氏《切韻》，實爲大宗。蓋自漢末以至於隋代，審音之學具於斯矣。唐季沙門，始立三十六字母，分爲等子。字母之名雖由梵學，其實則據中土切音。然音隨時變，隋以前之音至唐季而漸混。字母等子以當時之音爲斷，不盡合於古法。其後切語之學漸荒，儒者昧其源流，猥云出自西域。至國朝嘉定錢氏、休寧戴氏，起而辨之。以爲字母即雙聲，等子即疊韻，實齊梁以來之舊法也。二君之論既得之矣。澧謂切語舊法當求之陸氏《切韻》，《切韻》雖亡而存於《廣韻》。乃取《廣韻》切語上字系聯之爲雙聲四十類。〔註49〕

陳澧於此提出三個重點：

（一）研究構想：有鑑於切語之學日漸荒廢，而源流又晦昧不明。自另一個角度觀之，即是欲彰顯漢末以來雙聲疊韻之法，考究六朝至隋唐之音，以求陸氏《切韻》舊法之原貌。

（二）研究方法：因法言《切韻》今已不存，是以陳澧認爲「據《廣韻》以考陸氏《切韻》，庶可得其大略。」〔註50〕於是取《廣韻》切語上字而系聯之。爲此陳澧亦設定其系聯細則：〔註51〕

1. 切語上字與所切之字爲雙聲，則切語上字同用、互用、遞用聲必同類。

2.《廣韻》同音之字不分兩切語，此必陸氏之舊。其兩切語下字同類者，則上字必不同類。

3.《廣韻》一字兩音者，互注切語，其同一音之兩切語上二字聲必同類。

此陳澧據以系聯切語之條例，聲韻學家以基本條例、分析條例、補充條例稱之。本師陳伯元先生又有〈陳澧系聯切語上字補充條例補例〉：「今考《廣

〔註49〕陳澧《切韻考·序》，（臺北：臺灣學生書局。1969年1月），頁1～2。

〔註50〕陳澧《切韻考·條例》，（臺北：臺灣學生書局。1969年1月），頁3。

〔註51〕陳澧《切韻考·條例》，（臺北：臺灣學生書局。1969年1月），頁3～7。

韻》平、上、去、入四聲相承之韻，不但韻相承，韻中字音亦多相承，相承之音，其切語上字聲必同類。」〔註52〕補其方法之不足。

（三）基本設定：陳澧以爲字母即雙聲，等子即疊韻。此皆基於「切語之法，以二字爲一字之音，上字與所切之字雙聲，下字與所切之字疊韻，上字定其清濁，下字定其平上去入。上字定清濁而不論平上去入，……」〔註53〕之原則而來。是故，以切語與所切字之間必雙聲疊韻之關係，方能因其切語上字同用、互用、遞用而系聯爲同類，下字亦同此法。

陳澧《切韻考》系聯之法一出，遂啓後代學者予一新研究方法。〔註54〕自此而往，學者於《切韻》聲類韻類之研究分析上能踵事增華，各得擅場。張暄《求進步齋音論・三十六字母與四十聲類》有三十三類說；〔註55〕羅常培〈切韻探賾〉有二十八類說；〔註56〕高本漢《中國音韻學研究》、〔註57〕白滌洲〈廣韻聲紐韻類之統計〉、〔註58〕黃淬伯〈討論切韻的韻部與聲紐〉有四十七類說；〔註59〕陸志韋〈證廣韻五十一聲類〉、〔註60〕周祖謨〈陳澧切韻考辨誤〉有五十一類說；〔註61〕姜亮夫《瀛涯敦煌韻輯・論部六》有四十八類說；〔註62〕李榮《切韻音系》有三十六類說；〔註63〕王力《漢語音韻》有三

〔註52〕陳新雄《聲韻學》，（臺北：文史哲出版社。2005 年 9 月），頁 55。

〔註53〕陳澧《切韻考・條例》，（臺北：臺灣學生書局。1969 年 1 月），頁 3。

〔註54〕葉鍵得〈陳澧系聯《廣韻》切語上下字條例的教學設計與問題討論〉《應用語文學報》，（臺北：臺北市立教育大學，2004 年 6 月），頁 53～70。

〔註55〕張暄三十三類說引自姜亮夫《中國聲韻學》，（臺北：文史哲出版社。1971 年 2 月），頁 93。又陳新雄《廣運研究》，（臺北：臺灣學生書局。2004 年 11 月），頁 214。

〔註56〕羅常培〈切韻探賾〉《羅常培文集》第七卷，（山東：教育出版社。2008 南 11 月），頁 14～15。

〔註57〕高本漢《中國音韻學研究》，（臺北：臺灣商務印書館。1966 年 5 月），頁 237～436。

〔註58〕白滌洲〈廣韻聲紐韻類之統計〉，（北京：北京師範大學《學術季刊》）1931 年 2 期 1 卷。

〔註59〕黃淬伯〈討論切韻的韻部與聲紐〉《史語所周刊》第 6 集第 61 期，1928 年。

〔註60〕陸志韋〈證《廣韻》五十一聲類〉燕京學報 25 期，（1939 年 06 月），頁 1～60。

〔註61〕周祖謨《問學集》下冊，（北京：中華書局。2004 年 7 月），頁 517～551。

〔註62〕姜亮夫《瀛涯敦煌韻輯》，（臺北：鼎文書局，1972 年）。

十六類說；〔註64〕邵榮芬《切韻研究》有三十七類說。〔註65〕此皆犖犖大者，至於曾運乾則有〈切韻五聲五十一聲紐考〉與陸、周同爲五十一聲說。〔註66〕聲類研究有此成績，不能不謂啓蒙於陳澧。

陳澧論聲之清濁條件與韻之平上去入。其《切韻考·條例》云：

> 切語之法，以二字爲一字之音，上字與所切之字雙聲，下字與所切之字疊韻，上字定其清濁，下字定其平上去入。上字定清濁而不論平上去入，如東德紅切、同徒紅切，東、德皆清，同、徒皆濁也；然同、徒皆平可也，東平、德入亦可也。下字定平上去入而不論清濁，如東德紅切、同徒紅切、中陟弓切、蟲直弓切，東紅、同紅、中弓、蟲弓皆平也。然同紅皆濁、中弓皆清可也。東清紅濁、蟲濁弓清亦可也。東、同、中、蟲四字在一東韻之首，此四字切語已盡備切語之法，其體例精約如此，蓋陸氏之舊也。

> 今考切語之法，皆由此明之。〔註67〕

陳澧自《廣韻》一東韻中首四字所用切語，就其清、濁與平、上、去、入之相配置關係而得啓發，以爲東、同、中、蟲四字之切語，已充分顯示陸氏之作《切韻》，其體例已臻完備。自此基礎而爲延伸，陳澧系聯所有切語〔註68〕，始有《廣韻》聲類四十之結果。陳澧但言上字定清、濁而不論其平、上、去、入；下字定平、上、去、入而不論其清濁。並未進一步探討聲與韻二者間之對應關係。曾氏顯然並未完全同意陳澧系聯《廣韻》切語所持之方法與所得之結果。曾氏云：

> 東塾舉此四字，以明清濁及平上去入，而不知聲音之弇侈鴻細，
> 即寓其中，故其所分聲類，不循條理，囿於方音，拘於繫聯，於

〔註63〕李榮《切韻音系》，（北京：中國科學院，1952）。

〔註64〕王力《漢語音韻學》，（臺北：友聯出版社。2004 年 7 月），頁 188～203。

〔註65〕邵榮芬《切韻研究》，（北京：中華書局。2008 年 12 月），頁 22～47。

〔註66〕各家聲類方法與成果可參考陳新雄先生《廣韻研究·廣韻聲類諸說述評》，（臺北：臺灣學生書局，2004 年 11 月），頁 214～253。

〔註67〕陳澧《切韻考·條例》，（臺北：臺灣學生書局。1969 年 1 月），頁 3。

〔註68〕陳澧於《切韻考》中系聯《廣韻》切語，排除後期所增加之字，以其非陸氏之舊。

明、微之應分者合之，影等十母之應分者亦各仍其舊而不分，殆

猶未明陸生之大法也。〔註69〕

逐於陳澧《切韻考》之系聯條例基礎上，根據自己之體悟；又自〈《切韻》·序〉中，得切語「音侈聲鴻，音弇聲細」之則，於是更爲分析《廣韻》聲類爲五聲五十一紐，此亦曾氏研究《廣韻》聲類之最後結論。

　　曾氏以《切韻考》爲音學研究之權輿

　　（一）據《切韻考》求陸氏舊法之義爲音學研究之發蒙。

　　（二）據《切韻考》所用系聯條例爲《廣韻》聲類研究之本法。

　　（三）據《切韻考》所定切語之法爲音學研究之根據。

　　（四）據《切韻考》用《廣韻》前四字之法，而得正變鴻細侈弇之例。

　　（五）據《切韻考》系聯之法，合鴻細侈弇條例，而證《廣韻》五聲五
　　　　　十一紐。

　　陳澧作《切韻考》，以系聯之法而求《廣韻》聲類與韻類。系聯所得之聲類，大致上反映了中古前期，亦即六朝至隋唐間之漢語聲母系統。〔註70〕至於三十六字母之系統，王力《漢語史稿》以爲則是符合十世紀至十二世紀間之聲母實況。〔註71〕比較此二者之異同在於：（一）輕脣音之產生。（二）正齒音之合併。（三）喻母字之出現。〔註72〕陳澧系聯所得，雖然提供作爲此一比對之資料，實際上陳澧於聲韻研究上之貢獻乃是開創《廣韻》切語研究之新方法。此一基礎之建立與概念之提出後，逐有曾氏據以修正其系聯條件，又據陳氏援引《廣韻》前四字之法，而更有「鴻細侈弇」條例之建構，進而證《廣韻》五聲五十一紐，此皆以陳澧《切韻考》爲其音學研究之權輿。

第三節　以〈《切韻》·序〉爲研究音學之津梁

　　陳澧既自《廣韻》平聲一東韻前四字，建立其系聯之理論基礎。曾氏仍以爲未允。切語中除音之清、濁與平、上、去、入之特性外，實已見聲音之

〔註69〕曾運乾《音韻學講義》，（北京：中華書局。2000 年 11 月），頁 120～121。

〔註70〕竺家寧《聲韻學》，（臺北：五南圖書出版公司，1993 年 11 月），頁 243。

〔註71〕王力《漢語史稿》，（北京：中華書局，2001 年 2 月），頁 109。

〔註72〕竺家寧《聲韻學》，（臺北：五南圖書出版公司，1993 年 11 月），頁 243～244。

弇侈鴻細。是以同自《廣韻》首四字，陳澧得出切語中，聲之清濁與韻之平、上、去、入於一音之結構上，彼此之對應關係。曾氏則悟出聲之鴻細與韻之弇侈存在對應關係。解釋不同，遂致結論分歧。然此爲對照陳澧於《切韻考》之論說，曾氏眞正得「音侈聲鴻，音弇聲細」之啓示，則來自陸法言〈《切韻》‧序〉中所舉之例。

一、陸法言〈《切韻》‧序〉之啓發

曾氏云：

> 《廣韻》切語，侈音例爲鴻聲，弇音例爲細音；反之，鴻聲例用侈音，細聲例用弇音。此其例即見於法言之自序云：「支章移切脂旨夷切魚語居切虞遇俱切，共爲一韻；先蘇前切仙相然切尤於求切侯胡溝切，俱論是切。」上四字移、夷、居、俱明韻即切語下一字，音學也。之易於淆惑者；下四字蘇、相、于、胡，古聲及《切韻》匣、于爲類隔，余別有考證四十條。明切即切語上一字，聲學也。之易於淆惑者。

曾氏據此遂進一步分析出聲與韻之間，鴻細侈弇之性質於聲韻結合之結構上，所形成之對應關係。以〈《切韻》‧序〉中所舉字爲例，前四字切語下字用移、夷、居、俱，是爲說明韻部上之容易混淆；後四字切語上字用蘇、相、于、胡，是爲說明聲紐之容易混淆。曾氏云：

> 是故法言切語之法，以上字定聲之鴻細，而音之弇侈寓焉；以下字定音之弇侈，而聲之鴻細亦寓焉。見切語上字其聲鴻者，知下字必爲侈音；其聲細者，知其下字必爲弇音矣。見切語下字其音侈者，知其上字必爲鴻聲；其音弇者，知其上字必爲細聲矣。試以一東部首東、同、中、蟲四字證之：東、中、同蟲皆類隔雙聲，此與先、仙、尤、侯一列。東德紅切，同徒紅切，德、徒鴻聲也，亦侈音也；紅侈音也，亦鴻聲也；故曰音侈者聲鴻，聲鴻者音侈。中陟弓切，蟲直弓切，陟直細聲也，亦弇音也；弓弇音也，亦細聲也；故曰音弇者聲細，聲細者音弇。四字同在一韻，不獨德、陟、徒、直不能互易，即紅、弓亦不能互易，此即陸生輕重有異之大例也。東塾舉此四字，以明清濁及平上去入，而不知聲音之弇侈鴻細，即寓其中，故其所分聲類，不循條理，囿於方音，拘

於繫聯，於明、微之應分者合之，影等十母之應分者亦各仍其舊
而不分，殆猶未明陸生之大法也。今輒依切語音侈聲鴻音弇聲細
之例，各分重輕二紐。陳氏原四十類，加入微二、影二、見二、溪二、
曉二匣二即陳氏所分之于類。疑二、來二、精二、清二、從二、心二十一母，
故四十類爲五十一紐也。至於各類之別，本不過弇侈鴻細之間，
依古聲類言之，並非判然爲二，故陸生切語，侈音間有用細聲，
弇音間有用鴻聲者，此亦如端、知八母、幫、非八母之各有類隔
也。謂爲類隔，同可謂之類隔；謂爲音和，同可謂之音和；分例
之法，不當以小異害大同，即審聲之理，亦不宜以音和淆類隔也。

〔註73〕

依曾氏之意，音之結構必是「音侈者聲鴻，聲鴻者音侈。音弇者聲細，
者音弇。」此一重要理論遂成爲曾氏音學體系中之根柢。聲與韻相互關連，
必有其結合之條件。〈《切韻》·序〉所舉，非爲無端。聲與韻之關係，蘄春
黃季剛亦有類似之看法。其《文字聲韻訓詁筆記》有「切韻分聲」一條云：

〈《切韻》·序〉文辭不佳，置諸《廣韻》首端，人多忽之。其言
「支脂魚虞，共爲一韻；先仙尤侯，俱論是切。」上一句言韻之
混亂，下一句言聲之混亂。故知切韻者，切與韻而非切之韻也。

〔註74〕

自〈《切韻》·序〉中所悟，雖未知二君所言之先後，然黃氏同時亦云：

據陸法言〈《切韻》·序〉「先蘇前切仙相然切尤於求切侯胡溝切，俱論
是切。」一語，以考《切韻》切語上一字知分類。其法取先仙，
一。模虞，二。唐陽，三。侯尤，四。四雙相溷之韻，比其上字
而分判之，而系聯之。《切韻》、《集韻》皆有小誤。《集韻》尤疏，然時有可
補苴《廣韻》者。知《切韻》切語上一字時當分五十一類。予前以番
禺陳君書爲本，而分四十一類。陳分四十類，其明、微實當爲二。今考
得更須分出十類，而爲之定名，并廢其舊名。

〔註73〕曾運乾《音韻學講義》，（北京：中華書局。2000 年 11 月），頁 120～121。

〔註74〕黃侃口述，黃焯筆記《文字聲韻訓詁筆記》，（臺北：木鐸出版社。1983 年 9 月），
頁 108。

由此言所述，黃氏亦以聲音結構，確有如曾氏所言之「音侈者聲鴻，聲鴻者音侈。音弇者聲細，聲細者音弇」之理，據其所析分出者：影烏、於曉虎、許見古、舉溪苦、去，疑五、語來郎、良精臧、將清龜、取心藏、將心蘇、須十類，亦與曾氏所析相同。曾氏於此論之甚詳，黃氏所論或當引自曾氏之創見而揄揚者。

整理曾氏引〈《切韻》‧序〉中之支、脂、魚、虞與先、仙、尤、侯八字，以說明音之鴻細侈弇對應關係，表列如下。

表七　　〈《切韻》‧序〉例字正變侈弇鴻細表

例字 / 區分		切　語	聲類	正變鴻細	韻　類	正變侈弇	備　　　　註		
共為一韻	支	章移切	照	變聲聲細	支開三	變韻音弇	韻部易混	音合雙聲	分別韻部
	脂	旨夷切	照	變聲聲細	脂開三	變韻音弇			
	魚	語居切	疑	正聲聲細	魚開三	變韻音弇			
	虞	遇俱切	疑	正聲聲細	虞開三	變韻音弇			
俱論是切	先	蘇前切	心	正聲聲鴻	先開四	正韻音侈	聲類易混	類隔雙聲	分別聲類
	仙	相然切	心	變聲聲細	仙開三	變韻音弇			
	尤	于求切	為	變聲聲細	尤開三	變韻音弇			
	侯	胡溝切	匣	正聲聲鴻	侯開一	正韻音侈			

曾氏認為，〈《切韻》‧序〉中之「支脂魚虞，共為一韻。」顯然是有鑒於韻部易於混淆之故，序中遂舉音和雙聲之字以區別韻部；而「先仙尤侯，俱論是切。」則是聲類之易於混淆者，於是用類隔雙聲之字以分別聲類。比較曾氏所析「鴻細侈弇」之對應，正韻音侈而用正聲，如先、侯之例；變韻音弇而用變聲，如支、脂、尤之例。然則此一觀點仍有需進一步商榷者三：

魚、虞、仙為三等韻，是黃季剛所謂之今變韻齊齒呼，其音為弇，何仍用正聲？

先為四等韻，作鴻音之理由為何？

切韻序中，無以二等韻字為例者，曾氏之二等鴻細為何？

二、〈《切韻》‧序〉中「鴻細侈弇」之對應與檢討

顯然切語「音侈聲鴻，音弇聲細」之例，不只是鴻、細，侈、弇之對應關係而已，其中更有所謂正、變之問題存在。曾氏以為正變非鴻細侈弇，而

是正變各有鴻細侈弇。一音之正、變，鴻、細，侈、弇，亦正是其聲韻系統中論述之基礎所在。上表所列正變鴻細依黃侃之說，至於曾氏聲與韻之正、變，鴻、細，侈、弇之定義爲何？則詳見本章第六節。

三、曾氏以〈《切韻》・序〉爲音學研究之津梁

（一）據〈《切韻》・序〉用支脂魚虞等八字，明韻之正變非鴻細，侈弇非正變之理。

（二）據〈《切韻》・序〉用支脂魚虞等八字，明聲與韻易混之理。

（三）據〈《切韻》・序〉用支脂魚虞等八字，明聲鴻音侈，聲細音弇之理。

（四）據〈《切韻》・序〉用支脂魚虞等八字，明音有正變，韻有侈弇，聲有鴻細，三者合一，始得其音。

（五）據〈《切韻》・序〉用支脂魚虞等八字，得正變鴻細侈弇爲其音學之津梁。

陳澧《切韻考》中用《廣韻》一東韻首四字切語之例，以釋聲類清濁與韻無涉，韻類四聲與聲無涉。曾氏自〈《切韻》・序〉用支脂魚虞等八字，以爲「聲」、「韻」必有「鴻細侈弇」之理在。於是復驗於陳氏所舉《廣韻》前四字切語之例，更證得聲韻之理「聲鴻者音侈，聲細者音弇」。別聲以鴻細，分韻以侈弇，析音以正變。循此而入，〈《切韻》・序〉誠曾氏音學研究之津梁。

第四節　以等韻爲研究音學之門徑

曾氏音學有《廣韻》之部，有古音之部，此二者皆各得其擅場。於《廣韻》聲類則以鴻細侈弇條例，得五聲五十一紐；於《廣韻》韻類則有〈《廣韻》補譜〉之作，考訂二百六韻爲三百二十一類，作三十二圖以明其正變侈弇；而於古聲，能考訂喻母之古讀，今已爲古聲之定論；於古韻則能析齊韻爲二，半歸支佳，半歸脂皆，實亦古韻分部之創舉。至於等韻之部，曾氏則不主韻圖，不重門法。其因在於宋元以來所見之等韻譜，或就《廣韻》、《集韻》，或就《平水韻》之音切而作譜者有數十百家之多。其中犖犖大者，如宋・司馬光之《切韻指掌圖》，宋・鄭樵之《通志・七音略》，宋・張麟之之

《指微韻鏡》，元・劉鑑之《經史正音切韻指南》，無名氏之《四聲等子》，以至於清・江永之《四聲切韻表》，清・戴震之《聲類表》，清・陳澧之《切韻考・內外篇》等諸篇，然曾氏以為皆牽強附會，未能符合隋唐舊法。此言實破宋元以來，等韻之學所以大興之蜃樓。

歷來之等韻譜既失唐宋舊法，用以濟窮之門法，實亦可棄。如此於等韻之學，曾氏所憑藉者為何？其於等韻之學所持者，實乃知等韻譜中聲類韻部之合，然後逐知其當分；知其分，於是能知其當合。此亦崑山顧氏所以離析《唐韻》之法。顧氏疵前人之言古音，但求《唐韻》之合，而不知其分。嘗曰：

> 唐・韓退之最為學古，知後人分析之韻可通為一，而不知古人之音，有絕不可混者，其所作〈元和聖德詩〉，同用語麌姥厚是矣。而併及有黝則非，又併及䧹果則更非，蓋知古人之合，不知古人知分也。〔註75〕

顧氏此言雖以言古音之求，是亦正可以釋曾氏於等韻之求。能知歷來等韻譜之疏，於是遂能補其全。曾氏於《廣韻》、《切韻考》、《《切韻》・序》中，皆取其正向積極之所得，於等韻譜則反之。此亦曾氏音學研究能自等韻譜中所得之音學門徑。試以《韻鏡》為例，說明曾氏以為宋元以來等韻譜問題。

一、等韻之失

（一）不知正變條例

曾氏音學於《古音》及《廣韻》均能建構其音學之重要理論。其於音有正變，於聲有鴻細，於韻則有侈弇之別，適各得其性。正變非鴻細，論韻者每從江永之說而言韻之洪細，以一等二等為洪，三等四等為細。黃侃更進一步解釋為，一等為古本韻之洪，而二等為今變韻之洪，三等為今變韻之細，而四等為古本韻之細。於是等韻家置「寒」於開口一等為一圖，置「桓」於合口一等為一圖，置「仙」於開口三等，與「寒」為一圖，又置「仙」於合口三等，與「桓」為一圖，再置「仙」於開口四等，與「元」合圖，又再置「仙」於合口四等，如此一韻而四分五裂。「寒」與「桓」互

〔註75〕顧炎武《音學五書・唐韻正》，（北京：中華書局。2005 年 2 月），頁 223。

爲開合，人皆知之。「寒」、「桓」與「仙一」、「仙二」爲侈弇則人或不知，「寒」、「桓」與「刪一」、「刪二」爲正變，則人更不知之。而「仙一」、「仙二」與「元一」、「元一」亦爲正變，則人更不能知。曾氏就其正變侈弇，列「寒」、「桓」、「仙一」、「仙二」於一圖，「寒」、「桓」爲正韻之侈，「仙一」、「仙二」爲正韻之弇。各爲開、合、齊、撮，於是一圖中可以知一音之流變，此爲曾氏補譜之安攝。又安有變攝，乃變韻之侈弇，即「刪」、「元」韻之侈弇。此外又有開合齊撮四等之別，亦於一攝中列之，能明一音之演變，實較等韻譜之支離合於音理。

（二）不辨聲音有鴻細侈弇

江永以洪細謂韻之性質，此即江氏一等洪大二等次大之說。而曾氏則以鴻細稱聲類，以侈弇稱韻類，以正變稱音。等韻家置歌韻於開口一等爲一圖，置戈韻合口一等爲一圖，又置支韻開口三等於一圖，再置支韻合口三等又一圖。如此支離繁苛，亦只就韻書之部目，分其開合等第而已。殊不知，「歌」之與「戈」爲正韻侈音之開合二類；支之半爲正韻弇音之開合（弇音之開合即齊撮），如此一圖中可以明一音演變之界限。舊譜中，人能知一韻之開合如「歌」與「戈」者，而不能知一韻之侈弇，如「歌」、「戈」之與「支一半」與「支二半」。曾氏〈《廣韻》補譜〉則於阿攝中，侈音之開口置「歌」，合口置「戈」，齊齒置「支一半」，撮口置「支二半」。「歌」「戈」互爲開合，人都能知之，「歌」「戈」與「支之半」爲侈弇，則人不能知也。此皆曾氏考訂古韻，能條分理析，審定精確之處。

至於鴻細，人知有類隔，尠知有鴻細。人知舌音有舌頭、舌上之分，脣音有重脣輕脣之分，名爲曰類隔，實亦一聲之鴻細。脣音之重脣者，列圖一二三四等位置，而脣音之輕脣者唯三等有之，此聲之鴻細。然則影母亦有鴻細，烏紅切翁、烏孔切蓊。二者爲束、董韻中一等字，其音侈其聲鴻。於容切邕、於用切雍。二字皆鍾、用韻三等，其韻弇其聲細。是以同一烏聲中，其切烏、切於，鴻細自有不同。

（三）不知影、於、喻三母各不相混

等韻譜置喻母於喉音，遂與影母爲一類，並互爲清濁，又喻母往往於三四等皆置字。此三十六字母之未能別三等之「于」與四等之「喻」，三者遂混

於一處。影母爲純喉音，本無清濁之分。曾氏以爲等韻家以喻配於影，影清而喻濁。然則「影」非可謂清，實可清可濁，獨立一母，而不與喻母互爲清濁。〔註76〕又喻母三等四等者，各有其源。三等于類歸于牙聲，四等喻類則歸于舌聲。此曾氏喻母古聲所考得者。等韻譜列三母於一處，混其聲類之經界矣。曾氏〈《廣韻》補譜〉遂移喻母三等於牙聲匣母之下，與匣互爲鴻細，以匣母切侈音之字，以喻三切弇音之字。又以影母分鴻細兩類，以烏類爲鴻聲，以切侈音；以於類爲細聲，以切弇音。如此則韻圖之諸母得歸其本位而不相混。曾氏實亦鑑於等韻之疏，而有聲鴻音侈，聲弇音細之說。

（四）等韻門法繁苛轇葛

等韻門法之轇葛，最爲人所詬病。〈寄韻憑切門〉：上字用「照」三，下字借一、四等字，所切字應於三等「照」系求之。如「犉」昌來切。「昌」三等穿母，來屬一等「咍」韻，所切「犉」於三等求之。〈侷狹門〉：下字屬東、鍾、陽、魚、蒸、尤、鹽、侵、麻九韻中之「精」、「喻」四等，所切字應於三等求之。二法皆因韻圖歸字與韻書反切系統不合所立之門法，然則一憑韻以求，一憑切以求，繁瑣轇葛。〈廣通門〉：下字屬支、脂、眞、諄、祭、仙、霄、清韻之「來」、「日」、「知」系、「照」系三等字，於四等求之。通廣者，三等通及四等之意。如「頻」符眞切。「符」奉母，「眞」眞韻三等。「頻」於四等求之。此門法於處理《廣韻》中重紐問題，重紐實上古來源不同。等韻之處理以自本部變來之字列四等，自他部變來之字列三等。惟非知其古音來源，則不能辨重紐三四等之區別。

以上略舉數門爲解說，實已知等韻譜別立門法之繁瑣轇葛。曾氏於是作〈《廣韻》補譜〉，其韻在某呼即於某呼下求字，其爲某母者，即於其攝中字母下求之，皆一一可得。〈《廣韻》補譜〉，處理等韻之重紐，亦爲簡明。以五支韻爲例。五支韻既分「支一半」（齊齒）、「支二半」（撮口）列於娃攝之齊、撮；又「支一半」（齊齒）、「支二半」（撮口）列於阿攝之齊、撮，等韻譜列於三等則自他部變來，置四等者，自本部變來。《韻鏡》列陂、鈹、皮、糜於支韻脣音三等，列卑、披、陴、彌於支韻脣音四等。曾氏〈《廣韻》補

〔註76〕《韻鏡》喉音，影、喻下，標明「喉音二獨立」。二母雖一清一濁此顯然與曉、匣之「喉音雙飛」不同。曾氏以爲清濁相配，則爲解讀不同之分歧。

譜〉則置陂、鈹、皮、麋於阿攝，置卑、披、陴、彌於娃攝。娃攝即支佳韻，本部之字即置於四等。

　　等韻譜之依位辨音而不可得，而門法輵葛，反又治絲益棼。斯學之大盛於宋元，又行之久遠，亦有其發展之背景。曾氏音學能自等韻門法中跳脫舊窠，實有鑑於一音之嬗遞自有其脈絡，音之有聲有韻，乃一字字音之結構，一字有鴻細侈弇正變，於是有相對應之關係。一韻中有其開、合、齊、撮之等呼相同者，則歸爲一類。如此條分而理析，庶幾能免於等韻譜之支離。此曾氏能自等韻譜之疏而反思於〈《廣韻》補譜〉之作，誠能識其門徑窺得堂奧。亦其音學研究之玉鑰匙。

第五節　以審音爲研究音學之方法

　　聲韻之學自瑞典高本漢引西方語言學研究方法，以研究漢語語音，是用科學方法，以輔助傳統研究方法之侷限。然而早自清·戴東原，實有以審音爲音學研究之法。聲韻學家每以戴氏爲審音派之代表，與考古派之區分，乃是出於對古韻韻部研究方法是否固守考據古籍資料，以及對於古韻分部之是否獨立入聲韻部爲標準。是故，以審音爲方法，於音韻之研究，確實獨得先機。言四聲者，每引《梁書·沈約傳》：「約撰《四聲譜》，以爲在昔詞人，累千載而不寤；而獨得胸襟，窮其妙旨，自謂入神之作。」〔註77〕斯言實謂審音之不易。

　　曾氏音學別用審音之法，以爲音學研究之方法。其〈宋元明清之等韻學〉有「辨音讀疑似」條下云：

> 三十六字母製諸唐時，必其時五方之音讀確有不同，古採取以爲審紐之標準。如使逐字按其聲音部位，及其位等清濁，如法呼之，自無差誤。然或囿於鄉土，限於稟賦，致不能得其正確之音。於是有疑其脫略，議增加字母者；有疑其種種複，議刪併字母者；要皆讀音不審之故。〔註78〕

是曾氏於音學，繼江永、戴震之後，除考訂古籍資料外，又能酌審以音理，

〔註77〕《梁書·沈約傳》，（臺北：台灣中華書局，1971年11月），頁9。

〔註78〕曾運乾《音韵學講義》，（北京：中華書局。2000年11月），頁9。

驗之於脣吻。周祖謨於〈陳澧《切韻考》辨誤〉中謂：「以審音法定其分類者，曾運乾《切韻》五聲五十一紐考是也。」〔註79〕曾氏以審音之法以核驗其音學研究之正確性，實爲審愼。音學研究自江永之後，漸得審音之法，至戴東原更得其胸襟。法言《切韻》後，韻書大興，然皆一本於韻，而聲類則用三十六字母。古韻研究雖自宋‧吳才老，古聲則晚啓於清‧錢大昕。曾氏音學承緒於前賢，而於聲類、韻類之研究方法，則皆見審音之運用。

一、以審音之法辨析清濁與發送收

聲有清濁之分。曾氏謂：「聲之高而上揚者爲清聲，低而下降者爲濁聲，三十六母，十八清，十八濁，陰陽均適。」〔註80〕惟平聲清濁，驗之於脣吻，易於辨識。上去入清濁則難明，而入聲有轉紐，又更顯不易。江永《音學辨微》：「字母用仄聲者，可轉爲平聲以審之。」〔註81〕如此三十六字母之清濁可得。而清濁可得，方能與發送收三位相配。傳統論音韻之學者，於音理方面論述至此，已甚爲的當。至於發送收者，江永《音學辨微‧四辨七音》云：

> 見爲發聲，溪群爲送氣，疑爲單收。舌頭、舌上、重脣、輕脣亦如之，皆以四字分三類。精爲發聲，清、從爲送氣，心、邪爲別起別收，正齒亦如之。此以五字分三類。曉、匣，喉之重而淺；影、喻，喉之輕而深。此以四字分兩類。〔註82〕

陳澧《切韻考》：

> 發、送、收之分別最善，發聲者，不用力而出者也；送氣者，用力而出者也；收聲者，其氣收斂者也。〔註83〕

陳澧論發、送、收，又謂：

> 清濁乃發送收耳。蓋未有發、送、收名目而強謂之清濁也。〔註84〕

〔註79〕周祖謨〈陳澧《切韻考》辨誤〉《問學集》下冊，（北京：中華書局。2004 年 7 月），頁 522。

〔註80〕曾運乾《音韵學講義》，（北京：中華書局。2000 年 11 月），頁 6。

〔註81〕江永《音學辨微‧五辨清濁》，（臺北：廣文書局，1966 年 1 月），頁 12。

〔註82〕江永《音學辨微‧四辨七音》，（臺北：廣文書局，1966 年 1 月），頁 9～10。

〔註83〕陳澧《切韻考‧外篇》卷三，（臺北：臺灣學生書局，1969 年 1 月），頁 483。

〔註84〕陳澧《切韻考‧外篇》卷三，（臺北：臺灣學生書局，1969 年 1 月），頁 481。

聲類者以今之語言學概念論之，則不出四類性質，（一）震動聲帶與否。（二）
氣流阻塞之部位。（三）氣流阻塞之方式。（四）送氣與否。傳統音韻學家於
此則有清濁之說，如《切韻指掌圖》卷首列三十六字母引類清濁圖。《古今
韻會舉要》則有純清、次清、純濁、次濁之目。〔註85〕錢大昕《十駕齋養新
錄》則有出、送、收之說。〔註86〕洪榜《四聲韻和表》有發聲、送聲、外收
聲、內收聲之說。〔註87〕勞乃宣《等韻一得·外篇》以為以上區分未能明確。
因定「第一類曰戛音，第二類曰透音，第三類曰轢音，第四類曰捺音。」又
云：

> 音之生由於氣，喉音出於喉，無所附麗，自發聲至收聲，始終如
> 一。直而不曲，純而不雜，故獨為一音。無戛、透、轢、捺之別。
> 鼻（按即指牙音）、舌、齒、脣諸音，皆與氣相遇而成，氣之遇於
> 鼻（牙音）、舌、齒、脣也，作戛擊之勢而得音者，謂之戛類。作
> 透出之勢而得音者，謂之透類。作轢過之勢而得音者，謂之轢類。
> 作按捺之勢而得音者，謂之捺類。〔註88〕

曾氏以為勞氏之說，於聲之分類，最為明確。勞氏之說，實能就發音之法而
審度之，與今之語言學所論音理甚為吻合。

　　自西方音學理論與研究方法傳入，於是知聲類所謂清濁與發送收者，實
就聲類發音特性言之。聲類據語音定義，即為輔音性質，其發音原理為氣流
自肺部出而至於口腔中，於不同部位，受不同方式之阻礙，而後阻礙解除，
氣流隨出而成聲。其間由振動聲帶與否而有清濁之分，再依其程度別為四類，
各家名稱容或有異，然不外全清、次清、全濁、次濁四類。又依氣流受阻之
方式與部位，以及送氣與否之條件，別出三十六母，此皆聲類之特質，亦輔
音之結構。陳澧所謂「未有名目而強謂」之說，應理解為聲類之特性乃完整
之音質結構，實則無先後之別。

　　陳澧《切韻考》分別發·送、收，基本同意江永之說，然於「心」、「邪」

〔註85〕黃公紹編《古今韻會舉要》，（臺北：大化書局，1979 年 11 月）。

〔註86〕錢大昕《十駕齋養新錄》卷五，（臺北：臺灣中華書局，1969 年 1 月），頁 8。

〔註87〕洪榜《四聲韻和表》，（臺北：臺灣中華書局，1969 年 1 月），頁 8。

〔註88〕勞乃宣《等韻一得·外篇》，（臺北：臺灣師範大學。影印光緒戊戌吳橋官廨刻
　　　　版），頁 8。

二母，則以爲「心、邪當謂之雙收，江氏謂之別起別收，未當也。」〔註89〕
又於「影」、「喻」二母謂：「影、喻當爲發聲尤當謂之雙發。曉、匣當爲送氣
而無收聲也。」〔註90〕陳氏於心、邪謂之「雙收」與江永謂之「別起別收」
就音理而言，二人於此之定義不明確，不能別其優勝，然均歸於「收」類則
一。而陳氏謂「影、喻當爲發聲」，發聲者不用力而出，即今之不送氣聲母，
就音理而言，則較江氏爲當。其「曉、匣當爲送氣而無收聲也。」而江永歸
曉、匣爲「發」類，二者就音理論之，皆疑有未確。曾氏於《音韵學講義》
中之「論聲之戛、透、轢、捺」，以影母爲戛類，而「戛類」即「發」。則
與陳氏同意。《音韵學講義》中又有周、疏、出、入四類爲曾氏所引用。郭
晉稀註記之〈講授筆記〉〔註91〕引爲湖人孫文昱之說，以「戛、透、轢、捺
四者爲周、疏、出、入。」〔註92〕周、疏、出、入與戛、透、轢、捺對應於
發、送、收者，曾氏表列如下。

表八　各家論聲氣名目對應表

出　　　處	聲　　氣　　名　　目			
錢大昕《十駕齋養新錄》	出	送	收	
洪榜《四聲韻和表》	發	送	外收	內收
勞乃宣《等韻一得》	戛	透	轢	捺
孫文昱	周	疏	出	入

今案：

（一）所謂「發」，陳澧言「不用力而出者」，當謂不送氣之塞聲、塞擦
　　　聲聲母而言，半舌、半齒同之。

〔註89〕陳澧《切韻考‧外篇》卷三，（臺北：臺灣學生書局，1969 年 1 月），頁 483。

〔註90〕陳澧《切韻考‧外篇》卷三，（臺北：臺灣學生書局，1969 年 1 月），頁 483～
　　　484。

〔註91〕郭晉稀〈講授筆記〉，參見曾運乾《音韵學講義》，（北京：中華書局。2000 年
　　　11 月），頁 145。

〔註92〕曾氏所謂周、出、疏、入的分類，是從《左傳‧昭公二十年》晏子論音：「清濁
　　　大小，短長徐急，哀樂剛柔，遲速高下，出入周疏，以相濟也。」一語而來。
　　　晏子所論「出入周疏」本就音律的概念而來，未必與聲韻全然相符，此處當是
　　　借以爲用而已。

（二）所謂「送」，陳澧言「用力而出者」，當謂送氣之塞聲、塞擦聲聲
　　　母言之。

（三）所謂「收」者，陳澧言「其氣收斂者」，當謂音收於鼻腔共鳴之聲
　　　類，即疑ŋ、泥n、明m、娘ɳ、微ɱ。與擦聲之審ɕ、禪ʑ、心s、
　　　邪z。曉x、匣ɣ為擦音性質，當與審ɕ、禪ʑ、心s、邪z等擦音，與
　　　零聲母喻ø，半齒音日nʑ，同列於「收」類。

以上三點論發、送、收三類，則定義明確，無所糾葛。

曾氏以五聲五十一聲紐以戞、透、轢、捈四類分之如下。

表九　五聲五十一聲紐分四類表

部位	清濁	戞	透	轢	捈
喉聲	清	影一			
	清	影二			
牙聲	清	見一	溪一	曉一	
	濁			匣一	疑一
	清	見二	溪二	曉二	
	濁		群	于	疑二
舌聲	清	端	透		
	濁		定		泥
	清	知	徹		
	濁		澄	喻	娘
	清	照三	穿三	審三	
	濁		牀三	禪	日
	濁	來一			
	濁	來二			
齒聲	清	精一	清一	心一	
	濁		從一		
	清	精二	清二	心二	
	濁		從二	邪	
	清	照二	穿二	審二	
	濁		牀二		

脣聲	清	幫	滂		
	濁		並	明	
	清	非	敷		
	濁		奉	微	

至於清濁之辨，曾氏則引李光地〈等韻辨疑〉爲說，以爲三十六母清濁有南北之異。李光地〈等韻辨疑〉：[註93]

> 群，北方爲溪濁聲，南方爲見濁聲。定，北方爲透濁聲，南方爲端濁聲。澄，北方爲徹濁聲，南方爲知濁聲。從，北方爲清濁聲，南方爲精濁聲。牀，北方爲穿濁聲，南方爲照濁聲。並，北方爲滂濁聲，南方爲幫濁聲。

李氏此語實宜再補入「奉，北方爲敷濁聲，南方爲非濁聲」始七母具足。聲既有南北之別，則群等七母，或爲全清不送氣之濁，或爲次清送氣聲母之濁，各隨方音。吾人知《廣韻》韻部有入聲兼承陰陽二類，又有數韻同入者。曾氏以聲類：「得兼承發送兩清聲而爲之濁，隨方音而各異，皆無悖於音理也。」[註94] 李光地以實際語音有異，而區分南北派方音，曾氏有聲類兼承之義，說其音理，實能以審音之法以論聲學。今列之於表，並標明構擬音值，[註95] 以詳其兼承與變化之分際。

表十　李光地南北派方音之異與清濁與發送收對應表

五音	南北	清濁	發	送	收	五音	南北	清濁	發	送	收
牙音	南音	清	見 k	溪 k'	疑 ŋ		南音	清			
		濁	群 g					濁			
	北音	清	見 k	溪 k'	疑 ŋ		北音	清			
		濁		群 g'				濁			

[註93] 曾氏《音韵學講義》頁 7 所引李光地〈等韻辨疑〉之說，說見於李光地〈南北方音及古今字音之異〉：「若群、定、澄、從、牀、並，則南音爲見端、知、精、照、幫之濁聲，北音爲溪、透、徹、清、穿、滂之濁聲也。」文在李光地《榕村集》卷二十，（臺北：力行書局。1969 年影印本），頁 20。江永《音學辨微》附錄有〈榕村等韻辨疑正誤〉，（臺北：廣文書局，1966 年 1 月），頁 32。

[註94] 曾運乾《音韵學講義》，（北京：中華書局。2000 年 11 月），頁 7。

[註95] 音值構擬，參考陳新雄《廣韻研究》，（臺北：學生書局。2004 年 11 月），頁 292。

舌頭	南音	清	端 t	透 tʻ	泥 n		舌上	南音	清	知 ȶ	徹 ȶʻ	孃 ȵ
		濁	定 d						濁	澄 ȡ		
	北音	清	端 t	透 tʻ	泥 n			北音	清	知 ȶ	徹 ȶʻ	孃 ȵ
		濁		定 dʻ					濁		澄 ȡʻ	
重脣	南音	清	幫 p	滂 pʻ	明 m		輕脣	南音	清	非 pf	敷 pfʻ	微 ɱ
		濁	並 b						濁	奉 bv		
	北音	清	幫 p	滂 pʻ	明 m			北音	清	非 pf	敷 pfʻ	微 ɱ
		濁		並 bʻ					濁		奉 bvʻ	
齒頭	南音	清	精 ts	清 tsʻ	心 s		正齒	南音	清	照 tɕ	穿 tɕʻ	審 ɕ
		濁	從 dz		邪 z				濁	牀 dʒ		禪 ʑ
	北音	清	精 ts	清 tsʻ	心 s			北音	清	照 tɕ	穿 tɕʻ	審 ɕ
		濁		從 dzʻ	邪 z				濁		牀 dʒʻ	禪 ʑ
喉音		清	影 ʔ		曉 x							
		濁		匣 ɣ 喻 ø								
半舌		濁	來 l									
半齒		濁		日 nʑ								

本圖之說明與檢討：

（一）曾氏韻學並未用新興西方語言學構擬音值，本表所註記乃據本師
　　　陳伯元先生《廣韻研究》所構擬，為比較說明之用。

（二）全濁聲母於南音為不送氣，為全清不送氣聲母之濁；於北音則為
　　　送氣，為次清送氣聲母之濁，其餘則無異。

（三）喉音、半舌、半齒無南北之異。

（四）曾氏列影、喻二母為「送」，意有未確，且與實際不符。本章表九
　　　～五聲五十一聲紐分四類表，其中所列曾氏以影為「戞」類，則
　　　影母當為「發」；喻則為「轇」類，當為「收」；曉、匣為「發」，
　　　曾氏以為「轇」類，則當改為「收」。

（五）日母為「捼」類，則宜改為「收」。

二、以審音之法辨字母之易溷者

（一）疑、微、喻

江永《音學辨微・六辨疑似》：「疑、喻易混者。疑出牙，喻出喉，本相去遠，而人於牙音之第四位，不能使氣觸牙，則以深喉音呼之如怡。凡疑母字皆以喻母呼之，……習焉不察，反謂疑喻爲重出矣。」〔註96〕又「官音、方音呼微母字，多不能從脣縫出，呼微如惟，混喻母矣。」〔註97〕

李光地《音學闡微》：「疑、微、喻三母，南音各異，北音則同。」〔註98〕

勞乃宣《等韻一得・外篇》：「疑與微，如吾與無之類；疑與喻，如愚與于之類；疑、微、喻，如危、微、爲之類；皆南異北同，今俱分列。」〔註99〕曾運乾《音韵學講義・辨音讀疑似》：「疑、微、喻分隸三音，經界截然，不可含混。」〔註100〕

疑、微、喻三母當別，以今音理釋之，列表如下。

表十一　疑、微、喻三母區分表

字母	音值	部位	分　辨
疑	ŋ	牙	「疑」爲次濁舌根（牙）鼻音，「微」爲次濁脣齒鼻音，「喻」爲次濁淺喉音。江永所謂：「呼微母字，多不能從脣縫出。」，是指不能發脣齒音，遂令「疑」與「微」混。又「不能使氣觸牙。」發「疑」音，是不能使氣入鼻腔共鳴爲鼻音，是以舌根（牙）音近喉，與淺喉之「喻」遂混。此所謂疑、微、喻三母當別之意。
微	ɱ	脣齒	
喻	ø	喉	

（二）疑、泥、娘

江永《音學辨微・六辨疑似》：「泥，舌頭微擊齶，孃舌黏齶，二母由難辨。」

又「呼泥如倪，呼寧如疑，呼孃如仰之平聲，呼女如語，則泥孃又皆混疑母，舌音同於牙矣。」〔註101〕

〔註96〕江永《音學辨微》，（臺北：廣文書局。1966年1月），頁14。

〔註97〕江永《音學辨微》，（臺北：廣文書局。1966年1月），頁17。

〔註98〕李光地《音學闡微》，（臺北：臺灣學生書局。1996年3月），頁11。

〔註99〕勞乃宣《等韻一得》，（臺北：臺灣師範大學。影印光緒戊戌吳橋官廨刻版），頁6。

〔註100〕曾運乾《音韵學講義》，（北京：中華書局，2000年11月），頁9。

〔註101〕江永《音學辨微》，（臺北：廣文書局。1966年1月），頁15。

李光地《音學闡微》：「泥母與孃母古音異讀，……今音同讀。」〔註102〕

曾運乾《音韻學講義·辨音讀疑似》：「泥、孃之別，不過第等有差；疑、孃之別，則聲類本各不同。」〔註103〕

表十二　疑、泥、娘三母區分表

字母	音值	部位	分　辨
疑	ŋ	牙	「疑」為次濁舌根（牙）鼻音，「泥」為次濁舌尖鼻音，「娘」為次濁舌上鼻音，三者易混。此江永所謂：「泥，舌頭微擊齶，孃舌黏齶，二母由難辨。」又李光地所謂：「泥母與孃母古音異讀」，實指中古音。章太炎於古聲有「孃日古歸泥」之說。古聲同，中古不同，曾氏所謂「第等有差」，以「泥」為古聲例置一、四等，「孃」為今聲，例置二、三等。而「疑」為牙音，與「泥、孃」為舌音，聲類本即不同，則所謂疑、泥、孃三母當別之意。
泥	n	舌頭	
娘	ȵ	舌上	

（三）泥、來

江永《音學辨微·六辨疑似》：「泥、來二母，易混者也。泥如農奴難猱那囊寧能南鮎，來如隆盧蘭牢羅郎靈棱婪廉也。泥之舌間擊齶，而來則不擊齶也。」〔註104〕

江永《音學辨微·四辨七音》：「來泥字之餘，半舌音，舌梢擊齶」，「泥，舌頭音，舌端擊齶。」〔註105〕

曾運乾《音韻學講義·辨音讀疑似》：「江氏此別未當，泥母舌尖抵齒本，來母舌片擊上顎也。」〔註106〕

表十三　疑、來二母區分表

字母	音值	部位	分　辨
來	l	半舌	「來」為次濁半舌邊音，「泥」為次濁舌尖鼻音，二者易混。此江永所謂：「泥之舌間擊齶，而來則不擊齶也。」曾氏以為此別未當，實審音精確。「泥」為舌尖鼻音，是「舌尖抵齒本」，「來」為半舌邊音，是「舌片擊上

〔註102〕李光地《音學闡微》，（臺北：臺灣學生書局。1996年3月），頁11。

〔註103〕曾運乾《音韻學講義》，（北京：中華書局，2000年11月），頁9。

〔註104〕江永《音學辨微》，（臺北：廣文書局。1966年1月），頁15。

〔註105〕江永《音學辨微》，（臺北：廣文書局。1966年1月），頁9～10。

〔註106〕曾運乾《音韻學講義》，（北京：中華書局，2000年11月），頁10。

泥	n	舌頭	顎」。邊音具彈舌之性質，二者阻塞位置與方式均不相同，江永：「來泥字之餘，半舌音，舌梢擊齶」，「泥，舌頭音，舌端擊齶」較爲接近實際情況，是「泥」與「來」別。

（四）知、徹、澄與照、穿、牀

呂介孺《同文鐸》：「正齒照、穿、牀三音與舌上知、徹、澄三音相類，而實不同」。

勞乃宣《等韻一得・外篇》引《性理精義》：「知、徹、澄、孃等韻，本是舌音，不知何時變入齒音。今惟閩廣間尚是舌音不改爾」。〔註107〕

江永《音學辨微・六辨疑似》：「知與照，徹與穿，澄與牀，易混者也。知、徹、澄必令出舌上；照、穿、牀必令舌不抵齶，而音出正齒，則不相混矣。」〔註108〕

曾運乾《音韵學講義・辨音讀疑似》：「照、穿、牀、審、禪五母，本分兩支，一支與齒音爲近，等韻中齒音二等是也；一支與舌音爲近，等韻中齒音三等是也。二等可與精、清、從同讀，三等可與知、徹、澄同讀。」〔註109〕

表十四　知、徹、澄與照、穿、牀區分表

字母	音值	部位	分　　辨
知	ȶ	舌上	齒音之精、清、從、心、邪與正齒之照、穿、牀、審、禪互爲類隔。等韻圖中，精、清、從、心，例置一、四等，而照、穿、牀、審、禪例置二、三等。惟置二等者，音近於齒，今之莊、初、牀、疏；「來」爲次濁半舌邊音，「泥」爲次濁舌尖鼻音，二者易混。置二等者，音近於舌，今之照、穿、神、審、禪。呂介孺知二者雖相類，而實不同。江永知「照、穿、牀必令舌不抵齶，而音出正齒，與知、徹、澄區別。」曾氏則更謂二者等韻分置兩等，以其古音來源不同。本師陳伯元先生《聲韻學》證其演變，列之如下：〔註110〕
徹	ȶʻ	舌上	
澄	ȡʻ	舌上	

〔註107〕勞乃宣《等韻一得・外篇》，（臺北：臺灣師範大學。影印光緒戊戌吳橋官廨刻版），頁5。

〔註108〕江永《音學辨微》（臺北：廣文書局。1966年1月），頁15。

〔註109〕曾運乾《音韵學講義》，（北京：中華書局，2000年11月），頁10。

〔註110〕陳新雄《聲韻學》，（臺北：文史哲出版社。2007年9月），頁128～129。

照	tɕ	正齒 近舌
穿	tɕʻ	正齒 近舌
牀	dʒʻ	正齒 近舌

*t ⟶ 一、四等 ⟶ 端[t]：端、透、定
　　⟶ 二、三等 ⟶ 知[ȶ]：知、徹、澄
　　⟶ j化 ⟶ 照[tɕ]：照、穿、神、審、禪
　　　　　　　　　　　　↑ 近舌
　　　　　　　　照、穿、牀、審、禪
　　　　　　　　　　　　↓ 近齒

*ts ⟶ 二、三等 ⟶ 莊[tʃ]：莊、初、牀、疏
　　⟶ 一、四等 ⟶ 精[ts]：精、清、從、心
　　⟶ j化 ⟶ 精[tsj]：精、清、從、心

（五）非、敷

江永《音學辨微·六辨疑似》：「非、敷至難辨者也，非發聲宜微開脣縫輕呼之，敷送氣，重呼之，使其音爲奉之清，則二母辨矣。」〔註111〕

勞乃宣《等韻一得·外篇》：「非、敷爲幫滂之輕音，輕脣音始別於六朝。古者重脣、輕脣同讀。《廣韻》中猶有以府字切幫母，匹字切敷母者可證。而非、敷兩母則無混者，以非爲幫之輕，乃憂類；敷爲滂之輕，乃透類也。」〔註112〕

曾氏以爲依此可以得非、敷之別。

表十五　非、敷二母區分表

字母	音值	部位	分　　辨
非	pf	脣齒	「非」爲「幫」之輕脣音，「敷」爲「滂」之輕脣音。「幫」、「非」爲不送氣全清聲母，「敷」、「滂」則爲次清送氣聲母，「幫」、「滂」爲塞音，而「非」、「敷」爲塞擦音。「非」、「敷」易混者，乃是同爲塞擦之脣齒音，其發音特質易與透類之送氣形式相混而難辨。實則「非」發聲時則不送氣，而「敷」則送氣，此二者之界分。
敷	pfʻ	脣齒

（六）從、邪、牀、禪

江永《音學辨微·六辨疑似》：「心邪相對爲清濁，邪母必當輕呼，如呼之重，則與從母無異矣。……牀母須重呼，方是穿母之濁，若輕呼之，則與

〔註111〕江永《音學辨微·六辨疑似》《音學辨微》，（臺北：廣文書局。1966 年 1 月），頁 16。

〔註112〕勞乃宣《等韻一得·外篇》，（臺北：臺灣師範大學。影印光緒戊戌吳橋官廨刻版），頁 6。

禪母無異矣。」〔註113〕

所謂重者，即陳澧《切韻考》：「送氣者，用力而出者也」之謂。邪母爲不送氣濁擦音，如讀爲送氣濁擦音，則與從母之送氣濁塞擦音之音近而易混。牀母爲送氣濁塞擦音，當重讀之。如輕讀爲不送氣濁塞擦音，則與禪母之不送氣濁擦音之音近而易混。曾氏以爲依此可以得從、邪、牀、禪之別。

表十六　從、邪、牀、禪四母區分表

字母	音值	部位	分　辨
從	dzʻ	齒頭	「邪」爲「心」之濁聲，二者皆不送氣，所謂輕呼者。「邪」母若重呼，則[z]爲[zʻ]，與「從」之[dzʻ]相近而混。「牀」爲「穿」母之濁聲，二者皆送氣，所謂重呼者。「牀」母若輕呼，則[dʒ]與「禪」之[ʐ]相近而易混。
邪	z	齒頭	
牀	dʒʻ	正齒	
禪	ʐ	正齒	

三、以審音之法辨韻類之正變非鴻細

向來論音韻者，言及音之正變，皆依江永所言。今以黃侃以一四等爲本音之洪細，二三等爲變音之洪細爲說。然曾氏以爲音有侈弇，過侈過弇，音均易變。曾氏於《音韻學講義》中論韻之正變：

> 二百六部中，有正韻，有變韻。正韻者，音之合於本音者也。變韻者，音之溷於他音者也。以今考之，東冬鍾江爲一類，而江必獨立一部者，今音實不同於東冬鍾也；其不合唐陽者，古音實不同也。唐陽庚爲一類，而庚必獨立一部者，今音實不同於唐陽也；其不合於青清者，古音實不同也。麻韻半取於歌戈，半取於模魚；耕韻半取於青清，半取於蒸登；而不分隸各部者，今音實相溷也。推之佳之於齊支，夬廢之於泰祭，皆微之於灰脂，肴之於豪，幽之於蕭，刪元之於寒桓仙，山文之於痕魂欣諄，咸凡之於覃侵，銜嚴之於添談鹽，以今音讀之或與本音相近，或與本音相遠隔，似有與正韻可以合一部者；而在法言當日，必與江之與東冬鍾，庚之與唐陽，通承一例，可知也。此皆變韻類。至於變韻與正韻

〔註113〕江永《音學辨微‧六辨疑似》《音學辨微》，（臺北：廣文書局。1966 年 1 月），頁 17。

之別，則凡正韻之侈音，例用鴻聲十九紐，弇音例用細聲三十二紐。凡變韻之侈音，喉牙脣例用鴻聲，舌齒例用細聲，亦十九紐，弇音喉牙脣例用細聲，舌齒例無字。〔註114〕

以《廣韻》平聲前四韻之東、冬、鍾、江爲例，東韻兩類，《廣韻》未分。東一開口一等爲正韻一等，冬韻一類，爲正韻合口一等，此人皆知之。然人都以江韻開口二等爲東韻之變，而不知鍾韻當作冬韻之三等，與東二之三等配。又江韻變自東冬，讀與陽唐韻同，人知其變。而不知鍾韻與東冬爲一音之侈弇，當作正韻，例與江韻異。餘如麻韻之於模魚韻，耕韻之於青清與蒸登韻，其例皆同此。其能分別如此，實自審音概念而來，而不以舊論同息。曾氏論音之正變，韻之侈弇，聲之鴻細，另詳論於本章第六節。

四、以審音之法辨文字偏旁以析古聲古韻及韻圖舌齒之經界

古韻研究自鄭庠就《詩經》韻部，分古韻爲東、支、魚、眞、蕭、侵六部。其後顧炎武以《詩經》韻部分析古韻，又就文字諧聲偏旁歸類，離析《唐韻》韻部中字，以求合於古音。〔註115〕顧氏《唐韻正》卷四：

> 九麻，此韻當分爲二。麻、嗟、瘥、騧、嘉、加、珈、差、觰、沙、壁，以上字當與七哥八戈通爲一韻。凡從麻、從差、從咼、從加、從沙、從坐、從過之屬皆入此。〔註116〕

顧氏能離析《唐韻》以求古音，病前人之言古音，但求《唐韻》之合，而不知其分。本師陳伯元先生《古音研究》：

> 顧氏在觀念上，不將《唐韻》之每一韻部視爲不可分割之整體，而是謹慎審核各韻中每一具體文字，以《詩經》及先秦古籍之韻語押韻之情形，以判斷某字屬於某韻某部。〔註117〕

〔註114〕曾運乾《音韵學講義》，（北京：中華書局，1996 年 11 月），頁 178。

〔註115〕葉鍵得〈顧炎武離析《唐韻》以求古音分合析論〉，（臺北：台北市立教育大學，2001 年 6 月），頁 139～149。

〔註116〕顧炎武《音學五書‧唐韻正》卷四，（北京：中華書局，2005 年 2 月），頁 261～262。

〔註117〕陳新雄《古音研究》，（臺北：五南圖書出版公司，2000 年 11 月），頁 67。

其離析《唐韻》以求古韻之步驟有二：（一）離析俗韻使返於《唐韻》。（二）離析《唐韻》每一韻中字之偏旁，使歸於所屬之古韻，因分古韻十部。顧氏離析文字偏旁，歸其所屬之韻部，其後之音韻學家遂承其餘緒，於古韻分部之研究，迭有所成。曾氏摯友楊樹達，於〈曾星笠傳〉中述及曾氏古韻分部：

> 古韻分部，自清儒顧、江、戴、段以下，至近日餘杭章氏，分析益精，江慎修繼顧亭林之後，析《廣韻》之眞諄臻文殷魂痕先爲一部，元寒桓刪山仙爲一部。段氏承之，更析眞臻先與諄文殷魂痕爲二。……君謂段氏知眞諄之當分爲二，而不悟脂微齊皆灰之當分，非也。戴氏因脂微齊皆灰之未分，而並取眞諄之應分爲二者合之，尤非也。齊與先對轉，故陸韻以屑配先，灰與痕魂對轉，故以沒配痕。三百篇雖間有出入，然其條理自在也。君既析齊於微，與屑先相配，又參稽江段孔王朱章諸家之成說，定爲陰聲九部，入聲十一部，陽聲十部，合之爲三十部，於是古韻分部臻於最密，無可復分矣。〔註118〕

知曾氏能審文字偏旁，以求音之所歸。以其所定衣攝·齊脂皆微之半部爲例：

〔註119〕

> 喉聲　衣烏伊医
>
> 牙聲　皆几禾卜豈幾系希匸癸启口火毅
>
> 舌聲　示夷旨尼犀犀氐豈攵尸豕利爻仐豐弟矢二履盭
>
> 齒聲　厶齊師帥此次兕死妻
>
> 脣聲　匕比米美尾

實能分析文字偏旁，以審定古韻者，亦以之審驗聲類之分際。曾氏以喻母古讀爲音學之成就，其〈次證喻母四等字古隸舌聲定母〉中，亦有以偏旁審訂聲類之例：

> 古讀台（以舛切）如兌。章氏《文始》云：「《說文》：『台山間陷泥地，從口，從水敗兒。』此合體象形也。《易》：『兌爲澤』。借

〔註118〕楊樹達《積微居小學述林》卷七〈曾星笠傳〉，（上海：上海古籍出版社，2007年8月），頁466～467。

〔註119〕曾運乾《音韵學講義》，（北京：中華書局，1996年11月），頁184。

爲台字，兑從台聲也。其聲蓋亦兼在喉舌。」按，非兼在喉舌也，
直同隸舌聲定母。（兑杜外切）台又爲古文沇，沇今音以轉切，
喻母。按：《說文》允從吕聲，以古音如台，徒哀切，定母，以
雙聲爲聲。《藝文類聚》引《春秋元命苞》云：「兖之言端也，言
隄精端，故氣纖殺。」是沇與端聲相近。〔註120〕

是以能就諧聲偏旁審訂聲類、韻類。又論等韻圖之列圖，幫四母與非四母同
列，端四母與知四母同列。幫四母四等俱足，而非四母只在三等。端四母只
在一四等，而知四母則二三等。此韻圖之互補。曾氏以爲幫與非，端與知，
互爲類隔，聲類本同，故可互補。而精五母與照五母則不宜互補同列，雖精
照亦互爲類隔，然照有二類，照二爲齒音之變，照三則舌音之變。二者聲類
不同，不當同列。故韻圖同列互補者，宜就聲類考之，實際上即是自語根聲
類考之。如以〈通攝內一〉正齒音證之：

> 崇字在牀母二等，本齒音，《說文》從宗聲之字，皆在齒音，如：
> 宗作冬切，琮、實、悰皆藏宗切，崇鋤弓切，綜子宋切，淙藏宗、
> 士江、色絳三切，皆在齒音，此可證照等一，應歸齒音類。又如
> 鍾，在照母三等，本舌音字，而《說文》從重之字，皆在舌音，
> 如重直容、直勇、直用三切，皆澄母；腫、種、踵、腫、種之隴
> 切，並照母三等；踵又丑用切，徹母；懂直隴切，澄母；渾都鵑切，
> 又多貢切，端母，又竹用切，知母；直容切，澄母；動徒總切，
> 定母；鍾職容切，照母三等；此可證照等三，應歸入舌音類，至
> 探聲類之原，重從壬，東聲，端母字也。〔註121〕

自顧炎武離析《唐韻》以來，古韻分部至於曾氏已定三十部。其於古聲有
〈喻母古讀考〉，考訂喻母三等古歸匣母，四等古歸於定母。而於古韻則有
〈古本音齊韻當分二部說〉，定其古韻三十部。是皆能以審音之法核驗所
得，羅有高曰：「以偏旁審音極是。如此則尤當精考六書，無容混以俗別字
矣！蓋俗別字亦附會偏旁而義類舛。」〔註122〕曾氏音學亦承緒於此。

〔註120〕曾運乾《音韵學講義》，（北京：中華書局，1996 年 11 月），頁 162。

〔註121〕曾運乾《音韵學講義》，（北京：中華書局，1996 年 11 月），頁 68～69。

〔註122〕江永《四聲切韻表・凡例》，《貸園叢書》，（臺北：藝文印書館，1970 年），頁 6。

五、以審音之法辨等韻門法之繆葛

自宋·鄭樵本《七音韻鑑》為內外轉圖，以及於元·劉鑑《經史正音切韻指南》，韻圖之製，列韻類為四等，其等之分別，皆以音之洪細，故稱為「等韻」。又以開合分開口呼與合口呼，開口至三等稱為齊齒呼，合口至三等為撮口呼。戴震《聲韻考》所謂「合口至四等則為撮口。」〔註 123〕王力曾云不知有何根據。〔註 124〕戴氏之意或謂合口三等以至四等為撮口，而非單謂四等為撮口。今以開口一二等為開口呼，三四等為齊齒呼；合口一二等為合口呼，三四等為撮口呼。

陳澧《切韻考·外篇後論》：

> 古人於韻之相近者，分為數韻，如東冬鍾是也。又於一韻中，切
>
> 語下字分為數類，如東韻分兩類是也。此即後來分等之意。〔註 125〕

陳澧係聯切語下字，有一類、二類、三類、四類者據此。宋元之後等韻之學興盛，刊之成書而著聞者，宋代有司馬光之《切韻指掌圖》，鄭樵之《七音略》，張麟之之《指微韻鏡》；元代則有劉鑑之《經史正音切韻指南》，無名氏之《四聲等子》，清代有江永之《四聲切韻表》，戴震之《聲類表》，陳澧之《切韻考·內外篇》。等韻之學既興於兩宋之後，而等韻更據隋唐等呼之舊法。然則曾氏以為等韻又皆「牽強附會，未合隋唐舊法」，〔註 126〕但以千餘年來斯學昌盛，以為讀音標準。又切語與讀音不合，更立等韻門法；有音和，有類隔，有憑切歸字，又有憑韻歸字者，如此名目繁多，實糾葛而難理。曾氏於是以劉鑑《經史正音切韻指南》為例解說，辨析韻圖之謬誤，使學者能據以為審音之標準。曾氏特錄《經史正音切韻指南》之意，在於是書之後附有〈玉鑰匙門法〉，援為等韻之門徑。曾氏以審音之法，辨析精密，其等韻之學實歸於隋唐舊法。

六、等韻譜形式之檢討

曾氏雖言歷來等韻譜未合於舊法，然除舉明照系二三等之亂舌齒之經界

〔註 123〕戴震《聲韻考》卷二，（臺北：廣文書局。1966 年 1 月），頁 5。

〔註 124〕王力《漢語音韻》，（北京：中華書局，2000 年 11 月），頁 84。

〔註 125〕陳澧《切韻考·外篇》卷三，（臺北：臺灣學生書局，1969 年 1 月），頁 492。

〔註 126〕曾運乾《音韻學講義》，（北京：中華書局，1996 年 11 月），頁 18。

與影、喻不以清濁相配外，餘皆未見細論。今就韻譜之分韻、排列、等數、韻攝，依曾氏之審音，檢討如下：

（一）分　韻

《廣韻》一東分兩類，一為一等韻，一為三等。冬韻一類為一等。鍾韻一類，為三等。鄭樵《七音略》內轉第二，冬、鍾同注輕中輕，為合口呼；張麟之《指微韻鏡》內轉第二則注云開合。以冬韻為合口一等，以鍾韻為開口三等，曾氏以為張氏辨析入微。然於內轉第一，《七音略》為重中重，為開口呼，《指微韻鏡》亦注內轉第一開，二圖皆未能辨析。曾氏云：

> 《廣韻》如此列者，實欲藉以明韻之有侈弇也；不附於冬韻者，時音讀入齊齒呼也。等韻家不之知，混東（一）東（二）為一，《七音略》、《韻鏡》以為全開口呼，元劉鑑《切韻指南》又以為全合口呼，皆非也。依《韻鏡》二圖分別開合之例，內轉第一，亦當注云開合。〔註127〕

是以東韻二類當為合口三等，乃冬韻之弇音。其不附於冬韻者，以時音已讀入東韻之齊齒，即開口三等，故與東一同列。而鍾韻當為開口三等，乃東一之弇音。至於江韻列於外轉第三。《指微韻鏡》為外轉第三開、合，《七音略》為外轉第三重中重，即開口呼。江韻為東、冬之變韻侈音，原當具開、合兩呼，則應以《指微韻鏡》所列為是。

戴震《聲韻考》言及江韻之分立云：

> 別立四江以次東冬鍾後，殆有見于古用韻之文，江歸東冬鍾，不入陽唐，故特立一目，不附東冬鍾內者，今音顯然不同，不可沒今音，且不可使今音古音相雜成一韻也。〔註128〕

戴氏提出《廣韻》之分韻，今音古音不相雜揉為一韻。如此則東二時音讀入齊齒，而不與冬韻同列，明其侈弇之變，則知《廣韻》之分韻明矣。

（二）排　列

等韻列韻排列之法該分兩類。其一為橫列三十六字母，盡於二紙之中。如楊中修《切韻類例》、楊倓《韻譜》。其二則列二十三母為行，其下間附

〔註127〕曾運乾《音韻學講義》，（北京：中華書局，1996 年 11 月），頁 68。

〔註128〕戴震《聲韻考》卷三，（臺北：廣文書局。1966 年 1 月），頁 7～8。

一十三字母，盡於一紙。如鄭樵《七音略》、張麟之《指微韻鏡》、無名氏之《四聲等子》皆是。

陳澧《切韻考・外篇後論》：

> 《切韻指掌圖》字母平列三十六行，《七音略》，《四聲等子》則置
> 知、徹、澄、孃於端、透、定、泥之下；置非、敷、奉、微於幫、
> 滂、竝、明之下；置照、穿、牀、審、禪於精、清、從、心、邪
> 之下，爲二十三行而已。端四母，精五母有一等四等，無二等三
> 等；知四母照五母，有二等三等，無一等四等，遂以相補。非母
> 但有三等，無一等二等四等，幫四母雖四等俱有，而遇三等無字
> 之處，則以非母相補，可謂巧矣。然不如平列之，使有者自有，
> 無者自無，順其自然，不必相補也。〔註129〕

陳氏以爲韻圖依字母列字，有無相補，實則巧而不實。故應順其自然，不必有無相補。曾氏於此處調而論之，有可補者，有不可補者，當各視其聲類而定。其可補者，如脣音之幫四母與非四母，舌音之端四母與之四母，音本同類而相隔者，於韻圖可以互補。而齒音精五母雖與照五母，於切語或有類隔。然照五母有兩類，其音來源本即不同，一爲莊、初、牀、疏一類二等字，爲齒音之變，音近於齒；一爲照、穿、神、審、禪一類三等字，爲舌音之變，則音近於舌。其聲類本即不同，韻圖以照二照三皆與精五母相補，「實爲漫舌齒之經界」。〔註130〕雖則如此，仍以爲「論等韻之本法，以相補爲當。」〔註131〕曾氏所謂等韻本法者，當爲音和切與類隔切二者，餘皆不足論。而相補之依據以聲類者，實就語根字根之源爲依據。以《說文》爲例，凡從重之字，皆在舌音。如重直容、直勇、直用三切，皆澄母；暉、徸、踵、腫、種之隴切，皆舌音。又《說文》從宗聲之字，皆在齒音，如宗作多切，琮、賨、悰，作藏宗切，皆在齒音。

（三）等　數

等韻家分韻爲獨韻與合韻，獨韻者只開口音或合口音，合韻者，兼有開

〔註129〕陳澧《切韻考・外篇》卷三，（臺北：臺灣學生書局，1969年1月），頁488。

〔註130〕曾運乾《音韻學講義》，（北京：中華書局，1996年11月），頁68。

〔註131〕曾運乾《音韻學講義》，（北京：中華書局，1996年11月），頁68。

合二類。開口四等、合口四等，則共分八等。其分八等之理由與讀法，自來
無說明者。惟江永《音學辨微‧八辨等列》云：

> 音韻有四等，一等洪大，二等次大，三四皆細，而四尤細。學者
> 未易辨也，辨等之法須於字母辨之。〔註132〕

是以韻圖依字母為分別四等洪細之標準。然則字母有一四等通用，有一二三
四等通用者，曾氏以為分別四等之標準既以字母分之，而字母又四等可以通
用，「既四等全可通用，則又何勞為四等區別乎？」〔註133〕清‧陳澧亦對等
韻圖中，韻等與韻圖等不能一致而病之。其於《切韻考‧外篇》中云：

> 東冬鍾三韻，東二類，冬、鍾皆一類，共四類，適可分四等矣。
> 而等韻家則以冬韻為一等，鍾韻為三等；東韻則析之為一二三
> 四等皆不依切語下字分類。於是東韻弓字三等而嵩字息弓切則
> 四等矣；崇字鋤弓切，則二等矣。公字在東韻，攻字在冬韻，
> 而同為一等矣。風豐馮在東韻，封峯逢在鍾韻而同為三等矣。
> 如此則古人何必分韻乎？何必每韻切語分類乎？此限定四等之
> 病也。〔註134〕

陳澧以為：「古人但以韻分之，但以切語下字分之，而不以上字分之。」
〔註135〕東韻中蒙莫紅切，瞢莫中切，二者同用莫為切語上字，然下字既已
分「紅」為一等一類，而「中」為三等一類，則上字可不拘用。「不憑下字
分等而憑上字分等，遂使同一韻同一類之字，有等數參錯矣。」〔註136〕陳
澧亦能識等韻分等列字之缺失，以為應就韻等列字，而字母自可不拘。

　　曾氏對於自字母以求分等一法之標準存疑，而戴東原則以韻部為分別四
等鴻細之標準。其《聲韻考》：「昔人論韻，審其洪細，為一二三四等列，如
平聲二冬、十一模、十五灰、二十三魂、二十六桓全韻皆內聲一等，……上

〔註132〕江永《音學辨微‧八辨等列》《音學辨微》，（臺北：廣文書局。1966年1月），頁19。
〔註133〕曾運乾《音韵學講義》，（北京：中華書局，1996年11月），頁69。
〔註134〕陳澧《切韻考‧外篇》卷三，（臺北：臺灣學生書局，1969年1月），頁491～492。
〔註135〕陳澧《切韻考‧外篇》卷三，（臺北：臺灣學生書局，1969年1月），頁492。
〔註136〕陳澧《切韻考‧外篇》卷三，（臺北：臺灣學生書局，1969年1月），頁493。

去入大致準此。」〔註137〕然內聲四等，外聲四等之讀法，仍不能就一音而分辨入呼。韻部標準說實亦不能解釋四等。要之曾氏以爲，開合分成四等既不能自字母辨之，又不得自韻類辨之，驗之脣吻又不可得，實乃宋元明以來，等韻謬誤之處。惟無名氏《字母切韻要法》，於每攝中分開口正韻，開口副韻，合口正韻，合口副韻，所謂四等，獨與法言切韻相契合，能正等韻之誤。

此後清‧潘耒著《類音》〔註138〕能承其說之精要。以開口正韻爲開口呼，開口副韻爲齊齒呼，合口正韻爲合口呼，合口副韻爲撮口呼。而三十六字母列一圖，以開、齊、合、撮分四等，畫一分明，不用門法，而音自可得。宋元以來等韻家以開合各分四等，不能驗諸脣吻，實削趾適履。曾氏作〈《廣韻》補譜〉即以此四等列圖，而不用開合各四等之陳說。

（四）韻　攝

《切韻》立韻之例，以音之侈弇爲等第，以脣之展圓爲開合。如此則一韻或分爲數類。戴震雖有「等韻亦隋唐舊法」之說，惟宋元以來等韻家之作譜者，其失有二：

1. 未明古韻之分部

古韻研究雖早自宋‧吳才老，至鄭庠始析古韻爲東、支、魚、眞、蕭、侵六部。然至宋‧朱熹作《詩集傳》猶多改讀之例，是知古音研究啓迪甚晚。等韻家但知有古音，又往往以今音匡之，遂失其舊法。《廣韻》中又每有後增之字，增字者不能審度其音，又不知古音原理，以致往往錯置其類而未知。韻圖中亦不乏其例，使後來者不能爲審音之標準。

2. 未明韻圖之分合排列

各家等韻列圖，其分合排列，參差不齊，於韻圖有合所不當合者，亦有分所不當分者。此亦等韻爲後人所疵病之處。然等韻之學流傳既久，積非成是，積重難返。曾氏主張返於陸氏舊法，當明《切韻》條例中音有正變，韻有侈弇，聲有鴻細，又聲鴻者音侈，聲細者音弇之理。今所能見等韻《七音略》、《指微韻鏡》以《廣韻》爲底本者，列圖較多，尚無誤併之處。而《四聲等子》、《經史正音切韻指南》及刪併之《切韻指掌圖》則以平水韻爲底本

〔註137〕戴震《聲韻考》卷二，（臺北：廣文書局。1966 年 1 月），頁 4。

〔註138〕潘耒《類音》，（上海：上海古籍出版社，2002 年），遂初堂藏版影印。

而作，列圖較少，其併合舊韻頗多。二類韻圖，一主分析，如《七音略》、《指微韻鏡》者，依循《廣韻》舊法分韻立圖，惟《廣韻》於分韻列等實亦有所失，而韻圖亦失。一主合併者，如《四聲等子》、《切韻指南》、《切韻指掌圖》者，不知《切韻》四等分韻與古韻分部之理，而受當時語音之影響，以平水韻爲底本，合併數圖爲一圖。簡繁不同，其誤則一。

　　周祖謨《問學集》：「若論審音之法，要不外四種。一曰反切，二曰等韻，三曰諧聲音系，四曰現代方言。四者缺一不可。」〔註139〕曾氏於音學研究以審音爲音學研究之方法，其成果誠信而有徵。

第六節　以鴻細侈弇爲研究音學之根柢

　　〈《切韻》·序〉：「欲廣文路，自可清濁皆通；若賞知音，即須輕重有異。……因論南北是非，古今通塞。欲更捃選精切，除削舒緩，蕭顏多所決定。」陸法言承古沿今，折衷南北，斟酌損益，撰成《切韻》一書。音既有南北古今之分，而《廣韻》承於《切韻》，則二百六韻中自不能無正韻、變韻之別。然而，《廣韻》中無標明韻之正變古今，所謂正、變韻是依據何種條件作區分？

　　江永《四聲切韻表·凡例》：

> 音韻古今有流變，韻書所定，皆其流變之音。古音則不盡然。一韻中有別出一支，與他韻相通，如尤韻有通支，支韻有通歌，虞韻有通尤、侯，庚韻有通陽唐。字之偏旁亦可辨。若概以今音表之，則古音不見。故特立分古今一例。支、虞、先、蕭、豪、麻、庚、尤，各有分出之類以從古，切音仍舊以從今。它韻亦有古今異音之字。如東韻之風，古通侵；弓、雄古通蒸。登、軫韻之牝、敏，厚韻之母，古通旨。此類字不多，且從今音列之，別有古韻標準。〔註140〕

音既有流變，韻書以今音表之，則古音不見。然據韻之結構，以爲區分。仍

〔註139〕周祖謨《問學集》，（北京：中華書局，2004 年 7 月），頁 575。

〔註140〕江永《四聲切韻表·凡例》，《貸園叢書》，（臺北：藝文印書館，1970 年），頁 6
～7。

能得其梗概。韻有陰陽、開合、等呼、洪細、四聲之別，此歷來聲韻家辨之甚詳。等韻學家韻圖之製，以一韻之字分列四等，即分其等呼、洪細；又同一等呼洪細而分置兩圖，以別其開合。而相承之韻同列一圖，則別其四聲。如此則可得音之標準。至於四等之區別為何？又何以分其正變？江永《音學辨微・八辨等列》：

> 音韻有四等，一等洪大，二等次大，三四皆細，而四尤細。學者
> 未易辨也，各於韻首標明。等韻之法須於字母辨之。〔註141〕

江永能審音聲韻之法，於「辨等列」一條中，人每引稱其四等洪細之說，而忽略「於字母辨之」精要之處。黃季剛〈鄒漢勳論古音〉稱：「鄒漢勳謂：等韻一、四等為古音，此為發明古聲十九之先導」一語，〔註142〕應是見鄒漢勳《五均論・三十九論四聲切韻表凡例定四等字紐圖及群母古音》中，已明確提出古聲十九之說。此十九紐見於韻圖一等中，四等則二十二紐。而江永之辨，就四等中所具切語加以統計歸類，則已奪其先聲。江永《音學辨微・八辨等列》：

> 一等有牙有喉，有舌頭，無舌上；有重脣，無輕脣；有齒頭，無
> 正齒；有半舌，無半齒。而牙音無群，齒頭無邪，喉音無喻，通
> 得十九位：見、溪、疑、端、透、定、泥、幫、滂、竝、明、精、
> 清、從、心、曉、匣、影、來也。〔註143〕

江永已能自聲韻相配之結構中，體悟出古聲古韻之間關係密切。黃季剛論鄒漢勳之說，或即本自江永。又黃季剛〈論治爾雅之資糧〉：

> 大抵古聲於等韻只具一、四等，從而《廣韻》韻部，與一、四等
> 相應者，必為古本韻，不在一、四等者，必為後來變韻，因是求
> 得古聲類塙數為十九。〔註144〕

〔註141〕江永《音學辨微・八辨等列》，（臺北：廣文書局，1966年01月），頁19。

〔註142〕黃侃口述，黃焯筆記《文字聲韻訓詁筆記》，（臺北：木鐸出版社。1983年09月），頁161。

〔註143〕江永《音學辨微・八辨等列》，（臺北：廣文書局，1966年01月），頁19～20。

〔註144〕黃侃〈論治爾雅之資糧〉，參見劉夢溪編《中國現代學術經典・黃侃 劉師培卷》，（石家庄：河北教育出版社，1996年08月），頁352。

可見論音之結構，其洪細、等第、正變應當相互參照，而不宜單獨論之。此正黃季剛《音略》中所謂：

> 古聲既變爲今聲，則古韻不得不變爲今韻，以此二物相挾而變。
>
> 〔註145〕

以上數說確立聲韻學家對於韻等洪細與正變之間之關係爲：

一等韻爲古本韻之洪音

二等韻爲今變音之洪音

三等韻爲今變韻之細音

四等韻爲古本韻之細音

然則，一、二等俱爲洪音，二者又如何區分？江永「洪大次大」之說，顯然不夠精確客觀；「三等細，四等尤細」尤其不能得其梗概。瑞典漢學家高本漢（Klas Bernhard Johannes Karlgren，1889～1978）於歐洲歷史語言學研究方法下，自 1915 年始，著手研究探討中國古代音韻之結構。至 1934 年，完成對上古音之擬測，〔註146〕透過音值之構擬以作爲四等之區別。

表十七　高本漢構擬四等區分表

區分＼分等	主要元音	韻頭	洪細	說　明
一等	[ɑ]或[o]		洪大	後低元音或後半高元音
二等	[a]		次大	前低元音
三等	[ɛ]	[j]	細	前半低元音
四等	[e]	[i]	尤細	前半高元音

　　所謂洪細，係根據元音張口度大小爲區分，爲一相對標準。一等二等均無韻頭之介音[i]，然一等主要元音構擬爲後低元音[ɑ]或後半高元音[o]；而二等主要元音構擬爲前低元音[a]。二者於四等中雖同屬洪音，然位置偏後而響度大之元音[ɑ]，相對而言，要較位置偏前而響度較小之元音[a]，更不易影響聲母，使其產生變化。三等有[j]介音，而四等有[i]介音。二者於四等

〔註145〕陳新雄《音略證補》，（臺北：文史哲出版社，1990 年 04 月增十三版），頁 03。

〔註146〕高本漢撰，張洪年譯《中國聲韻學大綱》，（臺北：國立編譯館，1990 年 07 月），頁 1。

中，相對雖同屬細音，然三等[j]介音由於發音位置極高，而帶有摩擦性，實具有輔音性質。如此則易於使前接聲母產生顎化現象；四等介音[i]，則具有元音性質，相對於三等[j]介音而言，較不易影響前面之聲母，使其產生變化。又三等元音爲前半低元音，而四等爲前半高元音。因此三等爲細，而四等尤細。

　　高本漢此一構擬，進一步釐清了自江永以來，中國聲韻學家，對於韻等洪細間之關係。羅常培《漢語音韻學導論》：

> 今試以語音學術語釋之，則一、二等皆無[i]介音，故其音「大」，三、四等皆有[i]介音，故其音「細」。同屬「大」音，而一等之元音較二等之元音略後略低，故有「洪大」與「次大」之別。如歌之與麻，咍之與皆，泰之與佳，豪之與肴，寒之與刪，覃之與咸，談之與銜，皆以元音之後[ɑ]與前[a]而異等。同屬細音，而三等之元音較四等之元音略後略低，故有「細」與「尤細」之別，如祭之與齊（霽），宵之與蕭，仙之與先，鹽之與添，皆以元音之低[ɛ]高[e]而異等。然則四等之洪細，蓋指發元音時口腔共鳴之大小而言也。惟冬之與鍾，登之與蒸，以及東韻之分公、弓兩類，戈韻之分科、瘸兩類，麻韻之分家、遮兩類，庚韻之分庚、京兩類，則以有無[i]介音分。〔註147〕

然而聲韻學者對於高本漢此一構擬亦提出了許多質疑。林語堂〈珂羅倔倫考訂《切韻》韻母隋讀表〉，〔註148〕言及高本漢構擬音讀之弊。本師陳伯元先生以爲「頗爲的當」。其《廣韻研究・四等之界說》中對此說有進一步的解說：

> 按高、羅二氏以語音學理元音之共鳴之大小與介音[i]之有無，作爲分辨江氏洪大、次大、細與尤細之辨，自然較爲清楚而且容易掌握。但仍然存在著不少問題。高、羅二氏既說一、二等之區別繫於元音之後[ɑ]與前[a]。然而吾人當問如何始知歌、咍、泰、豪、覃、談諸韻爲[ɑ]元音？而麻、皆、佳、肴、刪、咸銜諸韻

〔註147〕羅常培《漢語音韻學導論》，（臺北：里仁書局。1982 年 8 月），頁 44～45。

〔註148〕林語堂《林語堂語言學論叢》，（臺北：臺灣文星書局，1967 年 5 月），頁 182。

之元音爲前元音[a]？恐怕最好的回答即爲歌、哈、……等韻在一等韻，麻、皆、……等韻在二等韻，此爲存在之問題一。或者說：根據現代各地方言推論出歌、哈、……等韻讀[ɑ]，麻、皆、……等韻讀[a]。對一初學聲韻者，要從何處掌握如許多之方言資料？如何推論？皆爲極棘手之問題，此爲存在問題之二。何以等韻四等之分，在[a]類元音中有高低前後之別，作爲洪大、次大、細與尤細分辨之標準，而在其他各類元音如[u]、[o]、[ə]、[ɤ]等則沒有此種區別，此爲存在問題之三。何以在[a]類元音之中，三等戈韻瘸類[iuɑ]之元音，反而比二等麻韻瓜類[ua]之元音既後且低？此爲存在問題之四。何以在[a]類元音中，二等元音是[a]，三等元音是[ɛ]，而麻韻二等家類[a]與三等遮類[ia]卻爲同一元音？與其他二、三等之區別不同。此爲存在問題之五。因有此五類問題存在，所以高、羅二氏解釋四等之說法，並不能就此認爲定論。

〔註149〕

王力於《漢語音韻》中云：

> 一等的主要元音應該是一個較後的元音，即[ɑ]或[o]，二等韻的主要元音應該是一個較前的元音，即[a]，三等韻的主要元音應該是一個更前的元音，即[ɛ]，四等韻的主要元音應該比ɛ更前，即[e]。三等韻有韻頭[i]，這個韻頭[i]的發音部位很高，使前面的輔音容易「顎化」。（像俄語的軟音字母）。以寒刪仙先四韻爲例，它們的擬音應該是[ɑn]、[an]、[iɛn]、[en]；但是四等韻的[en]很早就跟[iɛn]合流了，韻圖所反映的四等韻只是歷史的陳跡了。

〔註150〕

基本上王力同意高本漢之說法，所不同者乃是對四等韻之概念與音值之構擬。同時亦以爲韻不應該分四等之瑣碎，並說：一韻何以能有四個等第，實在令人百索不得其解。本師陳伯元先生對於王力：「韻圖所反映的四等韻只是歷史的陳跡了」一語之理解，是以韻圖韻分四等只是歷史之陳跡。〔註151〕

〔註149〕陳新雄《廣韻研究》，（臺北：臺灣學生書局，2004 年 11 月），頁 640。

〔註150〕王力《漢語音韻》，（北京：中華書局，2000 年 11 月），頁 103。

〔註151〕陳新雄《廣韻研究》，（臺北：臺灣學生書局，2004 年 11 月），頁 640。

不過對照王力原文，旨在討論以寒、刪、仙、先，四等不同之韻部為例所構擬之音值。王力認為四等先韻之[en]很早即與三等仙韻之[iɛn]合流，韻圖上所呈現，只能解釋為歷史之陳跡。顯然，於此理解有所不同，然對於韻圖上分等之概念，應視為每一韻並非概作四等。又《切韻》系統既然不反映具體語言之實際語音系統，則所謂四等之區分亦只宜視為語言之書寫系統而已。

江永四等洪細之說，高本漢以語言學之研究方法，構擬音值以為研究，大抵可以說明四等之旨要。本師陳伯元先生則提出，有關高氏論說不足之處有五，而以黃季剛之說法為調停。黃氏〈聲韻通例〉云：

> 凡變韻之洪與本韻之洪微異，變韻之細與本韻之細微異，分等者大概以本韻之洪為一等，變韻之洪為二等，本韻之細為四等，變韻之細為三等。〔註152〕

江永四等洪細未言正、變。黃氏以為韻圖實兼賅古今之音，開合各為四格。一、二等為洪音，三、四等為細音。以聲母求之，則一、四等為古本音之洪細，二、三等為今變音之洪細音。如此，則正、變，洪、細，一目了然，無所置疑。曾氏音學既以音之正、變，鴻、細，侈、弇為研究之根柢，又謂鴻細非正變。則曾氏於此之定義，宜先辨明。〔註153〕

一、音之正變鴻細侈弇

（一）音之正變

《廣韻》二百六韻自有正韻、變韻之分別條件，然曾氏以為不能以音之弇侈作為分別正變之條件，關於音之弇侈，段玉裁〈古十七部音變說〉：「大略古音多斂，今音多侈。」〔註154〕錢大昕則有不同看法，認為「古侈而今斂」。〔註155〕王力謂段氏所謂斂侈乃就元音的而言，至於錢大昕則混元音與輔音為一談，理有未確。曾氏認為段、錢二氏對於音之說法，只能說是論韻

〔註152〕黃侃〈聲韻通例〉，《黃侃國學文集》，(北京：中華書局。2006年05月)，頁142。

〔註153〕為區分曾運乾以鴻細論聲之說與江永、黃侃論韻之說，本文以「鴻細」稱曾說，以「洪細」稱江、黃之說。

〔註154〕段玉裁《六書音均表一‧古十七部音變說》，參見《說文解字注》，(臺北：黎明文化事業公司，1988年10月)，頁824。

〔註155〕錢大昕《潛研堂集‧答問》，(臺北：台灣商務印書館，1983年11月)，頁143。

之弇侈。至於音之正變，依據曾氏之說法則爲：「正韻者，音之合於本音者
也。變韻者，音之潤於他音者。」〔註156〕此與前論所言及《廣韻》四等中
之古本音與今變音之說，顯然有所不同。曾氏進一步論述正變之說：

> 近人言《廣韻》者，每謂東、冬爲古本音，鍾爲今變音；唐爲古
> 本音，陽爲今變音，此大誤也。第可言音之侈弇，不當以爲音之
> 正變。鍾之於東、冬，陽之於唐，明爲一音，何有正變之分。變
> 音當如江之於東、冬、鍾，庚之於陽、唐，本爲同韻，變爲異讀。
> 江讀同陽、唐，庚讀同清、青，此其變音也。陸法言編次《切韻》，
> 變韻別爲一例，不與正韻同科，最爲明晰。等韻家不知音理，或
> 雜江韻於陽、唐，庚韻於清、青，是不知古今之差異。或列變韻
> 之侈音於二等，弇音於四等，是不知正變音之分配。〔註157〕

曾氏所謂「正韻」、「變韻」與今言「古本音」、「今變音」不同者，在於弇侈
非正變，而是正變各有弇侈。《廣韻》中有三十二韻只用古本聲十九紐，此
三十二韻即正韻之侈音，又音與正韻同而爲弇音者，是爲正韻之弇音，餘爲
變韻。至於聲紐則十九爲正聲，餘爲變聲。曾氏云：

> 《廣韻》二百六部中，有三十二韻爲古本音，此三十二韻中祇有
> 古本聲十九紐。知此十九紐爲古本聲者，以此三十二韻爲古本音
> 也。知此三十二韻爲古本音者，以其祇具古本聲十九紐也。〔註158〕

又說：

> 正韻者，音之合於本音者也；變韻者，音之混於他音者也。……
> 至於正韻與變韻之別，則凡正韻之侈音，例用聲鴻十九紐，弇音
> 例用細聲三十二紐。凡變韻之侈音，喉、牙、脣例用鴻聲，舌、
> 齒例用細聲，亦共十九紐；弇音喉、牙、脣例用細聲，舌、齒例
> 無字。此又《切韻》全書大例也。〔註159〕

古今聲與韻必有對應關係，曾氏此一說法與同時期之黃侃一致。黃氏於《音

〔註156〕曾運乾《音韻學講義》，（北京：中華書局，2000 年 11 月），頁 177。

〔註157〕曾運乾《音韻學講義》，（北京：中華書局，2000 年 11 月），頁 178。

〔註158〕曾運乾《音韻學講義》，（北京：中華書局，2000 年 11 月），頁 441。

〔註159〕曾運乾《音韻學講義》，（北京：中華書局，2000 年 11 月），頁 177～178。

略・略例》云：

> 凡韻有變聲者，雖正聲之音，亦爲變聲所挾而變，讀與古音異，
> 是爲變韻。〔註160〕

黃氏認爲只用古聲十九紐爲切語上字者爲古本韻，而只有古本聲之韻爲古本音。林語堂對此有「循環論證」之議。本師陳伯元先生以爲所論非是，於《音略證補》中，附錄〈蘄春黃季剛（侃）先生古音學說駁難辨〉一文，論之甚詳。〔註161〕古本音者即《廣韻》中，一等與四等韻即是。四等韻以江永之說爲細音，仍與一等韻同爲正韻之侈音。曾氏古本音即《廣韻》一等韻之東一、多、模、灰、咍、魂、痕、寒、桓、豪、歌、戈、唐、登、侯、覃、添，十七韻及入聲之屋、沃、沒、曷、末、鐸、德、合八韻；四等韻之齊、先、蕭、青四韻及入聲之錫、屑、怗三韻，共三十二韻。十九紐即《廣韻》之影、曉、匣、見、溪、疑、端、透、定、泥、來、精、清、從、心、幫、滂、並、明。去聲泰韻雖用十九紐，然古唯有平入而無上去，故泰韻非古本韻。

曾氏正變之說，非惟等第與鴻細足以辨明，其中更有侈弇條件。正變各有其韻之侈弇，而侈弇又各有聲之鴻細。由聲之鴻細，韻之侈弇，始能得音之正變。

（二）韻之侈弇

言《廣韻》者謂東、多爲古本韻，而鍾爲今變韻；以唐爲古本韻，而陽爲今變韻。曾氏以爲此可以言韻之侈弇，不可以謂正變。意謂《廣韻》一等四等，從江永與黃侃之說，人每以爲即古本韻之洪細，二等三等則爲今變韻之洪細，實則有誤。此曾氏之不同於主流學說者。曾氏音學以音有正有變，而正音、變音各有侈弇，故不得單以韻之侈弇而定音之正變。前既論得音之正變，今就《廣韻》韻部正變侈弇之對應，表列如下。〔註162〕

〔註160〕黃侃《音略・略例》，參見陳新雄《音略證補》，（臺北：文史哲出版社，1990年04月），頁3。

〔註161〕陳新雄《音略證補》，（臺北：文史哲出版社，1990年04月），頁136。

〔註162〕曾運乾《音韻學講義》，（北京：中華書局，2000年11月），頁194。

表十八　曾運乾《廣韻》正變侈弇對應表（一）正韻之侈弇

韻攝	正 韻											
	侈						弇					
	韻類				等	呼	韻類				等	呼
	平	上	去	入			平	上	去	入		
噫	咍	海	代		一	開	之	止	志		三	齊
娃	齊半	薺半	霽半	霽半	四	開	支半	紙半	寘半		三	齊
						合						撮
阿	歌	哿	箇		一	開	支半	紙半	寘半		三	齊〔註163〕
	戈	果	過		一	合						撮
			泰		一	開			祭		三	齊
						合						撮
衣	齊半	薺半	霽半		四	開	脂半	旨半	至半		三	齊
						合						撮
威	灰	賄	隊		一	合	脂半	旨半	至半		三	撮
烏	模	姥	暮		一	合	魚	語	御		三	撮〔註164〕
謳	侯	厚	候		一	開	虞	麌	遇		三	齊
幽	蕭	篠	嘯		四	開	尤	有	宥		三	齊
夭	豪	皓	號		一	開	宵	小	笑		三	齊
膺	登	等	嶝	德	一	開	蒸	拯	證	職	三	齊
						合						撮
嬰	青	迥	徑	錫	四	開	清	靜	勁	昔	三	齊
						合						撮
安	寒	旱	翰	曷	一	開	仙	獮	線	薛	三	齊
	桓	緩	換	末	一	合						撮
因	先	銑	霰	屑	四	開	眞	軫	震	質	三	齊
												撮
						合	臻	（榛）	（齔）	櫛	二	齊
昷	痕	很	恨	（麧）	一	開	欣	隱	焮	迄	三	齊
	魂	混	慁	沒	一	合	諄	準	稕	術	三	撮
鴦	唐	蕩	宕	鐸	一	開	陽	養	漾	藥	三	齊
						合						撮
邕	東一	董一	送一	屋一	一	開	鍾	腫	用	燭	三	齊
宮	冬	（湩）	宋	沃	一	合	東二	董二	送二	屋二	三	撮

〔註163〕曾運乾《音韵學講義》作「寘」，誤。開口三等，當作「齊」。

〔註164〕曾運乾《音韵學講義》魚作「撮口」，虞作「齊齒」。陳新雄《廣韻研究》魚作「齊齒」，虞作「撮口」

音	覃	感	勘	合	一	開	侵	寢	沁	緝	三	齊
												撮〔註165〕
奄	添	忝	㮇	帖	四	開	鹽	琰	艷	葉	三	齊
	談	敢	闞	盍	一	合						撮

表十九　曾運乾《廣韻》正變侈弇對應表（二）變韻之侈弇

韻攝	侈 韻類 平	上	去	入	等	呼	弇 韻類 平	上	去	入	等	呼
噫												
娃	佳	蟹	卦		二	開						
						合						
阿	麻	馬	禡		二	開	麻	馬	禡		三	齊
						合						
			夬		二	開						
						合			廢		三	撮
衣	皆	駭	怪		二	開	微	尾	未		三	齊
威	皆	駭	怪		二	合	微	尾	未		三	撮
烏	麻	馬	禡		二	開	麻	馬	禡		三	齊
						合						
謳												
幽						開	幽	黝	幼		三	齊
夭	肴	巧	效		二	開						
膺												
嬰	耕	耿	諍	麥	二	開						
						合						
安	刪	潸	諫	鎋	二	開	元	阮	願	月	三	齊
						合						撮
因												
㬥	山	產	襉	黠	二	開						
						合	文	吻	問	物	三	撮
鶯	庚	梗	映	陌	二	開	庚	梗	映	陌	三	齊
						合						撮
邕	江	講	絳	覺	二	開						
宮												
音	咸	謙	陷	洽	二	開	凡	范	梵	乏	三	齊
奄	銜	檻	鑑	狎	二	開	嚴	儼	釅	業	三	齊

〔註165〕曾運乾《音韵學講義》作「合」，誤。合口三等，當作「撮」。可參考曾運乾《音韵學講義·廣韻之考訂》，（北京：中華書局，2000年11月），頁226。

（三）聲之鴻細

音既有正、變之別，而正變又各有侈、弇。聲與韻相挾而變，則聲亦當有正、變與鴻、細之別。古聲之研究肇始於錢大昕，其《十駕齋養新錄》有〈古無輕脣音〉及〈舌音類隔之說不可信〉二文，爲古聲研究之先聲。其後有餘杭章氏〈娘日古歸泥〉之說。黃季剛謂：

> 古聲無舌上、輕脣，錢大昕所證明；無半舌日，及舌，本師章氏所證明；定爲十九，侃之說也。前無所因，然基於陳澧之所考，始得有此。〔註166〕

於是定古聲十九紐爲：影、曉、匣、見、溪、疑、端、透、定、泥、精、清、從、心、幫、滂、並、明、來。黃季剛自謂此古聲十九乃承於陳澧系聯所得之體悟。同時期曾氏則有〈喻三古歸匣〉、〈喻四古歸定〉之說，自諧聲偏旁、經籍異文、反切、方言等資料中，推得此結論。更是證明黃氏所訂古聲之正確性。陸昕《祖父陸宗達及其師友》一書中提及：

> 祖父曾說：黃侃任教東北大學時，某日夜間回京，下了火車，他不顧旅途勞頓先事休息，却讓他兒子黃念田手裡提著燈籠，連夜到我家。祖父以爲他有何要事，心裡不免緊張，他却十分興奮地對我祖父說：我在東北見到曾運乾先生，與他深談兩夜。他考定的古聲紐中，喻紐四等古歸定紐，喻紐三等古歸匣紐。這是很正確的，我的十九紐說應當吸收這一點。〔註167〕

黃季剛定古聲十九，凡一四等之韻，例用十九紐乃根據古本音之說推論而得，並無論證。而古無輕脣、舌上之音，此本於錢大昕；娘母日母歸於泥母，則承於章太炎。於喻母三等四等來源之論證，則曾氏之功。

十九紐之數實早見於江永《音學辨微‧八辨等列》中，〔註168〕鄒漢勳《五均論》，亦歸納出凡切《廣韻》一等韻者，其聲類之數當如此。

鄒漢勳《五均論‧三十九論四聲切韻表凡例定四等字紐圖及群母古音》

〔註166〕黃侃《音略‧略例》，參見陳新雄《音略證補》，（臺北：文史哲出版社，1990年04月），頁3。

〔註167〕陸昕《祖父陸宗達及其師友》，（北京：人民文化出版社，2012年1月），頁73。

〔註168〕江永《音學辨微‧辨字母》（臺北：廣文書局，1966年1月），頁20～21。

一文：

> 一等有牙，有舌頭，有喉，無舌上；有重脣，無輕脣；有齒頭，
> 無正齒；有半舌，無半齒；而牙音無群，齒頭無邪；喉音無喻，
> 通十九位：見、谿、疑、端、透、定、泥、邦、滂、竝、明、精、
> 清、從（從）、心、曉、匣、影、來也。〔註169〕

古聲之數十九，曾氏又自《切韻》·序》悟得陸法言聲鴻聲細之規則。謂：

> 聲有正有變，各有鴻細。聲有鴻細，古稱輕重。⋯⋯輕重之別，
> 後人分為鴻細。大概一字之音，重讀其聲圓足，輕讀則其聲銳
> 利。⋯⋯是故法言定韻，依聲讀輕重之別，而分一紐為鴻細二聲。
>
> 〔註170〕

所謂「重讀輕讀」實已根據審音之法，作為音學研究之概念。番禺陳蘭甫
為求陸氏之舊而系聯《廣韻》之切語上下字，著為《切韻考》。因得《廣韻》
切語上字四十類，明、微系聯本亦分兩類，陳氏併而為一，其後黃季剛分
之。然陳氏事實上未必不知明、微二紐當分，實固守系聯所致。其《切韻
考·外篇後論》：

> 《廣韻》切語上字四十類，字母家分併為三十六，有得有失。明
> 微二母當分者也，切語上字不分者，乃古音之遺，今則分別甚明，
> 不必泥古也。〔註171〕

可見三十六字母雖已分明、微，而陳氏存古，故為不分。曾氏以為陳蘭甫實
囿於方音之故，惟此說仍有待商榷。

陳澧系聯既出，求《廣韻》之學者踵繼其法，曾氏《廣韻》學之定五聲
五十一紐，亦承緒於此。惟曾氏除用陳氏系聯之法外，更辨《廣韻》聲類之
當分鴻細，二類，以為此乃音聲之真諦。四十一聲類中，脣、齒、舌音既分
正變古今，則喉、牙音亦當分之。以正聲而正韻，變聲而變韻；聲鴻而音侈，
聲細而音弇。就語音結構與聲音演變之理而言，此一概念確實有其正確性。
曾氏析《廣韻》聲類之鴻細，表列如下。

〔註169〕鄒漢勳《五均論》上卷，《鄒叔子遺書》，自藏古籍善本。
〔註170〕曾運乾《音韻學講義》，（北京：中華書局，2000年11月），頁141～142。
〔註171〕陳澧《切韻考·外篇後論》，（臺北：臺灣學生書局。1969年1月），頁4。

表二十　曾運乾之《廣韻》聲類鴻細表 〔註 172〕

部位	鴻細	曾氏《廣韻》聲類
喉聲	鴻	影一
	細	影二
牙聲	鴻	見一、溪一、曉一、匣、疑一
	細	見二、溪二、曉二、于、疑二、群
舌聲	鴻	端、透、定、泥、來一
	細	知、徹、澄、娘、來二、喻、照三、穿三、牀三、審三、禪、日
齒聲	鴻	精一、清一、從一、心一
	細	精二、清二、從二、心二、邪、照二、穿二、床二、審二
脣聲	鴻	幫、滂、並、明
	細	非、敷、奉、微

　　此與陳澧據系聯所得，更增影二、曉二、見二、溪二、疑二、來二、精二、清二、從二、心二，共十母，合四十一紐，遂得《廣韻》聲類五十一。其鴻聲十九即古聲之十九，與古音之侈相配。其細聲三十二，則與古音之弇與變音之侈、弇者相配。其以「鴻細侈弇」論音之理論結構如此，而就《廣韻》中所有切語分析，則亦有出例者在，可參考本論文第四章曾運乾之《廣韻》學——聲類之部。

　　上表中聲類之標註以一、二者，乃該聲類之分一類二類，此本曾氏之意。惟照之分二類，其所標二、三，乃指照二之莊系與照三之照系。嫻於聲韻者，雖未必混淆，然曾氏於此為例或有不純，特於上表中照類二等、三等者，縮小字體，以與分出一類、二類者為區別。

　　歷來聲韻學家多從江永之說，以一等二等為洪，三等四等為細。曾氏將四等作洪音之理由為何？黃侃《文字聲韻訓詁筆記》：「齊、先、添、蕭四韻，《切韻》本為洪音。《指掌圖》誤改為開細，今宜讀從廣東人之發音。」〔註173〕黃侃於此並無詳加論述，其於四等韻亦以「本韻之細」為論。齊、先、添、蕭四韻，正《廣韻》之細音。曾氏於其《廣韻》二百六部之正變侈弇開

〔註172〕曾運乾《音韵學講義》，（北京：中華書局，2000 年 11 月），頁 143。

〔註173〕黃季剛口述，黃焯筆記編輯《文字聲韻訓詁筆記》，（臺北：木鐸出版社，1983 年 9 月），頁 109。

合齊撮，與古韻三十相附之表中〔註174〕，四等韻之等呼稱開合而不稱齊撮，似以一、二、四等皆洪音，三等爲細音。此與聲韻學家之定義不同。高本漢構擬三等與四等韻時，認爲三四等皆有[i]介音，而二者之區分，在於三等爲輔音性質之[j]介音，而四等則是元音性質之[i]介音。高氏之說至今仍然未得許多聲韻學家之認同，然而，曾氏學說亦非參稽高氏之說而得。一四等爲正韻之侈音故其聲鴻，二等爲變韻之侈音，其聲亦鴻；三等爲變韻之弇，故其聲細。如以四等介音爲元音性質，故以侈音視之則爲合理。然鴻細非侈弇，一如鴻細非正變，此正需要辨明者。

江永《音學辨微‧八辨等列》中所謂：「音韻有四等，一等洪大，二等次大，三四皆細，而四尤細」者，其洪、細乃是論「韻」之性質；曾氏所謂鴻、細則是論「聲」之條件。二者全然不同。是故，江永所論「音之洪、細」，即曾氏所謂「音之侈、弇」。名稱雖如此，但江永以來，論韻之洪細，並不等同於曾氏之論韻之弇侈。主要是曾氏以爲音除鴻細侈弇之外，尚有正變條件須爲考量。至於曾氏所謂「聲之鴻、細」者，乃是基於「音侈者聲鴻，音弇者聲細」爲區分條件。江永於一四等，得古聲十九，言聲之古本與今變，未言其聲之鴻細。五聲中脣、舌、齒有類隔之音，今稱爲變聲，而喉、牙音則無。曾氏析之，以配侈音者聲鴻，配弇音者聲細。就音理結構之合理性而言，亦稱妥當。

二、正變侈弇鴻細之對應

曾運乾《廣韻》正變侈弇對應表說明：

以音之正變定韻之侈弇。

《廣韻》中一、四等全爲正韻之侈音，二等則全爲變韻之侈音。此與黃季剛一、四等分別爲古本韻之洪細，二等爲今音之洪音，說法相同，名稱有異。

三等有正韻之弇，有變韻之弇。此與黃季剛三等爲今變韻之細音不同。

三等而爲正韻之弇音者，乃是音之實與正韻相同，惟侈弇不同。

四等韻之等呼稱開合而不稱齊撮，則以一、二、四等皆洪音，三等爲細音。

〔註174〕曾運乾《音韻學講義》，（北京：中華書局，2000 年 11 月），頁 193。

曾氏以音之正變，聲之鴻細，韻之侈弇為建構其音學研究之根柢，其於《廣韻》研究如此，等韻與古音之學亦如此。是以能知曾氏正、變，鴻、細，侈、弇之理，即可得其音學之門徑。以此列表如下。

表二一　曾運乾聲韻正、變，鴻、細，侈、弇對應表

侈弇鴻細 正變	侈弇	鴻細	聲　　紐	五　　　　　聲	備　　註
正韻	侈	鴻	十九紐	喉、牙、脣、舌、齒	
	弇	細	三十二紐	喉、牙、脣、舌、齒	
變韻	侈	鴻	十九紐	喉、牙、脣	
		細		舌、齒	
	弇	細	三十二紐	喉、牙、脣	
				舌、齒	無字

曾氏此表中最不為人解者，為變韻之侈音，依「聲鴻音侈，聲細音弇」之例，則本當對應於鴻聲。然於舌齒則又例用細音，其「鴻細侈弇」條例於此處致使出例甚多，此待論於本文第四章中。

第七節　小　結

曾氏音學著於世者，於古聲人每稱其喻母古讀之考訂，古韻則三十部之確立，《廣韻》則五十一聲紐之提出，與齊韻析為二部之說。至於曾氏於音學研究之理論與方法，則未得聞見。

音學研究就《廣韻》切語為材料，以考訂中古與上古音系，此本必循之途。切語之法非只以二字為一字之音，其上字與所切之字雙聲，而下字則與所切之字疊韻，亦切語以來之基則，而陳澧於其《切韻考》中再為舉明。陳澧以《廣韻》切語前四字為例，謂上字論清濁而不論其平上去入；下字論平上去入而不論其清濁。如此則上字之韻與下字之聲遂為無涉。曾氏亦用此例，舉為說明上字下字非僅與所切之字各為雙聲疊韻而已，更有「聲鴻者音侈、聲細者音弇」之理。此曾氏悟自陸氏〈《切韻》‧序〉所得者。於是亦用陳澧系聯切語之法，以求《廣韻》切語上字之類分。其中陳氏以又音又切再為系聯而為一類者，曾氏則以為體例未精，遂捨而未用。於是更持「鴻細侈弇」之理，用同用、互用、遞用之法，就《廣韻》切語再為系聯類分。四十聲類

中，脣音、舌音皆已分鴻細。未分者依例別之，而爲五聲五十一紐。是以知曾氏音學研究，能以《切韻考》爲權輿，〈《切韻》·序〉爲津梁，而以《廣韻》切語爲基礎。

除《廣韻》聲類外，韻類亦同此理。曾氏作〈《廣韻》補譜〉，以所考訂之《廣韻》韻類爲基礎。至於等韻之學雖不主門法，不重韻譜，故未立說。然又特於等韻之學，舉明斯學有軵葛音系，錯失音位之弊，雖別立門法而復踏駁難理。於是捨棄門法，復歸於陸氏之舊。分音之正變侈弇鴻細，爲〈《廣韻》補譜〉三十二攝，置三十二圖中。統《廣韻》所有切語，使音之依其正變鴻細侈弇而各得其位。實亦審音之精密者也。人每知曾氏音學成就，而不知其音學方法，特於此章爲之申明，或有助於研究曾氏音學之參考。

第四章　曾運乾之《廣韻》學
——聲類之部

　　《廣韻》以韻爲經之編纂方式，有屬文用韻之便。至於審音，亦能就二百六韻之分合，得其經界。然則切語之法既以二字爲一字之音，其下字之類就韻書可得，其上字之類則否。字母雖襲自守溫三十六字母，而歷來等韻之書，亦皆隨圖注紐，考音者遂以爲三十六母無可增減。清・陳澧，爲求陸氏舊法，於是據《廣韻》之切語以系聯之法而得聲類四十。後黃侃再析其明、微二類，於是有《廣韻》聲類四十一紐之名。

　　陳澧系聯《廣韻》切語上下字所得，是否即陸氏《切韻》之故，或容有再爲討論之處，然系聯之法既出，音韻學之研究者，莫不踵繼。惟各家考聲之條件與概念不同，取捨亦自有異。於是《廣韻》聲類有主三十三類者，有主四十一類者，亦有主四十八類者。如此種種皆《廣韻》聲類研究之成績。

　　曾氏《廣韻》之學，於聲類之部，則得心於〈《切韻》・序〉中「支脂魚虞，共爲一韻；先仙尤侯，俱論是切」一語，以爲聲音之理「聲鴻者音侈，聲細者音弇」，又用同用、互用、遞用之法，以求《廣韻》之聲類，得五聲五十一紐。

　　五聲五十一紐之結果既出，而非者以爲「聲鴻者音侈，聲細者音弇」非《廣韻》切語不替之理，其說於焉淪沒。今重爲鉤稽，其出例者或有之，然

就《廣韻》所有切語之數覈之，則仍爲少數。又說者非其「聲鴻音侈，聲細音弇」，實皆未論及變韻之侈音例用細音之說，遂致出例者甚多，此皆待論於後。

第一節　《廣韻》聲類

曾氏考定《廣韻》，就結果而言，得《廣韻》五聲五十一聲紐；就概念而言，則起源於陸法言〈《切韻》・序〉：「支脂魚虞，共爲一韻；先仙尤侯，俱論是切」；就方法而言，則取自陳蘭甫爲求陸氏舊法之系聯；就材料而言，則是取《廣韻》爲底本進行研究。

宋・丁度《集韻》稱陳彭年撰定《廣韻》，是「因法言韻就爲刊益」。〔註1〕而陳澧之《切韻考・敘》亦謂：「切語舊法當求之陸氏《切韻》，《切韻》雖亡而存於《廣韻》。」〔註2〕雖陳澧亦知：

> 《廣韻》之書非陸氏之舊，《廣韻》復有二種近代傳刻，又各不同。乃除其增加，校其譌異，雖不能復見陸氏之本，尚可得其體例。〔註3〕

是以，據《廣韻》所載文字切語以考究《切韻》，庶幾可得陸法言作《切韻》時，其體例、切語、字音之梗概。陳澧於是系聯《廣韻》切語上字，得聲類四十。其明、微二母未分。與曾氏同時之黃季剛析之爲四十一聲類，曾氏以爲陳澧因其方音之故，所以未分。至此得《廣韻》之聲類，大抵即得《切韻》之聲類。其系聯之法，則詳載於陳澧《切韻考》一書中之中。

曾氏同意陳澧關於求《切韻》自《廣韻》入手之觀點，據此所求可得《切韻》聲類。又曾氏之〈《廣韻》部目本《切韻》證〉一文，以陸法言《切韻》、孫愐《唐韻》、陳彭年《廣韻》，「名爲三書，實爲一書。」〔註4〕收錄曾氏研究成果於一書之《音韵學講義》中，有篇目作〈《廣韻》之五聲五十

〔註1〕 丁度《集韻・韻例》，參見《小學名著六種》，（北京：中華書局。1998 年 11 月），頁 3。

〔註2〕 陳澧《切韻考》，（臺北：臺灣學生書局，1969 年 1 月），頁 2。

〔註3〕 陳澧《切韻考》，（臺北：臺灣學生書局，1969 年 1 月），頁 2～3。

〔註4〕 曾運乾〈《廣韻》部目原本陸法言《切韻》證〉，參見《聲韻學講義》。（北京：中華書局，2000 年 11 月），頁 115～119。

一聲紐考〉〔註5〕乙文，而刊行於 1928 年之東北大學季刊，作〈《廣韻》之五聲五十一聲紐考〉；《聲韻學論文集》則又作〈《切韻》之五聲五十一聲紐考〉〔註6〕，所載內容則相同。是知曾氏〈《廣韻》之五聲五十一聲紐考〉即〈《切韻》之五聲五十一聲紐考〉。

一、字母之源起

漢語聲系中有關聲母數目古今不同，以語言隨時地而變之緣故。今所見三十六字母，相傳爲唐代僧人守溫所創。根據明代呂介孺《同文鐸》所載：「大唐舍利剙字母三十，後溫首座益以『孃、床、幫、滂、微、奉』六母，爲三十六字母。」知守溫之前，已有舍利之三十字母。然三十字母亡佚不傳，而後出之敦煌石室文書中，發現首署「南梁漢比丘守溫述」之韻學殘卷（P2012）。其中載有字母三十，周祖謨編《唐五代韻書集存》有守溫韻學殘卷 P2012 如附圖二。

〔註5〕曾運乾《聲韻學講義》（北京：中華書局，2000 年 11 月），頁 119～131。

〔註6〕于大成、陳新雄博士主編《聲韻學論文集》，（臺北：木鐸出版社，1976 年 5 月），頁 107。

附圖二　守溫韻學殘卷 P2012 圖〔註7〕

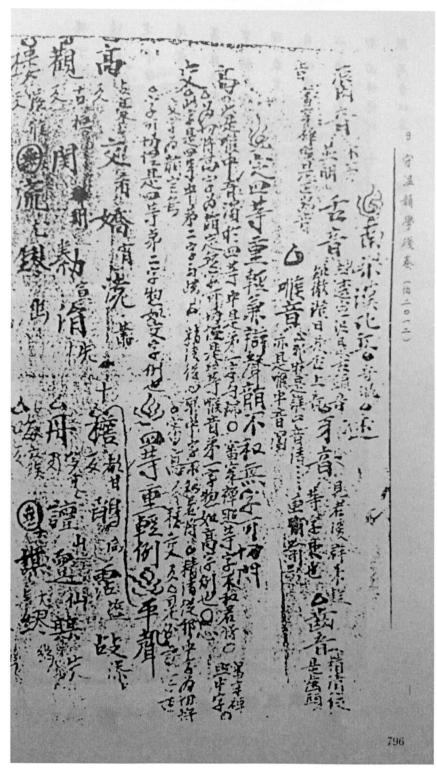

守溫所述即三十字母，今以表列之。

〔註7〕周祖謨編《唐五代韻書集存》，（臺北：臺灣學生書局，1994 年 7 月），頁 796。

表二二 唐・守溫所述三十字母表

發音部位	三 十 字 母	備 註
脣音	不、芳、並、明。	
舌音	端、透、定、泥。	是舌頭音。
	知、徹、澄、娘。	是舌上音。
牙音	見君、溪、群、來、疑等字是也。	
齒音	精、清、從。	是齒頭音。
	審、穿、禪、照。	是正齒音。
喉音	心、邪、曉。	是喉中音,清
	匣、喻、影。	亦是喉中音,濁。

羅常培以爲此三十字母乃守溫所訂,今所傳三十六字母,則爲宋人所增改,而仍託諸守溫者。〔註8〕然林尹先生於《中國聲韻學通論》中則有不同之意見:

> 竊謂若依羅氏之說,則有可疑者三:一、此殘卷無有標題,雖署爲守溫述,不知其標題究何所指。況述者有述而不作之意,安知其非述前人所刱之字母?二、因守溫自有所增改,或先述前人之作,再以己意定之,而殘卷適佚其己之所定,存其述前人之作,亦未可知。三、與今所傳三十六字母較之,其所少六字母,適符呂介孺之說,則呂氏之說亦未必不可信。故今據呂說,以此三十字母,爲唐舍利所刱而守溫據以修改增益之本也。〔註9〕

仍然依據呂介孺之說法,主張舍利創三十字母,守溫據此基礎,再爲增益修改爲三十六字母。據今日所傳三十六字母看來,所謂「增益」者,即是守溫自三十字母中,再爲增加「孃、床、幫、滂、微、奉」六母而爲三十六字母,至於「修改」者則是:

（一）脣音分別輕重,將三十字母之脣音分爲「重脣音」與「輕脣音」,而後將增加之幫、滂二母與原有之並、明二母歸爲重脣;將原有不、芳二母易爲非、敷,而與增加之奉、微二母歸於輕脣。

〔註8〕 羅常培〈燉煌寫本守溫韻學殘卷跋〉,參見《中央研究院集刊》第三本（1934 年）。

〔註9〕 林尹著,林炯陽注釋《中國聲韻學通論》,（臺北:黎明文化事業公司,1989 年9 月）,頁 57。

（二）日母原在舌上，今歸於半齒音。

（三）來母原在牙音，今歸於半舌音。

（四）心、邪二母原在喉音，今歸於齒頭音。

（五）新增床母歸於正齒音。

（六）新增娘母歸於舌上音。

守溫於舍利字母之「修改」，於今看來，乃是基於審查音理之正確與合理性所作之改訂。至於「增益」部分，應是就當時實際語音上，已可驗於口耳之間之音而爲調整。今三十六字母爲：

表二三　唐・守溫三十六字母表

<table>
<tr><td colspan="2">喉音</td><td>影</td><td>曉</td><td>匣</td><td>喻</td><td></td></tr>
<tr><td colspan="2">牙音</td><td>見</td><td>溪</td><td>群</td><td>疑</td><td></td></tr>
<tr><td rowspan="2">舌音</td><td>舌頭音</td><td>端</td><td>透</td><td>定</td><td>泥</td><td></td></tr>
<tr><td>舌上音</td><td>知</td><td>徹</td><td>澄</td><td>娘</td><td></td></tr>
<tr><td rowspan="2">齒音</td><td>正齒音</td><td>照</td><td>穿</td><td>牀</td><td>審</td><td>禪</td></tr>
<tr><td>齒頭音</td><td>精</td><td>清</td><td>從</td><td>心</td><td>邪</td></tr>
<tr><td rowspan="2">脣音</td><td>重脣音</td><td>幫</td><td>滂</td><td>並</td><td>明</td><td></td></tr>
<tr><td>輕脣音</td><td>非</td><td>敷</td><td>奉</td><td>微</td><td></td></tr>
<tr><td colspan="2">半舌音</td><td>來</td><td>來</td><td></td><td></td><td></td></tr>
<tr><td colspan="2">半齒音</td><td>日</td><td>日</td><td></td><td></td><td></td></tr>
</table>

自三十字母至三十六字母間之演變，推測其原因，應是於當時之實際語音中，已經產生區別，而此一變化之時間應該在於唐末五代至宋之間。陳澧於其《切韻考・外篇》卷三中云：

字母之三十六字，必唐時五方音讀皆不訛，故擇取以爲標準也。

又

三十六母者，唐末之音也。〔註10〕

劉復〈守溫三十六字母排列法之研究〉中以爲：

這三十六字，一定是當時所有的音，一定是個個有分別。而且這

〔註10〕陳澧《切韻考・外篇・卷三》，（廣東：廣東高等教育出版社，2004年8月），頁316。

三十六字能夠流傳到現在，在當時至少必定得了若干學者的承認
（若然不是一般社會的承認）；而且要得到這承認。他所表示的
音，又當然是較爲普通的，決不能是十分偏僻的。〔註11〕

王力《漢語史稿》中也認爲：

我們不能輕視三十六字母，正如我們不能輕視平水韻一樣。三十
六字母對於十世紀到十二世紀之間的聲母的實際情況，基本上是
符合的。〔註12〕

以上數種看法，都說明了三十六字母爲當時實際語言中之聲類。宋元以來等
韻圖如：宋代有司馬光《切韻指掌圖》，鄭樵《七音略》，張麟之《指微韻鏡》；
元代則有劉鑑《經史正音切韻指南》，無名氏《四聲等子》，清代有江永《四
聲切韻表》，戴震《聲類表》，陳澧《切韻考·內外篇》等。分等列圖，於聲
類均用三十六字母，亦符合此一看法。

二、字母之演變

　　守溫據舍利三十字母修改增益，則自三十字母至於三十六字母，字音已
見演變。江永未及見守溫所述舍利三十字母，而以爲字母不可增減。宋元以
來等韻圖，雖用三十六字母。然就《廣韻》聲類比較，則已見不同，又自三
十六字至《廣韻》聲系則已有三種差異，〔註13〕今試爲分析。

（一）輕脣音之產生

　　舍利有字母「不、芳」，即「否、芳」二母。「否、芳」今音作輕脣，實
際上舍利當時亦讀爲重脣音。「不、芳」既有讀重脣，又有讀輕脣。於是知中
古時期，脣音已分化爲兩類，重脣之「幫、滂、並、明」與輕脣之「非、敷、
奉、微」。守溫三十六自母之所以不再使用舊有「不、芳」爲目，竊以爲主要
應是避免與輕脣音、重脣音產生糾葛，是以守溫三十六字母以「幫、滂」易
之，又別出輕脣音的「奉、微」二母。於是脣音正式分化爲八母。陳澧系聯
《廣韻》切語，雖明、微未分，實輕重脣已畫然二類。

〔註11〕劉復在〈守溫三十六字母排列法之研究〉，參見《國學季刊》一卷三號。

〔註12〕王力《漢語史稿》，（北京：中華書局，2001 年 2 月），頁 109。

〔註13〕竺家寧《聲韻學》，（臺北：五南圖書出版公司，1993 年 11 月），頁 243～244。

（二）正齒音之合併

正齒音以後來陳澧系聯結果來看，應分成兩組，即「章、昌、船、書、審」與「莊、初、崇、生、俟」。兩組字母上古來源不同。章系五母近於舌音，而莊系則近於齒音。中古韻圖合此兩類音爲一類，而切語與齒音五母精、清、從、心、邪互爲類隔。此即照、穿、床、審、禪五母。韻圖與精五母同列於齒音下，韻圖二等例置莊、初、崇、生、俟一類，三十六字母未有名稱，自來稱「照二」；而三等置「章、昌、船、書、審」，則稱「照三」。由於合併之故，求音每有舛駁不合。等韻家於此特立有門法，「精照互用門」處理精莊系字，「正音憑切門」、「內外門」處理莊系字，「寄韻憑切門」處理照系，此四門法即是爲避免歸字錯誤而立者。此外，照二有「俟」母字，只平聲之韻有「漦，俟之切」，及上聲止韻「俟，牀史切」二字，後歸於「崇」母。論見董同龢《漢語音韻學》：

> 「俟」與「士」廣韻反切本來可以系聯，平聲之韻，「漦，俟之切」又上聲止韻，「俟，牀史切」，牀屬士類，所以素來講中古音的人都把「漦」「俟」兩字歸入「崇母」之內，但是有一個可疑點的，就是止韻又有「士，鉏里切」也屬崇母，與「俟」無從分別，並且有些韻圖又把「士」列在牀母之下「俟」列在禪母之下。對照《切韻》殘卷與王仁昫《刊謬補缺切韻》，知道「俟」的反切上字不是「牀」而是「漦」，原來「漦」「俟」兩字互切，不與其他反切上字系聯，那麼我們最好說是這兩個字自己有個獨立的聲母了，陳澧《切韻考》引徐鍇的《說文》反切，證明「士」與「俟」是一個音，也有見地，不過那應當是中古後期的變化了。〔註14〕

今三十六字母正齒音即：照、穿、牀、審、禪五母。

（三）喻母字之形成

以切語上字而言，喻母實際上分爲「云」、「以」兩類。「云」類上古來自淺喉音「匣」母，而「以」類則來自舌音「定」母。此即曾運乾所考訂之喻母古讀。三十字母無「喻」母，而守溫益之。中古韻圖置於喉音匣母之後，並以「以」類例置於韻圖三等，「云」類置四等。

〔註14〕董同龢《漢語音韻學》，（臺北：文史哲出版社，1998 年 11 月），頁 147。

時有古今，地有南北，而人有雅俗，語言演變實乃勢所必然。江永《四聲切韻表·凡例》：「昔人傳三十六字母，總括一切有字之音，不可增減，不可移易。凡欲增減移易者，皆妄作也。」〔註15〕三十六字母者，江氏所謂不可增減移易，實際上不合於語音演變之事實，自此一變化之趨勢而言，韻類自有其演變而聲類亦然。歷來學者對於韻部之發明，遠遠大於對聲類之考究。宋元以來等韻圖用守溫三十六字母之內容與隋代陸法言《切韻》之聲類或應有別。此亦陳澧為求陸氏舊法之動機所在。

三、三十六字母與《切韻》聲類之分合

守溫三十六字母之內容，王力認為：

> 三十六字母只適合於宋代的語音系統；他不適合於《切韻》系統，
> 也不適合於《中原音韻》系統。〔註16〕

王力認為守溫三十六字母與《切韻》聲類應是有以下之分合。

（一）輕脣之非、敷、奉、微，併入幫、滂、並、明。即非併入幫，敷併入滂，奉併入並，微併入明。

（二）正齒音之照、穿、牀、審應各分為二，即照、穿、神、審與莊、初、牀、山。

（三）喻母不變，然實分兩類，其　一併入匣。

（四）以上併脣音四母，分齒音四母，喻母分一合一，仍得三十六之數。

王力所認為之《切韻》聲類，從守溫聲類來看此間於語音演變上之脈絡，（一）脣音字之合併，正是清·錢大昕於古聲研究〈古無輕脣音〉一證。輕脣音至《切韻》時期尚未自重脣分化完成，因此脣音只有幫、滂、並、明四母。（二）正齒音之分化。實際上應該認為是中古等韻家之誤併所致。曾氏駁等韻之乖舛，亂舌齒之經界，正是正齒音二三等問題。二等莊、初、牀、山。實際上古音來源為齒音精、清、從、心；而三等照、穿、神、審古音來原則是舌音。二者絕不相混。二者等韻家誤併，是以錢氏又有「照三古歸舌頭」之說。〔註17〕至清代清·夏燮也對二等齒音提出證據，認為「照二古歸齒頭」。

〔註15〕江永《四聲切韻表·凡例》，（臺北：藝文印書館，貸園叢書），頁1。

〔註16〕王力《漢語音韻》，（臺北：弘道文化事業有限公司，1975年8月），頁85。

〔註17〕錢大昕《十駕齋養新錄·舌音類隔之說不可信·卷五》，（臺北：臺灣中華書局，

於是韻圖上精四母，〔註18〕照五母、莊四母始得釐清其間分合。（三）喻母兩類分合，三十六字母有「喻」，而「喻」在韻圖中分置三四兩等。以等為區別，只出現在三等者，稱「喻三」，又稱「于」母；只出現在四等者，稱「喻四」，又稱「余」母，二者切語絕不相混。喻三與喻四於現代漢語中，已完全合流。然於漢越語中，喻三與喻四則分別甚顯。〔註19〕曾氏於古聲紐之考訂，「喻三古歸匣」而「喻四古歸定」更確實地說，「喻四古近舌頭」。但至少《切韻》時期，喻母已經出現。是以王力以為《切韻》之聲類三十六，應如下所列。

表二四　王力所考《切韻》三十六字母表

喉音			影	曉	匣	喻	
牙音			見	溪	群	疑	
舌音	舌頭音		端	透	定	泥	
	舌上音		知	徹	澄	娘	
齒音	正齒音	近舌	照	穿	神	審	禪
		近齒	莊	初	牀	山	
	齒頭音		精	清	從	心	邪
脣音	重脣音		幫	滂	並	明	
半舌音			來				
半齒音			日				

　　三十六字母至陳澧《切韻考》，分正齒音為兩類，分喻母為兩類，均符合《切韻》系統之實際情況。〔註20〕然王力此說後於陳澧《切韻考》，乃是對其研究成果之評述。三十六字母後，聲類之數無所增減。至清‧陳澧作《切韻考》，聲韻家於是於《廣韻》聲類研究始得有所進展。

四、《廣韻》之聲類

　　對《廣韻》聲類之研究，起於陳澧為求《切韻》之故而作之《切韻考》。陳澧於此書中提出對於自孫炎以來，反語之雙聲疊韻關係，並同意錢大昕、

1982 年 10 月），頁 16。

〔註18〕邪母歸定由錢玄同所提出。其說見於〈古音無邪紐證〉一文。後來戴君仁又發表〈古音無邪紐補證〉一文支持這個論點。

〔註19〕王力《漢語音韻》，（臺北：弘道文化事業有限公司，1975 年 8 月），頁 90。

〔註20〕王力《漢語音韻》，（臺北：弘道文化事業有限公司，1975 年 8 月），頁 90。

戴震所謂「字母即雙聲，等子即疊韻」〔註21〕之說法。因此，進一步提出七個研究方向。

（一）研究依據——切語結構

於了解自東漢以來，切語之方法與結構形式後。陳澧提出其研究方法之根據原理。其《切韻考‧條例》：

> 切語之法，以二字爲一字之音，上字與所切之字雙聲，下字與所切之字疊韻；上字定其清濁，下字定其平上去入。上字定清濁而不論平上去入。如東，德紅切；同，徒紅切。東德皆清，同徒皆濁也。然同徒皆平，可也，東平德入，亦可也。下字定平上去入，而不論清濁。如東，德紅切；同，徒紅切；中，陟弓切；蟲，直弓切。東紅、同紅、中弓、蟲弓皆平也；然同紅皆濁，中弓皆清，可也；東清紅濁、蟲濁弓清，亦可也。〔註22〕

此一依據，簡而言之，是自孫炎以來，對文字注以音讀所使用之切語，以二字合成一字之音讀。然兩字本又各有各自之切語。於是切語上字只取其聲，下字只取其韻，以合爲一音。上字既然只取其聲，則上字之平上去入本爲韻之條件，可以不論；同樣的下字只取其韻，則下字之清濁本是聲之條件，亦可以不論。所謂「不論」即是不作爲取音之條件，切語此一部份與所切字之間，相同與否，均不影響所切出音讀之正確性。

（二）研究方法之一——系聯切語上字

基於切語此一結構關係之下，於是陳澧提出以系聯作爲其研究方法。切語既以兩字爲一字之音切，而上字與所切之字爲雙聲關係，則只要找出某字與某字爲雙聲關係，再統計最後之分類，便能得《廣韻》聲類之數。此不啻爲一具有統計概念之科學性研究方法。其《切韻考‧條例》：

> 切語上字與所切之字爲雙聲，則切語上字同用者、互用者、遞用者聲必同類也。同用者如冬都宗切、當都郎切，同用都字也；互用者如當都郎切、都當孤切，都、當二字互用也；遞用者如冬都宗切、都當孤切，冬字用都字，都字用當字，據此系聯之爲切語

〔註21〕戴震《切韻考‧條例》，（臺北：臺灣學生書局。1969年1月），頁4。

〔註22〕陳澧《切韻考‧條例‧卷一》，（臺北：臺灣學生書局。1969年1月），頁4。

上字四十類。〔註23〕

於此一方法之上，陳澧系聯《廣韻》中大部分之切語上字，然此法確有其極限，以至於仍有少部分切語未能以此系聯爲一類。

（三）研究方法之二──避免系聯錯誤

切語上字既不能系聯爲一類，陳澧並未於聲類執著，而是復爲審度陸氏舊法，得另一切語之精義，即「同音之字不分兩切語」。切語之法雖是「上字定清濁而不論平上去入。……下字定平上去入，而不論清濁」看似上下字無關，然聲與韻並非無涉。於是陳澧提出《廣韻》立切之一原則：

> 《廣韻》同音之字不分兩切語，此必陸氏之舊法。其兩切語下字
> 同類者，則上字必不同類，如紅戶公切、烘呼東切，公東韻同類，
> 則戶、呼聲不同類，今分析切語上字不同類者，據此定之。〔註24〕

陳澧於此處析出上字雖只論清濁，下字雖只論其平上去入，然以二字合切一字之音，上下二字之關係，還必須以整部《廣韻》之關係爲審度，不單據一切而論定。是以一韻之中，既雙聲又疊韻之同音字，《廣韻》必列於同一切語之下，並注以字數。如一東韻有「弓，居戎切，六」即與「弓」字同音切者另有五字，是以同切「居戎切」者共六字。於一東韻中，再不另立他組與「弓」字雙聲疊韻之切語於其中。〔註25〕

陳澧舉「紅戶公切、烘呼東切」二字爲例，以說明《廣韻》立切之原則，不於積極作用上，立即利用它法，以系聯兩兩互用之字。而是從消極作用上，避免誤併。〔註26〕考其用意，正在防止兩兩戶用不能系聯之下，又因口音上之相近，而誤「戶」、「呼」爲同紐，以致系聯錯誤。

（四）研究方法之三──又音又切之運用

切語上字以同用、互用、遞用而系聯爲同類之下，仍有切語上字，因兩兩互用，致不能系聯者。在避免誤併爲同類之檢測原則下，陳澧進一步提出解決之法，即是又音又切之運用。陳澧提出：

〔註23〕陳澧《切韻考・條例・卷一》，（臺北：臺灣學生書局。1969年1月），頁5。

〔註24〕陳澧《切韻考・條例・卷一》，（臺北：臺灣學生書局。1969年1月），頁6。

〔註25〕支、脂、眞、祭、仙、宵、侵、鹽諸韻中，有重紐現象，另論。

〔註26〕參見陳新雄《廣韻研究》，（臺北：臺灣學生書局。2004年11月），頁199。

切語上字既系聯爲同類矣。然有實同類而不能系聯者，以其切語
上字兩兩互用故也。如多、得、都、當四字，聲本同類，多得何
切、得多則切、都當孤切、當都郎切，多與得，都與當，兩兩互
用，遂不能四字系聯矣。今考《廣韻》一字兩音，互注切語，其
同一音之兩切語，上二字聲必同類。如一東「涷、德紅切，又都
貢切」。一送「涷、多貢切」都貢、多貢同一音，則都、多二字實
同一類也。〔註27〕

字音有一音、兩音、三音者。《廣韻》以韻爲系，立切之時，互注切語。以「涷」
字爲例，有「德紅」與「都貢」二切，，「涷」字以「德紅」爲切時，其本音
見於一東韻中，其又音「都貢」則另見於一送韻中。而「涷」字於一送韻中，
其本音爲「多貢切」，又音爲「又音東」，則另見於一東韻。如此則「又音東」
即「德紅切」，「都貢切」即「多貢切」。都、多聲同類，遂以系聯。

（五）所得成果

陳澧系聯切語上字，得《廣韻》四十聲類，表列如下表。

表二五　陳澧《廣韻》四十聲類系聯表〔註28〕

清濁	類數	《廣韻》所見切語上字	系　聯　條　件		今定聲目	同類字數
清	一	多得何得得多則	互用	互注切語都多雙聲	端	七
		丁當精都當孤當都郎冬都宗	同用、互用			
清	二	張陟良知陟離豬陟魚徵陟陵中陟弓陟竹力卓竹角竹張六	同用、互用、遞用		知	九
清	三	之止而止諸市章諸良征諸盈諸章魚煮章與支章移職之翼正之盛旨職雉占職廉脂旨移	同用、互用、遞用		照	十二
清	四	抽丑鳩癡丑之楮褚丑呂丑敕久恥敕里敕恥力	同用、互用、遞用		穿	七
清	五	蘇素姑素桑故速桑谷桑息郎相息良悉息七斯息移思司息茲私息夷雖息遺辛息鄰息相即須相俞胥相居先蘇前寫息姐	同用、互用、遞用		心	十七
清	六	居九魚九舉有俱舉朱舉居許規居隋吉居質紀居里几居履	同用、遞用	互注切語	見	十七

〔註27〕陳澧《切韻考・條例・卷一》，（臺北：臺灣學生書局。1969年1月），頁7。

〔註28〕陳澧《切韻考・卷二》，（臺北：臺灣學生書局。1969年1月），頁13～23。

		古公戶公古紅過古臥各古落格古伯兼古甜姑古胡佳古膎詭過委	同用、互用、遞用	居古同類		
清	七	康苦岡枯苦胡牽苦堅空苦紅謙苦兼口苦后楷苦駭客苦格恪苦各苦康杜	同用、互用	互注切語	溪	二十四
		去丘據丘去鳩墟祛去魚詰去吉窺去隨羌去羊欽去金傾去營起墟里綺墟彼豈祛豨區驅豈俱	互用、同用遞用			
清	八	卑府移并府盈鄙方美必卑吉彼甫委兵甫明筆鄙密陂彼為畀必至	同用、互用、遞用 系聯為一類，字母家分之		幫	十四
		方府良封府容分府文府甫方矩			非	
清	九	敷孚芳無妃芳非撫芳武芳敷方峯敷容拂敷勿	同用、互用 系聯為一類，字母家分之		敷	九
		披敷羈丕敷悲			滂	
清	十	昌尺良尺赤昌石充昌終處昌與叱昌栗春昌脣	同用、互用		穿	七
清	十一	於央居央於良憶於力伊於脂依衣於希憂於求一於悉乙於筆握於角謁於歇紆憶俱挹伊入	同用、互用	互注切語 一烏雙聲	影	十九
		烏哀都哀烏開安烏寒煙烏前鷖烏奚愛烏代	同用、互用			
清	十二	倉蒼七岡親七人遷七然取七庾七親吉青倉經采倉宰醋倉故麤鹿倉胡千蒼先	同用、遞用	互注切語 七此雙聲	清	十四
		此雌氏雌此移	互用			
清	十三	他託何託他各土吐他魯通他紅天他前台土來湯吐郎	同用、互用、遞用		透	八
清	十四	將即良子即里資即夷即子力則子德借子夜茲子之醉將遂姊將几遵將倫祖則古臧則郎作則落	同用、互用、遞用		精	十三
清	十五	呼荒烏荒呼光虎呼古馨呼刑火呼果海呼改呵虎何	同用、互用、遞用	互注切語 火況雙聲	曉	十六
		香許良朽許久羲許羈休許尤況許訪許虛呂興虛陵喜虛里虛朽居	同用、遞用			
清	十六	邊布玄布博故補博古伯百博陌北博墨博補各巴伯加	同用、互用、遞用		幫	八
清	十七	滂普郎普滂古	互用	互注切語 普匹雙聲	滂	四
		匹譬吉譬匹賜	互用			
清	十八	山所開疏疎所葅沙砂所加生所庚色所力數所矩所疏舉史疏士	同用、遞用		疏	十
清	十九	書舒傷魚傷商式陽施式支失式質矢式視試式吏式識賞職賞書兩詩書之釋施隻始詩止	同用、遞用		審	十四

清濁	序號	字例	用法	備註	字母	字數
清	二十	初楚居楚 創舉創 瘡初良測初力 又初牙廁初吏 芻測隅	同用、遞用		初	八
清	二一	莊側羊爭側莖阻側呂鄒側鳩簪側吟側仄阻力	同用、互用		莊	七
濁	二二	徒同都同徒紅特徒得度徒故杜徒古唐堂徒郎田徒年陀徒何地徒四	同用、互用		定	十
濁	二三	除直魚場直良池直離治持直之遲直尼佇直呂柱直主丈直兩直除力宅場伯	同用、互用、遞用		澄	十一
濁	二四	鋤鉏士魚牀士莊犲士皆崱士力士仕鉏里崇鋤弓查鉏加雛仕于俟牀史助牀據	同用、互用、遞用		牀	十二
濁	二五	如人諸汝人渚儒人朱人如鄰而如之仍如乘兒汝移耳而止	同用、互用、遞用		日	八字
濁	二六	余餘予以諸夷以脂以羊已羊與章弋翼與職與余呂營余傾移弋支悅弋雪	同用、遞用		喻	十二
濁	二七	于羽俱羽雨王矩云雲王分王雨韋雨非永于憬有云久遠雲阮榮永兵為遠支洧榮每筠為贇	同用、遞用		為	十四
濁	二八	文無分美無鄙望巫放無巫武夫明武兵彌武移亡武方眉武悲綿武延武文甫靡文彼	同用、遞用	互注切語武莫雙聲系聯為一類，字母家分之	微	十八
		莫慕各慕莫故模謨摸莫胡母莫厚	同用、互用		明	
濁	二九	渠強魚強巨良求巨鳩臼其呂具其遇臼其久衢其俱其渠之奇渠羈暨具冀	同用、遞用		群	十
濁	三十	房防符方縛符钁附符遇苻苻扶防無馮房戎浮縛謀父扶雨	同用、互用、遞用 系聯為一類，字母家分之		奉	十六
		平符兵皮符羈便防連毗房脂弼房密婢便俾			並	
濁	三一	盧落胡來落哀賴落蓋落洛盧各勒盧則	同用、互用、遞用	互注切語盧、力、郎雙聲	來	十五
		力林直林力尋呂力舉良呂張離呂支里良士	同用、互用、遞用			
		郎魯當魯郎古練郎甸	同用、互用			
濁	三二	胡乎戶吳侯戶鉤戶侯占下胡雅黃胡光何胡歌	同用、遞用		匣	七
濁	三三	才昨哉徂昨胡在昨宰前昨先藏昨郎酢在各	同用、互用	互注切語才疾雙聲	從	十四
		疾秦悉秦匠鄰匠疾亮慈疾之自疾二情疾盈漸慈染	同用、遞用			
濁	三四	蒲薄胡步薄故裴薄回薄傍各白傍陌傍步光部蒲口	同用、遞用		並	七

濁	三五	魚語居疑語其牛語求語魚巨宜魚麗擬魚紀危魚爲玉魚欲五疑古俄五何吾五乎研五堅遇牛具虞愚遇俱	同用、互用、遞用	疑	十五
濁	三六	奴乃都乃奴亥諾奴各內奴對妳奴禮那諾何	同用、互用、遞用	泥	六
濁	三七	時市之殊市朱常嘗市羊蜀市玉市時止植殖寔常職署常恕臣植鄰承署陵是氏承紙視承矢成是征	同用、互用、遞用	禪	十六
濁	三八	尼女夷拏女加女尼呂	同用、互用	娘	三
濁	三九	徐似魚祥詳似羊辭辝似茲似詳里旬詳遵寺祥吏夕祥易隨旬爲	同用、互用、遞用	邪	十
濁	四十	神食鄰乘食陵食乘力實神質	同用、互用、遞用	神	四

上表各類仟而次之者，依陳澧《切韻考》卷二中次第。今按五音之次第排列整理，得表如下。

表二六　陳澧《廣韻》四十聲類表

喉音		影	曉	匣	喻	爲
牙音		見	溪	群	疑	
舌音	舌頭音	端	透	定	泥	
	舌上音	知	徹	澄	娘	
齒音	正齒音 照	穿	神	審	禪	禪
	正齒音 近齒	莊	初	牀	山	
	齒頭音	精	清	從	心	邪
脣音	重脣音	幫	滂	並	明	
	輕脣音	非	敷	奉		
半舌音		來				
半齒音		日				

（六）陳澧《廣韻》四十聲類與黃季剛《廣韻》四十一聲類

陳澧分析《廣韻》切語上字所得之結果，與三十六字母最大之區別，在於對脣音字之分別。陳澧以切語上字「卑府移幷府盈鄙方美必卑吉彼甫委兵甫明筆鄙密陂彼爲畀必至」九字與「方府良封府容分府文府甫方矩」五字系聯爲一類，並未定以聲目，今字母家則分爲「幫」、「非」二類，以下皆同此。又「邊布

· 108 ·

玄布博故補博古伯百博陌北博墨博補各巴伯加」八字，陳澧系聯爲一類，字母家今作「幫」類。是知陳澧固守系聯之法，〔註29〕皆以切語爲分類條件。不獨「幫」、「非」類，脣音字之「滂」、「敷」、「並」、「奉」、「明」、「微」類皆然。「敷孚芳無妃芳非撫芳武芳敷方峯敷容拂敷勿」七字與「披敷羈丕敷悲」二字，陳澧系聯作一類，字母家分之爲「滂」、「敷」二類；又有「滂普郎普滂古匹譬吉譬匹賜」四字陳澧作一類，字母家今作「滂」類；「房防符方縛符鑵附符遇符苻扶防無馮房戎浮縛謀父扶雨」十字與「平符兵皮符羈便防連毗房脂弼房密婢便俾」六字，陳澧系聯爲一類，字母家分之爲「奉」、「並」二類；又有「蒲薄胡步薄故裴薄回薄傍各白傍陌傍步光部蒲口」七字，陳澧爲一類，字母家今作「並」類；「文無分美無鄙望巫放無巫武夫明武兵彌武移亡武方眉武悲綿武延武文甫靡文彼」字與「莫慕各慕莫故模謨摸莫胡母莫厚」六字系聯爲一類，今字母家則分之爲「明」、「微」二類。以表列之如下。

表二七　《廣韻》脣音切語上字系聯歸類分合表

切　語　上　字	字數	陳　澧	今定聲類
卑府移并府盈鄙方美必卑吉彼甫委兵甫明筆鄙密陂彼爲畀必至	九	十四字一類	幫
方府良封府容分府文府甫方矩	五		非
邊布玄布博故補博古伯百博陌北博墨博補各巴伯加	八	八字一類	幫
披敷羈丕敷悲	二	九字一類	滂
敷孚芳無妃芳非撫芳武芳敷方峯敷容拂敷勿	七		敷
滂普郎普滂古匹譬吉譬匹賜	四	四字一類	滂
平符兵皮符羈便防連毗房脂弼房密婢便俾	六	十六字一類	並
房防符方縛符鑵附符遇符苻扶防無馮房戎浮縛謀父扶雨	十		奉
蒲薄胡步薄故裴薄回薄傍各白傍陌傍步光部蒲口	七	七字一類	並
莫慕各慕莫故模謨摸莫胡母莫厚	六	十八字一類	明
文無分美無鄙望巫放無巫武夫彌武移亡武方眉武悲綿武延武文甫靡文彼明〔註30〕武兵	十二		微

陳澧定《廣韻》聲類四十，乃根據系聯切語上字所得之結果。「莫」以下

〔註29〕潘柏年《陳澧切韻考研究》，（臺北：臺灣師範大學國文系博士論文，2010年11月）。

〔註30〕明以武爲切，與微類系聯，曾列入微類中，今爲明母。

六字與「文」以下十二字，以同用、互用、遞用，以及互注切語之條件，而完全系聯爲一類。此亦陳澧所以明、微不分之關鍵。其以「卑」以下九字與「方」以下五字爲「非」類，而不歸於「幫」類，方音即或有別，仍守系聯所得。「披」以下二字與「敷」以下七字爲「敷」類，而不歸「滂」；「平」以下六字與「房」以下十字歸「奉」，而不歸「並」，其理皆然。然三十六字母，明、微已分。陳澧之所以不分，雖亦系聯所得，而陳澧以今音分析，則認爲明、微當分二類。其《切韻考・外篇後論》：「《廣韻》切語上字四十類，字母家分併爲三十六，有得有失。明微二母當分者也，切語上字不分者，乃古音之遺，今則分別甚明，不必泥古也。」〔註31〕明、微系聯爲一類，但又認爲不分是古音之遺。或是因陳澧乃粵人，粵語讀微如眉，讀無如謨，與古音同。是故以「乃古音之遺」作爲合理解釋明微系聯不分之原因。

　　然而就系聯結果而論，幫母：卑府移并府盈鄙方美必卑吉彼甫委兵甫明筆鄙密陂彼爲畍必至九字與非母：方府良封府容分府文府甫方矩五字，實系聯爲一類，幫母：邊布玄布博與非二類？滂、敷，並、奉亦皆同此。即知陳澧系聯體例不一之缺失。系聯不分，而陳澧乃據系聯不分明、微。實可理解。然則系聯不分如幫、非，滂、敷，並、奉者又分之，誠如曾運乾所言，乃是囿於方音之故。〔註32〕羅偉豪〈從陳澧《切韻考》的「明微合一」看廣州音〉：「陳澧的『明微合一』誤在泥古，偏用廣州音。」〔註33〕陳澧不審音理，固守其系聯結果，是謂「泥古」，而偏用廣州音，說與曾氏同。至於偏用，則是與其餘脣音字系聯之問題相同，而獨不分明微，則偏用之說亦屬合理解釋。陸志韋〈證《廣韻》五十一聲類〉則認：陳澧「或有譏其『囿於方音』者，事或有之，然非囿於任何一種方言也，不如曰：『囿於今音』」〔註34〕之說。

　　周祖謨〈陳澧《切韻考》辨誤〉一文以爲陳氏系聯《廣韻》聲韻部類之法，爲例有二：

〔註31〕陳澧《切韻考・外篇後論》，（臺北：臺灣學生書局。1969 年 1 月），頁 476。

〔註32〕楊樹達〈曾星笠傳〉參見曾運乾《聲韻學講義》，（北京：中華書局，2000 年 11 月），頁 2。

〔註33〕羅偉豪〈從陳澧《切韻考》的「明微合一」看廣州音〉，參見《衡陽師範學院學報》第 21 卷第 4 期，2008 年 8 月），頁 76。

〔註34〕陸志韋〈證《廣韻》五十一聲類〉燕京學報 25 期，（1939 年 06 月），頁 13。

切語上字主聲，下字主韻，凡切語上字之同用戶用遞用者聲必同類，凡切語下字之同用戶用遞用者韻必同類。以其同用互用遞用之例而牽引系聯之，聲韻之類別自見，此正例也。然亦有實同類而不能系聯者，以其兩兩互用使然。凡切語上字，則據廣韻一字二音之互注切語者考之。蓋其同屬一音之兩切語，上二字聲必同類也。至於切語下字，則以平上去入相承之四韻分類與否爲定。蓋四韻相承者其每韻之分類亦往往相承也。如是切語上下字之不能系聯者，得據以定其歸類矣。此變例也。〔註35〕

周氏又進一步辨析陳澧系聯上之錯誤：

陳氏據正變二例以考廣韻之切語上字，離析分合，定爲四十聲類。四十類者：三十六字母之明微二母合爲一類，照穿牀審喻五母又各分之爲二也。去一增五，總爲四十。然就其所定者覈之，實與廣韻之音系不合。非其例不善也，端在用之不得其分際耳。蓋據其正例以分之，則爲類當多於四十：據其變例以合之，爲類當不及四十。今就其所合者而言：如陳氏所定古與居，康與去，呼與香，盧與力，據正例判然爲二者也，陳氏則均從變例以定其合。

次就其所分者而言：又未嘗不能證其合。如多與張，徒與除，奴與尼，方與邊，敷與滂，房與蒲等十二類亦可以據互注切語之字併之爲六。〔註36〕

除自正例與變例之觀點，以檢覈陳澧系聯之問題外，周氏亦以爲《廣韻》之又音至爲凌雜，未能與小韻之反語齊觀，以其中往往有類隔切之故。陸志韋〈證《廣韻》五十一聲類〉論之甚詳。

在陳澧對於《切韻》之研究方法上，後繼者踵事而增華，此亦影響了曾氏對於《廣韻》學之研究。曾氏於《廣韻》切語上字之研究，居於陳澧所提出系聯之方法上，更進一步提出「音侈者聲鴻，音弇者聲細。」之理論（研究方法之理論另詳於本文第三章中），確立其《廣韻》五聲五十一聲紐之學說。

〔註35〕周祖謨〈陳澧《切韻考》辨誤〉，參見《問學集‧下冊》，（北京：中華書局，2004年7月三刷），頁518。

〔註36〕周祖謨〈陳澧《切韻考》辨誤〉，《問學集‧下冊》，（北京：中華書局，2004年7月三刷），頁519。

第二節　《廣韻》五聲五十一聲紐

　　陳澧依據《廣韻》切語上字系聯結果，定《廣韻》聲分四十類，陳澧認為與守溫三十六字母之區分，在於脣音字明、微二類，於《廣韻》切語系聯實為一類；又照、穿、牀、審、喻五類，每一類於《廣韻》切語上字皆應分為二類，故三十六字母分之則為四十類。就陳澧於聲類之研究成果而言，是能分韻圖中正齒音下之二等、三等，以及喉音喻母下之三等、四等。至於脣音明、微未分，實千慮一失。曾氏於此乃得法於陳蘭甫系聯條例，又得心於陸法言〈《切韻》·序〉，以為喉音之影，牙音之見、溪、曉、疑，舌音之來，齒音之精、清、從、心，以上十母皆當各分兩母，以別其音之正變，韻之侈弇與聲之鴻細，因得「音侈聲鴻，音弇聲細」之理，於是有《廣韻》五聲五十一聲紐。

一、曾運乾《廣韻》切語上字系聯

　　曾氏據陳澧《切韻考》之基礎上，亦對《廣韻》切語上字作系聯，然其系聯時先辨析聲類之鴻細，再重以體悟自〈《切韻》·序〉之「鴻細侈弇」條例。以為音既有古今正變，韻有侈弇，而聲必有鴻細。其相互之間對應關係必不可溷。鴻細之說本自江永論韻有「一等洪大，二等次大，三四細，而四等尤細之說。」此洪細乃謂韻之侈弇，與曾氏所謂聲之鴻細，所論不同。此已論於本文第三章中，不另述。

　　五聲中，舌聲有舌頭端四母，有舌上知四母，鴻細有別；脣聲有重脣幫四母，有輕脣非四母，其鴻細亦別。而喉聲、牙聲亦當鴻細有別，始合於音之演變規則。曾氏謂：

> 先仙今讀無別，而法言以為輕重有異，則知心母當分鴻細二聲也。
> 尤、侯今音有別，而法言亦以為輕重有異，則知匣、于相為鴻細也。唐人製三十六字母者，知別舌上於舌頭，別輕脣於重脣，可謂知有鴻細之別矣，而不知喉牙齒三音亦有同樣之別；陳東塾知喻母及照、穿、牀、審之當分為二母，而不知影、見、溪、曉、匣、疑、來、精、清、從、心之亦當各分二母，此知二五而不知一十者也。〔註37〕

〔註37〕曾運乾《音韻學講義》，（北京：中華書局，2000 年 11 月），頁 142。

於是再以同用、互用、遞用者聲必同類而系聯之。更分四十一聲類中十一母，爲鴻細兩類，匣與于本即二音，得五聲五十一紐。其「鴻細侈弇」條例以聲鴻例用侈音，聲細例用弇音，自聲類本字之鴻細侈弇爲區分條件。如以影母字爲例，列表如下。

表二八　影類切語用字鴻細侈弇表

鴻細侈弇	切語用字	反切	韻部	等第
鴻聲侈音	安	烏寒切	寒韻	一等
	哀	烏開切	咍韻	一等
	烏	哀都切	模韻	一等
	愛	烏代切	代韻	一等
	握	於角切	覺韻	二等
	鷖	烏奚切	齊韻	四等
	煙	烏前切	先韻	四等
細聲弇音	一	於悉切	質韻	三等
	於	央居切	魚韻	三等
	乙	於筆切	質韻	三等
	衣	於希切	微韻	三等
	委	於詭切	紙韻	三等
	央	於良切	陽韻	三等
	伊	於脂切	脂韻	三等
	依	於希切	微韻	三等
	紆	憶俱切	虞韻	三等
	挹	伊入切	緝韻	三等
	憂	於求切	尤韻	三等
	憶	於力切	職韻	三等
	謁	於歇切	月韻	三等

《廣韻》用影母字二十爲切語上字，此二十字中，安、哀、烏、愛、握、鷖、煙七字，其韻部屬一二四等，故爲鴻聲；（案：鷖、煙二字屬四等，本爲細聲，曾氏以四等爲鴻聲，其說未見論述，本論文以三、四等介音之性質不同爲解釋，論見第三章，第六節──「聲之鴻細」中。）而一、於、乙、衣、委、央、伊、依、紆、挹、憂、憶、謁十三字，其韻部屬三等韻，故爲細聲。《廣韻》切語，鴻聲例用侈音，細聲例用弇音。故系聯切語上字，分鴻細兩類，列表如下。

表二九　曾運乾系聯《廣韻》切語上字表

五音	聲類	鴻細侈弇	切　語　上　字	字數	註　解
喉聲	影一	鴻聲侈音	哀烏開切，咍韻。烏哀督切，模韻。安烏寒切，寒韻。煙烏前切，先韻。鷖烏奚切，齊韻。愛烏代切，代韻。	六字	烏、哀二字切語上字互用，據此繫聯
	影二	細聲弇音	於央居切，魚韻。央於良切，陽韻。憶於力切，職韻。伊於脂切，脂韻。衣、依於希切，微韻。憂於求切，尤韻。一於悉切，質韻。乙於筆切，質韻。謁於歇切，月韻。約於畧切，藥韻。〔註38〕紆憶俱切，虞韻。挹伊入切，緝韻。握於角切，覺韻。	十四字	於、央二字切語上字互用，伊憶二字同用於字，據此繫聯。
牙聲	見一	鴻聲侈音	公古紅切，東韻一。古公戶切，姥韻。過古臥切，過韻。各古落切，鐸韻。格古伯切，陌韻一。兼古甜切，添韻。姑古胡切，模韻。佳古膎切，佳韻。	八字	公古二字切語上字互用繫聯。
	見二	細聲弇音	居九魚切，魚韻。九舉有切，有韻。俱舉朱切，虞韻。舉居許切，語韻。規居隋切，支韻。吉居質切，質韻。紀居里切，止韻。几居履切，旨韻。詭過委切，紙韻。	九字	居、九、舉切語上字遞用。詭用過，類隔。
	溪一	鴻聲侈音	苦康杜切，姥韻。康苦岡切，唐韻。牽苦堅切，先韻。空苦紅切，東韻一。謙苦兼切，添韻。口苦后切，厚韻。楷古駭切，駭韻。〔註39〕客苦格切，陌韻一。〔註40〕恪苦各切，鐸韻。枯苦胡切，模韻。	十字	苦、康切語上字互用繫聯。
	溪二	細聲弇音	去丘據切，御韻。丘去鳩切，尤韻。墟、袪去魚切，魚韻。詰去吉切，質韻。窺去隨切，支韻。羌去羊切，陽韻。欽去金切，侵韻。傾去營切，清韻。起墟里切，止韻。綺墟彼切，紙韻。豈袪狶切，尾韻。區、驅豈俱切，虞韻。	十四字	袪、墟、豈三字切語上字繫聯
	羣	細聲弇音	巨其呂切，語韻。其渠之切，之韻。渠強魚切，魚韻。強巨良切，陽韻。求巨鳩切，尤韻。臼其九切，有韻。衢其俱切，虞韻。具其遇切，遇韻。奇渠羈切，支韻。暨具冀切，至韻。	十字	巨、其、渠、強四字切語上字遞用繫聯。
	曉一	鴻聲侈音	呼荒烏切，模韻。荒呼光切，唐韻。虎呼古切，姥韻。馨呼刑切，青韻。火呼果切，果韻。海呼改切，海韻。呵虎何切，歌韻。	七字	荒、呼切語上字互用繫聯。
	曉二	細聲弇音	許虛呂切，語韻。虛朽居切，魚韻。朽許久切，有韻。香許良切，陽韻。羲許羈切，支韻。休許尤切，尤韻。況許訪切，漾韻。興虛陵切，蒸韻。喜虛里切，止韻。	九字	許、虛、朽三字切語上字遞用繫聯。

〔註38〕《廣韻》無以「約」為反切上字者。曾文中舉《廣韻》中切語之例多有誤舉者。

〔註39〕《廣韻》作「苦駭切」。

〔註40〕曾氏庚韻既分二類，則「庚」韻之入聲「陌」韻亦當分之。

	匣一	鴻聲 侈音	胡戶吳切，模韻。戶侯古切，姥韻。侯戶鉤切，侯韻。下胡雅切，麻韻一。黃胡光切，唐韻。何胡歌切，歌韻。	七 字	胡、乎、戶、侯四字切語上字遞用繫聯。
	匣二	細聲 弇音	于羽俱切，虞韻。羽、雨王矩切，麌韻。王雨方切，陽韻。云、雲王分切，文韻。韋雨非切，微韻。有云久切，有韻。永于憬切，梗韻二。遠雲阮切，阮韻。榮永兵切，庚韻二。爲遠支切，支韻。洧榮美切，旨韻。筠爲贇切，諄韻。營余傾切，清韻。〔註41〕	十 五 字	于、羽、雨、王、云雲、永、榮八字切語上字遞用系聯。
	疑一	鴻聲 侈音	五疑古切，姥韻。俄五何切，歌韻。吾五乎切，模韻。研五堅切，先韻。	四 字	四字切語上字一類。五用疑，不與疑二爲類。
	疑二	細聲 弇音	魚語居切，魚韻。語魚巨切，語韻。疑語其切，之韻。牛語求切，尤韻。宜魚羈切，支韻。擬魚紀切，止韻。危魚爲切，支韻。玉魚欲切，燭韻。遇牛具切，遇韻。虞、愚遇俱切，虞韻。	十 一 字	
舌 聲	端一	鴻聲 侈音	多得何切，歌韻。得、德多則切，德韻。丁當經切，青韻。都當孤切，模韻。當都郎切，唐韻。冬都宗切，冬韻。	七 字	
	知二	細聲 弇音	陟竹力切，職韻。竹張六切，屋韻。〔註42〕卓竹角切，覺韻。知陟離切，支韻。豬陟魚切，魚韻。徵陟陵切，蒸韻。中陟弓切，東韻二。追陟隹切，脂韻。張陟良切，陽韻。	九 字	
	透一	鴻聲 侈音	他託何切，歌韻。託他各切，鐸韻。土、吐他魯切，姥韻。通他紅切，東韻一。天他前切，先韻。台吐來切，〔註43〕哈韻。湯吐郎切，唐韻。	八 字	
	徹二	細聲 弇音	抽丑鳩切，尤韻，癡丑之切，之韻。楮、褚丑呂切，語韻。丑敕久切，有韻。恥敕里切，止韻。敕恥力切，職韻。	七 字	
	定一	鴻聲 侈音	徒同都切，模韻。同徒紅切，東韻一。特徒得切，德韻。度徒故切，暮韻。杜徒古切，姥韻。唐、堂徒郎切，唐韻。田徒年切，先韻。陀徒何切，歌韻。地徒四切，至韻。〔註44〕	十 字	

〔註41〕曾氏應是據《韻鏡》列等而逕改切語爲「于傾切」而將營字廁此，誤。

〔註42〕曾氏東韻既分二類，則「東」韻之入聲「屋」韻亦當分之。

〔註43〕當作「土來切」。

〔註44〕「《廣韻》全書中無用地字爲切者，陳氏據二徐縋特偏切，改《廣韻》馳偏切爲地偏切，聲類雖相同，然地字作切希見，不如仍舊。」參見《音韻學講義》，（北京：中華書局，2000年11月），頁125。

	澄二	細聲弇音	直除力切,職韻。除直魚切,魚韻。場直良切,陽韻。池直離切,支韻。治、持直之切,之韻。遲直尼切,脂韻。佇直呂切,語韻。柱直主切,麌韻。〔註45〕丈直兩切,養韻。宅場伯切,陌韻二。〔註46〕	十一字	
	喻無一	細聲弇音	余、餘、予以諸切,魚韻。夷以脂切,脂韻。以羊己切,止韻。羊與章切,陽韻。弋、翼與職切,職韻。與余呂切,語韻。移弋支切,支韻。悅弋雪切,薛韻。	十一字	
	泥一	鴻聲侈音	奴乃都切,模韻。乃奴亥切,海韻。諾奴各切,鐸韻。內奴對切,隊韻。妳奴禮切,薺韻。那諾何切,歌韻。	六字	
	孃二	細聲弇音	尼女夷切,脂韻。女尼呂切,語韻。拏女加切,麻韻一。	三字	
半舌聲	照三	細聲弇音	諸章魚切,魚韻。章諸良切,陽韻。煮章與切,語韻。支章移切,支韻。征諸盈切,清韻。止諸市切,止韻。之止而切,之韻。正之盛切,勁韻。職之翼切,職韻。占職廉切,鹽韻。旨職雉切,旨韻。脂旨夷切,脂韻。	十二字	
	穿三	細聲弇音	昌尺良切,陽韻。尺、赤昌石切,昔韻。充昌終切,東韻二。處昌與切,語韻。叱昌栗切,質韻。春昌脣切,諄韻。〔註47〕	七字	
	牀三	細聲弇音	食乘力切,職韻。乘食陵切,蒸韻。神食鄰切,眞韻。實神質切,質韻。俟漦史切,止韻。漦俟之切,之韻。〔註48〕	六字	
	審三	細聲弇音	式、識賞職切,職韻。賞書兩切,養韻。詩書之切,之韻。始詩止切,止韻。書、舒傷魚切,魚韻。傷、商式陽切,陽韻。失式質切,質韻。矢式視切,旨韻。試式吏切,志韻。施式支切,支韻。釋施隻切,昔韻。	十四字	
	禪	細聲弇音	市時止切,止韻。時市之切,之韻。殊市朱切,虞韻。蜀市玉切,燭韻。常、嘗市羊切,陽韻。植、殖、寔常職切,職韻。署常恕切,御韻。臣植鄰切,眞韻。承署陵切,蒸韻。視承矢切,旨韻。是、氏承紙切,紙韻。成是征切,清韻。	十六字	
	日	細聲弇音	如人諸切,魚韻。人如鄰切,眞韻。儒人朱切,虞韻。汝人渚切,語韻。兒汝移切,支韻。仍如乘切,蒸韻。而如之切,之韻。耳而止切,止韻。	八字	如、人互用,諸字切語上字遞用,以此繫聯。

〔註45〕曾氏此處作:「虞韻」,誤。參見曾運乾《音韵學講義》。

〔註46〕曾氏庚韻既分二類,則「庚」韻之入聲「陌」韻亦當分之。

〔註47〕春,昌脣切,《廣韻》在諄韻,曾氏此處作「眞韻」,誤。參見曾運乾《音韵學講義》。

〔註48〕曾氏此處作:「俟漦互用不繫聯」當爲「俟漦互用不與他字繫聯」之意。參見曾運乾《聲韻學講義》。

捲舌聲〔註49〕	來一	鴻聲侈音	盧落胡切，模韻。落、洛盧各切，鐸韻。勒盧則切，德韻。來落哀切，咍韻。賴落蓋切，泰韻。郎魯當切，唐韻。魯郎古切，姥韻。練郎甸切，霰韻。	九字	
	來二	細聲弇音	力林直切，職韻。林力尋切，侵韻。呂力舉切，語韻。離呂支切，支韻。良呂張切，陽韻。里良士切，止韻。	六字	
齒聲	精一	鴻聲侈音	則子德切，德韻。臧則郎切，唐韻。祖則古切，姥韻。作則落切，鐸韻。	四字	
	精二	細聲弇音	子即里切，止韻。即子力切，職韻。借子夜切，禡韻二。茲子之切，之韻。資即夷切，脂韻。將即良切，陽韻。醉將遂切，至韻。姊將几切，旨韻。遵將倫切，諄韻。	九字	
	清一	鴻聲侈音	倉、蒼七岡切，唐韻。采倉宰切，海韻。醋倉故切，暮韻。麤、麁〔註50〕倉胡切，模韻。千蒼先切，先韻。青倉經切，青韻。	八字	
	清二	細聲弇音	七親吉切，質韻。親七人切，眞韻。取七庾切，麌韻。遷七然切，仙韻。此雌氏切，紙韻。雌此移切，支韻。	六字	
	從一	鴻聲侈音	在昨宰切，海韻。昨、酢在各切，鐸韻。才昨哉切，咍韻。徂昨胡切，模韻。前昨先切，先韻。藏昨郎切，唐韻。	七字	
	從二	細聲弇音	秦匠鄰切，眞韻。匠疾亮切，漾韻。疾秦悉切，質韻。自疾二切，至韻。情疾盈切，清韻。慈疾之切，之韻。漸慈染切，琰韻。	七字	
	心一	鴻聲侈音	桑息郎切，唐韻。速桑谷切，屋韻一。〔註51〕素〔註52〕桑故切，暮韻。蘇素姑切，模韻。先蘇前切，先韻。	五字	
	心二	細聲弇音	息相即切，職韻。相息良切，陽韻。悉息七切，質韻。思、司息茲切，之韻。斯息移切，支韻。私息夷切，脂韻。雖息遺切，脂韻。辛息鄰切，眞韻。寫息姐切，馬韻二。須相俞切，虞韻。胥相居切，魚韻。	十二字	

〔註49〕曾氏於五聲，體例皆稱「聲」不稱「音」，獨此處稱「捲舌音」當改爲「捲舌聲」。
　　　參見曾運乾《聲韻學講義》，（北京：中華書局，2000 年 11 月）頁 127。

〔註50〕曾氏此處作「麤、粗」，誤。當作「麤、麁」。《廣韻》：「粗，徂古切」從母字。
　　　參見曾運乾《音韻學講義》，（北京：中華書局，2000 年 11 月）頁 128。

〔註51〕曾氏東韻既分兩類，「屋」爲「東」之入，亦當分兩類，此處當作「屋韻一」。

〔註52〕《廣韻》無用「索」字爲切者，曾氏此處作「索」，當爲「素」字之誤。參見曾運乾《音韵學講義》，（北京：中華書局，2000 年 11 月）頁 128。

	邪	細聲 弇音	祥、詳似羊切，〔註53〕陽韻。似詳里切，止韻。 徐似魚切，魚韻。辭、辝〔註54〕似茲切，之韻。 寺詳吏切，志韻。夕詳易切，昔韻。旬祥遵切，諄韻。 隨旬爲切，支韻。	十 字	
	照二	細聲 弇音	側、仄阻力切，職韻。阻側呂切，語韻。莊側羊切， 陽韻。〔註55〕鄒側鳩切，尤韻。簪側吟切，侵韻。 爭側耕切，〔註56〕耕韻。	七 字	
	穿二	細聲 弇音	初楚居切，魚韻。楚側舉切，語韻。創、瘡初良切， 陽韻。廁初吏切，志韻。測初力切，職韻。芻測隅切， 虞韻。叉初牙切，麻韻一。	八 字	
	牀二	細聲 弇音	鋤、鉏〔註57〕士魚切，魚韻。士、仕鉏里切， 止韻。牀士莊切，陽韻。崱〔註58〕士力切，職韻。 雛仕于切〔註59〕，虞韻。豺士皆切，皆韻。崇鋤 弓切，東韻二。查鉏加切，麻韻一。助牀據切，御韻。	十 一 字	
	審二	細聲 弇音	所疏舉切，語韻。疏、疎所菹切，魚韻。色所力切， 職韻。數所矩切，虞韻。生所庚切，庚韻一。沙、砂 所加切，麻韻一。史疏士切，止韻。山所閒切，〔註60〕 山韻。	十 字	
脣 聲	幫一	鴻聲 侈音	補博古切，姥韻。博補各切，鐸韻。北博墨切，德韻。 伯百博陌切，陌韻一。〔註61〕巴伯加切，麻韻一。 布博故切，暮韻。邊布玄切，先韻。	八 字	

〔註53〕曾氏此處作：「以羊切」，誤。參見曾運乾《音韵學講義》，（北京：中華書局，
2000 年 11 月）頁 129。

〔註54〕曾氏未列「辝」字，或以爲「辭」、「辝」同字。《廣韻》有「涎，辝戀切；謝，
辝夜切。」又有「殉，辝閏切」當增入。

〔註55〕曾氏此處作：「湯韻」，誤。參見曾運乾《音韵學講義》。

〔註56〕曾氏此處作「側耕切」，誤。當作「側莖切」。參見曾運乾《音韵學講義》。

〔註57〕《廣韻》有士，鉏里切；巢，鉏交切；楂，鉏加切等字，曾氏此紐下云：「士鉏
互用，相繫聯。」鋤、鉏同切，當增「鉏」字。又曾氏牀二下本計十二字，郭
晉稀案：「曾氏稿本於本紐收俟（牀史切，止韻），凡十二字。晚年嘗曰：『余當
以俟字入牀三，應依《切韻》殘卷改牀切爲牀史切。』故本紐止存十一字」十
一字者當有「鉏」字。參見曾運乾《音韵學講義》。

〔註58〕《廣韻》有「崱，崱瑟切，曾氏作「崱」，誤。參見曾運乾《音韵學講義》。

〔註59〕曾氏此處作：「仕於切」，誤。參見曾運乾《音韵學講義》。

〔註60〕《廣韻》用「閒」不用「間」。

〔註61〕曾氏庚韻既以鴻細分二類，則「庚」韻之入「陌」韻亦當分之。

非二	細聲 弇音	方府良切，陽韻。府、甫方矩切，麌韻。並府盈切，清韻。封府容切，鍾韻。卑府移切，支韻。必卑吉切，質韻。畀必至切，至韻。彼甫委切，紙韻。兵甫明切，庚韻二。陂皮爲切，〔註62〕支韻。鄙方美切，旨韻。〔註63〕筆鄙密切，質韻。〔註64〕分府文切，文韻。	十四字	
滂一	鴻聲 侈音	滂普郎切，唐韻。普滂古切，姥韻。	二字	
敷二	細聲 弇音	匹譬吉切，質韻。譬匹賜切，寘韻。芳敷方切，陽韻。敷、孚芳無切，虞韻。妃芳非切，微韻。撫芳武切，麌韻。披敷羈切，支韻。峯敷容切，鍾韻。拂敷勿切，物韻。丕敷悲切，脂韻。	十一字	
竝一	鴻聲 侈音	薄傍各切，鐸韻。傍步光切，唐韻。步薄故切，暮韻。蒲薄胡切，模韻。部薄口切，厚韻。裴薄回切，灰韻。白傍陌切，陌韻一。〔註65〕	七字	
奉二	細聲 弇音	符、苻、扶防無切，虞韻。房、防符方切，陽韻。〔註66〕平符兵切，庚韻二。皮符羈切，支韻。附符遇切，遇韻。縛符钁切，藥韻。浮縛謀切，尤韻。父扶雨切，〔註67〕麌韻。馮房戎切，東韻二。毗〔註68〕房脂切，脂韻。弼房密切，質韻。〔註69〕便房連切，仙韻。婢便俾切，紙韻。	十六字	
明一	鴻聲 侈音	莫暮各切，鐸韻。慕〔註70〕莫故切，暮韻。模、謨、摸莫胡切，模韻。母莫厚，〔註71〕厚韻。	六字	
微二	細聲 弇音	武文甫切，麌韻。文無分切，文韻。無、巫武夫切，虞韻。明〔註72〕武兵切，庚韻二。彌武移切，支韻。眉武悲切，脂韻。亡武方切，陽韻。綿武延切，仙韻。靡文彼切，紙韻。美無鄙切，旨韻。望巫放切，漾韻。	十二字	

〔註62〕曾氏此處作：「皮爲切」，誤。參見曾運乾《音韵學講義》。

〔註63〕曾氏此處作：「尾韻」，誤。參見曾運乾《音韵學講義》。

〔註64〕曾氏此處作：「術韻」，誤。參見曾運乾《音韵學講義》。

〔註65〕曾氏庚韻既分二類，則「庚」韻之入聲「陌」韻亦當分之。

〔註66〕曾氏此處作：「湯韻」，誤。參見曾運乾《音韵學講義》，（北京：中華書局，2000年11月），頁130。

〔註67〕曾氏此處作：「扶兩切」，誤。參見曾運乾《音韵學講義》。

〔註68〕《廣韻》用「毗」不用「毘」。

〔註69〕曾氏此處作：「暮」，誤。《廣韻》有「莫，慕各切」。參見曾運乾《音韵學講義》。

〔註70〕曾氏此處作「暮」，誤。參見曾運乾《音韵學講義》。

〔註71〕曾氏此處作：「莫後切」，誤。參見曾運乾《音韵學講義》。

〔註72〕明，武兵切，曾氏以切語系聯，列入微二。

據上表系聯切語上字所得，曾氏《廣韻》聲類如下。

表三十　曾運乾《廣韻》五聲五十一類表

(一)喉聲	鴻	影一											
	細	影二											
(二)牙聲	鴻	見一	溪一	曉一	疑一	匣							
	細	見二	溪二	曉二	疑二	群	于						
(三)舌聲	鴻	端	透	定	泥	來一							
	細	知	徹	澄	孃	來二	喻	照三	穿三	牀三	審三	禪	日
(四)齒聲	鴻	精一	清一	從一	心一								
	細	精二	清二	從二	心二	邪	照二	穿二	牀二	審二			
(五)脣聲	鴻	幫	滂	並	明								
	細	非	敷	奉	微								

二、曾運乾「鴻細侈弇」條例與《廣韻》切語

曾氏既得心於陸法言〈《切韻》·序〉，以爲「輕重有異」，音既有正變，而韻有侈弇，則聲必有鴻細之別。曾氏云：

> 蓋聲音之理，音侈者聲鴻，音弇者聲細。《廣韻》切語，侈音例爲鴻聲，弇音例爲細聲；反之，鴻聲利用侈音，細聲例用弇音。此其例即見於法言之自敍云：「支章移切脂旨夷切魚語居切虞遇俱切，共爲一韻；先蘇前切仙相然切尤于求切侯胡溝切，俱論是切。」〔註73〕

曾氏是於陳澧《切韻考》中，切語系聯條方法之基礎上，再根據所悟得「切語音侈聲鴻及音弇聲細之例」以考訂《廣韻》聲類，其分析比對《廣韻》切語之鴻細侈弇對應關係，曾氏講義中並未勘明，只提出結論後，即系聯爲《廣

〔註73〕曾運乾《聲韻學講義》（北京：中華書局，2000 年 11 月），頁 126。

韻》聲類五聲五十一紐之結論。曾氏理論與統計是否的當，今依其法，分析如下，並以表列之。

表三一　《廣韻》聲類切等表三十二之一／影類

廣韻聲類	曾氏聲類	鴻細侈弇	切語上字	切等	切一等韻	切二等韻	切四等韻	切三等韻	備　註
				切數	58	46	18	106	
影	影一	鴻聲侈音	安烏寒切，寒韻。	一等	3				
			哀烏開切，咍韻。	一等	1				
			烏哀都切，模韻。	一等	49	22	11		
			愛烏代切，代韻。	一等	1				
			握於角切，覺韻。	二等		1			曾列影二
			鷖烏奚切，齊韻。	四等		1			
			煙烏前切，先韻。	四等			1		
	影二	細聲弇音	一於悉切，質韻。	三等	1	1		1	
			於央居切，魚韻。	三等	3	12	6	89	
			乙於筆切，質韻。	三等		7		2	
			衣於希切，微韻。	三等		1		2	
			委於詭切，紙韻。	三等		1			曾無當列此
			央於良切，陽韻。	三等				2	
			伊於脂切，脂韻。	三等				3	
			依於希切，微韻。	三等				1	
			紆憶俱切，虞韻。	三等				2	
			挹伊入切，緝韻。	三等				1	
			憂於求切，尤韻。	三等				1	
			憶於力切，職韻。	三等				1	
			謁於歇切，月韻。	三等				1	

　　委字曾無，《廣韻》有，當列於影二。

　　握字只切二等，曾列於影二，當列影一。

表三二　《廣韻》聲類切等表三十二之二／曉類

廣韻聲類	曾氏聲類	鴻細侈弇	切語上字	切等	切一等韻	切二等韻	切四等韻	切三等韻	備註
				切數	53	38	20	95	
曉	曉一	鴻聲侈音	火_{呼果切，果韻。}	一等	3	7	3	3	
			呵_{虎何切，歌韻。}	一等	1				
			呼_{荒烏切，模韻。}	一等	42	14	11	2	
			虎_{呼古切，姥韻。}	一等	1	2	1		
			海_{呼改切，海韻。}	一等	1				
			花_{呼瓜切，麻韻。}	二等		1			曾無當列此
			馨_{呼刑切，青韻。}	四等			1		
	曉二	細聲弇音	許_{虛呂切，語韻。}	三等	2	12	4	55	
			虛_{朽居切，魚韻。}	三等	3	1		12	
			喜_{虛里切，止韻。}	三等		1		1	
			休_{許尤切，尤韻。}	三等				2	
			朽_{許久切，有韻。}	三等				1	
			況_{許訪切，漾韻。}	三等				7	
			香_{許良切，陽韻。}	三等				9	
			羲_{許羈切，支韻。}	三等				1	
			興_{虛陵切，蒸韻。}	三等				2	

花字曾無，當列曉一。

表三三　《廣韻》聲類切等表三十二之三／匣為類

廣韻聲類	曾氏聲類	鴻細侈弇	切語上字	切等	切一等韻	切二等韻	切四等韻	切三等韻	備註
				切數	67	60	23	1	
匣	匣一	鴻聲侈音	戶_{侯古切，姥韻。}	一等	12	15	5		
			乎_{戶吳切，模韻。}	一等	2	1			
			侯_{戶鉤切，侯韻。}	一等	3	3			
			胡_{戶吳切，模韻。}	一等	45	28	17		
			黃_{胡光切，唐韻。}	一等	1		1		
			何_{胡歌切，歌韻。}	一等		2			

廣韻聲類	曾氏聲類	鴻細侈弇	切語上字	切等	切一等韻	切二等韻	切四等韻	切三等韻	備註
			下 胡雅切，麻韻一。	二等	4	9		1	
			獲 胡麥切，麥韻。	二等		1			曾無當列此
			懷 戶乖切，皆韻。	二等		1			曾無當列此

廣韻聲類	曾氏聲類	鴻細侈弇	切語上字	切等	切一等韻	切二等韻	切四等韻	切三等韻	備註
				切數	1	0	0	47	
為	匣二	細聲弇音	于 羽俱切，虞韻。	三等	1			18	
			云 王分切，文韻。	三等				2	
			雲 王分切，文韻。	三等				1	
			王 雨方切，陽韻。	三等				9	
			永 于憬切，梗韻二。	三等				1	
			有 云久切，有韻。	三等				1	
			羽 王矩切，麌韻。	三等				3	
			雨 王矩切，麌韻。	三等				4	
			洧 榮美切，旨韻。	三等				1	
			為 遠支切，支韻。	三等				3	
			韋 雨非切，微韻。	三等				1	
			筠 為贇切，諄韻。	三等				1	
			榮 永兵切，庚韻二。	三等				1	
			遠 雲阮切，阮韻。	三等				1	
			營 余傾切，清韻。	三等					曾誤列

曾氏應是據《韻鏡》列等而逕改切語為「于傾切」而將營字廁此，誤。

表三四　《廣韻》聲類切等表三十二之四／喻類

廣韻聲類	曾氏聲類	鴻細侈弇	切語上字	切等	切一等韻	切二等韻	切四等韻	切三等韻	備註
				切數	3	0	0	72	
喻	喻	細聲弇音	夷 以脂切，脂韻。	三等	1			1	
			與 余呂切，語韻。	三等	1			6	
			予 以諸切，魚韻。	三等	1				
			弋 與職切，職韻。	三等				3	
			以 羊己切，止韻。	三等				24	

		羊與章切，陽韻。	三等				14	
		余以諸切，魚韻。	三等				12	
		悅弋雪切，薛韻。	三等				1	
		移弋支切，支韻。	三等				1	
		餘以諸切，魚韻。	三等				8	
		翼與職切，職韻。	三等				1	
		營余傾切，清韻。	三等				1	營當列此

表三五　《廣韻》聲類切等表三十二之五／見類

廣韻聲類	曾氏聲類	鴻細侈弇	切語上字	切等	切一等韻	切二等韻	切四等韻	切三等韻	備　註
				切數	65	55	27	103	
見	見一	鴻聲侈音	公古紅切，東韻一。	一等	2	1			
			古公戶切，姥韻。	一等	61	51	24		
			各古落切，鐸韻。	一等	1				
			過古臥切，過韻。	一等				1	
			姑古胡切，模韻。	一等			1		
			佳古膎切，佳韻。	二等		1			
			格古伯切，陌韻一。	二等		1			
			乖古懷切，皆韻	二等		1			曾無當列此
			兼古甜切，添韻。	四等			1		
	見二	細聲弇音	居九魚切，魚韻。	三等	1			78	
			九舉有切，有韻。	三等				6	
			几居履切，旨韻。	三等				2	
			吉居質切，質韻。	三等				1	
			紀居里切，止韻。	三等			1	2	
			俱舉朱切，虞韻。	三等				4	
			規居隋切，支韻。	三等				1	
			舉居許切，語韻。	三等				7	
			詭過委切，紙韻。	三等				1	

表三六 《廣韻》聲類切等表三十二之六／溪類

廣韻聲類	曾氏聲類	鴻細侈弇	切語上字	切等	切一等韻	切二等韻	切四等韻	切三等韻	備 註
				切數	59	39	22	100	
溪	溪一	鴻聲侈音	口苦后切，厚韻。	一等	6	6	1		
			枯苦胡切，模韻。	一等		2			
			空苦紅切，東韻一。	一等	2				
			恪苦各切，鐸韻。	一等	1	1			
			苦康杜切，姥韻。	一等	46	23	18		
			康苦岡切，唐韻。	一等	3		1		
			可苦我切，哿韻。	一等		1			曾無當列此
			楷苦駭切，駭韻。	二等		1			曾作古駭切
			客苦格切，陌韻一。	二等		1			
			謙苦兼切，添韻。	四等				1	
			牽苦堅切，先韻。	四等			1		
	溪二	細聲弇音	丘去鳩切，尤韻。	三等	1	2		33	
			起墟里切，止韻。	三等		1		2	
			乞去訖切，迄韻。	三等		1			曾無當列此
			去丘據切，御韻。	三等			1	41	
			曲丘玉切，燭韻。	三等				1	曾無當列此
			羌去羊切，陽韻。	三等				2	
			卿去京切，庚韻。	三等				1	曾無當列此
			豈袪狶切，尾韻。	三等				1	
			區豈俱切，虞韻。	三等				4	
			棄詰利切，至韻。	三等				1	曾無當列此
			袪去魚切，魚韻。	三等				1	
			欽去金切，侵韻。	三等				1	
			傾去營切，清韻。	三等				1	
			詰去吉切，質韻。	三等				1	

綺墟彼切，紙韻。	三等				2	
墟去魚切，魚韻。	三等				3	
窺去隨切，支韻。	三等				1	
驅豈俱切，虞韻。	三等				2	
近*巨靳切，焮韻。	三等				1	

近，巨靳切，群母焮韻字。御韻有「𧮙」溪母字，切語用「近倨切」，誤。

表三七　《廣韻》聲類切等表三十二之七／群類

廣韻聲類	曾氏聲類	鴻細侈弇	切語上字	切等	切一等韻	切二等韻	切四等韻	切三等韻	備　註
				切數	0	3	0	99	
群	群一	細聲弇音	求巨鳩切，尤韻。	三等		2		5	
			巨其呂切，語韻。	三等				24	
			臼其九切，有韻。	三等				1	
			狂巨王切，陽韻。	三等				1	
			其渠之切，之韻。	三等				24	
			具其遇切，遇韻。	三等				1	
			奇渠羈切，支韻。	三等				2	
			將即良切，陽韻。	三等				1	
			強巨良切，陽韻。	三等				1	
			渠強魚切，魚韻。	三等				36	
			暨具冀切，至韻。	三等				2	
			衢其俱切，虞韻。	三等				1	
			跪渠委切，紙韻。	三等		1			

表三八　《廣韻》聲類切等表三十二之八／疑類

廣韻聲類	曾氏聲類	鴻細侈弇	切語上字	切等	切一等韻	切二等韻	切四等韻	切三等韻	備　註
				切數	46	35	11	73	
疑	疑一	鴻聲侈音	五疑古切，姥韻。	一等	42	32	8		
			吾五乎切，模韻。	一等	1	1	1	1	
			俄五何切，歌韻。	一等	1				
			研五堅切，先韻。	四等			2		

				切一等韻	切二等韻	切四等韻	切三等韻	
疑四		細聲弇音	疑語其切,之韻。 三等	1				
			玉魚欲切,燭韻。 三等		1			
			擬魚紀切,止韻。 三等		1			
			危魚爲切,支韻。 三等				1	
			宜魚羈切,支韻。 三等				4	
			魚語居切,魚韻。 三等				40	
			愚遇俱切,虞韻。 三等				1	
			虞遇俱切,虞韻。 三等				2	
			遇牛具切,遇韻。 三等				1	
			語魚巨切,語韻。 三等				14	
			牛語求切,尤韻。 三等	1			9	

表三九　《廣韻》聲類切等表三十二之九／端知類

廣韻聲類	曾氏聲類	鴻細侈弇	切語上字	切等	切一等韻	切二等韻	切四等韻	切三等韻	備　註
				切數	56	5	18	4	
端	端一	鴻聲侈音	冬都宗切,冬韻。	一等	1				
			多得何切,歌韻。	一等	8		3		
			得多則切,德韻。	一等	2				
			德多則切,德韻。	一等	1	1			
			都當孤切,模韻。	一等	24	2	10		
			當都郎切,唐韻。	一等	8		1		
			丁當經切,青韻。	四等	12	2	4	5	

廣韻聲類	曾氏聲類	鴻細侈弇	切語上字	切等	切一等韻	切二等韻	切四等韻	切三等韻	備　註
				切數	1	22	0	57	
知	知二	細聲弇音	卓竹角切,覺韻。	二等		1			
			陟竹力切,職韻。	三等	1	10		30	
			中陟弓切,東韻二。	三等		1		1	
			竹張六切,屋韻。	三等		6		7	
			張陟良切,陽韻。	三等		2		6	
			豬陟魚切,魚韻。	三等		1		1	
			知陟離切,支韻。	三等				9	
			珍陟鄰切,眞韻。	三等				1	
			追陟佳切,脂韻。	三等				1	
			徵陟陵切,蒸韻。	三等				1	

端一	都當孤切，模韻。	一等	1				類隔切

表四十　《廣韻》聲類切等表三十二之十／透徹類

廣韻聲類	曾氏聲類	鴻細侈弇	切語上字	切等	切一等韻	切二等韻	切四等韻	切三等韻	備　註
				切數	56	2	18	1	
透	透一	鴻聲侈音	土他魯切，姥韻。	一等	4		2	1	
			吐他魯切，姥韻。	一等	9		1		
			他託何切，歌韻。	一等	36	2	15		
			台吐來切，哈韻。	一等	1				
			託他各切，鐸韻。	一等	2				
			通他紅切，東韻一。	一等	1				
			湯吐郎切，唐韻。	一等	2				
			天他前切，先韻。	四等	1				

廣韻聲類	曾氏聲類	鴻細侈弇	切語上字	切等	切一等韻	切二等韻	切四等韻	切三等韻	備　註
				切數	0	18	2	61	
徹	徹二	細聲弇音	丑敕久切，有韻。	三等		15	2	50	
			敕恥力切，職韻。	三等		3		6	
			抽丑鳩切，尤韻，	三等				1	
			恥敕里切，止韻。	三等				1	
			楮丑呂切，語韻。	三等				1	
			褚丑呂切，語韻。	三等				1	
			癡丑之切，之韻。	三等				1	

台《廣韻》土來切。

表四一　《廣韻》聲類切等表三十二之十一／定澄類

廣韻聲類	曾氏聲類	鴻細侈弇	切語上字	切等	切一等韻	切二等韻	切四等韻	切三等韻	備　註
				切數	56	3	18	1	
定	定一	鴻聲侈音	同徒紅切，東韻一。	一等	1				
			杜徒古切，姥韻。	一等	2	1	1		
			陀徒何切，歌韻。	一等	1				
			度徒故切，暮韻。	一等	2				

廣韻聲類	曾氏聲類	鴻細侈弇	切語上字	切等	切一等韻	切二等韻	切四等韻	切三等韻	備　註
			唐徒郎切，唐韻。	一等	2				
			徒同都切，模韻。	一等	47	2	14	1	
			特徒得切，德韻。	一等			2		
			堂徒郎切，唐韻。	一等			1		
			田徒年切，先韻。	四等	1				
廣韻聲類	曾氏聲類	鴻細侈弇	切語上字	切等	切一等韻	切二等韻	切四等韻	切三等韻	備　註
				切數	0	19	0	63	
澄	澄二	細聲弇音	丈直兩切，養韻。	三等		3		2	
			宅場伯切，陌韻二。	二等		4			
			佇直呂切，語韻。	三等		1			
			直除力切，職韻。	三等		6		49	
			除直魚切，魚韻。	三等		3		4	
			場直良切，陽韻。	三等		1			
			墜直類切，至韻。	三等		1			
			池直離切，支韻。	三等				1	
			治直之切，之韻。	三等				1	
			持直之切，之韻。	三等				3	
			柱直主切，麌韻。	三等				1	
			馳直離切，支韻。	三等				1	
			遲直尼切，脂韻。	三等				1	

表四二　　《廣韻》聲類切等表三十二之十二／泥孃類

廣韻聲類	曾氏聲類	鴻細侈弇	切語上字	切等	切一等韻	切二等韻	切四等韻	切三等韻	備　註
				切數	50	9	17	2	
泥	泥	鴻聲侈音	乃奴亥切，海韻。	一等	8	2	4	2	
			內奴對切，隊韻。	一等	2				
			奴乃都切，模韻。	一等	36	5	13		
			那諾何切，歌韻。	一等	3				
			諾奴各切，鐸韻。	一等	1	1			
			妳奴禮切，薺韻。	四等		1			

廣韻聲類	曾氏聲類	鴻細佟弅	切語上字	切等	切一等韻	切二等韻	切四等韻	切三等韻	備 註
				切數	0	18	0	28	
孃	孃	細聲弅音	女尼呂切，語韻。	三等		15		20	
			尼女夷切，脂韻。	三等		2		7	
			穠女容切，鐘韻。	三等				1	
			拏女加切，麻韻一。	二等		1			

表四三　《廣韻》聲類切等表三十二之十三／照三類

廣韻聲類	曾氏聲類	鴻細佟弅	切語上字	切等	切一等韻	切二等韻	切四等韻	切三等韻	備 註
				切數	1	0	0	74	
照	照三	細聲弅音	章諸良切，陽韻。	三等	1			11	
			之止而切，之韻。	三等				29	
			支章移切，支韻。	三等				1	
			止諸市切，止韻。	三等				3	
			占職廉切，鹽韻。	三等				1	
			正之盛切，勁韻。	三等				1	
			旨職雉切，旨韻。	三等				4	
			征諸盈切，清韻。	三等				1	
			脂旨夷切，脂韻。	三等				1	
			煮章與切，語韻。	三等				2	
			諸章魚切，魚韻。	三等				7	
			職之翼切，職韻。	三等				13	

表四四　《廣韻》聲類切等表三十二之十四／穿三類

廣韻聲類	曾氏聲類	鴻細佟弅	切語上字	切等	切一等韻	切二等韻	切四等韻	切三等韻	備 註
				切數	1	0	0	74	
穿	穿三	細聲弅音	昌尺良切，陽韻。	三等	2			27	
			充昌終切，東韻二。	三等		1		6	
			尺昌石切，昔韻。	三等				16	
			叱昌栗切，質韻。	三等				2	
			赤昌石切，昔韻。	三等				3	
			處昌與切，語韻。	三等				3	
			春昌脣切，諄韻。	三等					切語上字無

表四五　　《廣韻》聲類切等表三十二之十五／牀三類

廣韻聲類	曾氏聲類	鴻細侈弇	切語上字	切等	切一等韻	切二等韻	切四等韻	切三等韻	備　註
				切數	0	0	0	20	
神	牀三	細聲弇音	食乘力切，職韻。	三等				11	
			乘食陵切，蒸韻。	三等				1	
			神食鄰切，眞韻。	三等				6	
			實神質切，質韻。	三等				1	
牀			俟漦史切，止韻。	三等				1	
			漦俟之切，之韻。	三等					切語上字無

表四六　　《廣韻》聲類切等表三十二之十六／審三類

廣韻聲類	曾氏聲類	鴻細侈弇	切語上字	切等	切一等韻	切二等韻	切四等韻	切三等韻	備　註
				切數	1`	0	0	60	
審	審三	細聲弇音	賞書兩切，養韻。	三等	1			1	
			失式質切，質韻。	三等				6	
			矢式視切，旨韻。	三等				1	
			式賞職切，職韻。	三等				23	
			始詩止切，止韻。	三等				1	
			施式支切，支韻。	三等				3	
			書傷魚切，魚韻。	三等				10	
			商式陽切，陽韻。	三等				1	
			舒傷魚切，魚韻。	三等				6	
			傷式陽切，陽韻。	三等				2	
			試式吏切，志韻。	三等				1	
			詩書之切，之韻。	三等				2	
			識賞職切，職韻。	三等				2	
			釋施隻切，昔韻。	三等				1	

表四七　《廣韻》聲類切等表三十二之十七／禪類

廣韻聲類	曾氏聲類	鴻細侈弇	切語上字	切等	切一等韻	切二等韻	切四等韻	切三等韻	備　註
				切數	0	0	0	63	
禪	禪	細聲弇音	氏承紙切，紙韻。	三等				1	
			市時止切，止韻。	三等				11	
			成是征切，清韻。	三等				1	
			臣植鄰切，眞韻。	三等				1	
			承署陵切，蒸韻。	三等				5	
			是承紙切，紙韻。	三等				6	
			時市之切，之韻。	三等				15	
			殊市朱切，虞韻。	三等				2	
			常市羊切，陽韻。	三等				11	
			寔常職切，職韻。	三等				1	
			植常職切，職韻。	三等				1	
			殖常職切，職韻。	三等				1	
			視承矢切，旨韻。	三等				3	
			署常恕切，御韻。	三等				2	
			蜀市玉切，燭韻。	三等				1	
			嘗市羊切，陽韻。	三等				1	

表四八　《廣韻》聲類切等表三十二之十八／日類

廣韻聲類	曾氏聲類	鴻細侈弇	切語上字	切等	切一等韻	切二等韻	切四等韻	切三等韻	備　註
				切數	1	1	0	63	
日	日	細聲弇音	如人諸切，魚韻。	三等	1			16	
			而如之切，之韻。	三等		1		22	
			人如鄰切，眞韻。	三等				16	
			仍如乘切，蒸韻。	三等				1	
			汝人渚切，語韻。	三等				4	
			兒汝移切，支韻。	三等				1	
			耳而止切，止韻。	三等				1	
			儒人朱切，虞韻。	三等				1	

表四九　　《廣韻》聲類切等表三十二之十九／來類

廣韻聲類	曾氏聲類	鴻細侈弇	切語上字	切等	切一等韻	切二等韻	切四等韻	切三等韻	備　註
				切數	57	11	17	69	
來	來一	鴻聲侈音	來落哀切，咍韻。	一等	3				
			洛盧各切，鐸韻。	一等	2				
			落盧各切，鐸韻。	一等	9		2		
			郎魯當切，唐韻。	一等	10		6		
			勒盧則切，德韻。	一等	1		1		
			魯郎古切，姥韻。	一等	8	1			
			盧落胡切，模韻。	一等	22	1	3		
			賴落蓋切，泰韻。	一等		1			
			練郎甸切，霰韻。	四等			1		
	來二	細聲弇音	力林直切，職韻。	三等	2	6	4	45	
			呂力舉切，語韻。	三等		2		5	
			良呂張切，陽韻。	三等				13	
			里良士切，止韻。	三等				2	
			林力尋切，侵韻。	三等				1	
			離呂支切，支韻。	三等				1	
			連力延切，仙韻。	三等				1	曾無當列此
			縷力主切，麌韻。	三等				1	曾無當列此

表五十　　《廣韻》聲類切等表三十二之二十／精類

廣韻聲類	曾氏聲類	鴻細侈弇	切語上字	切等	切一等韻	切二等韻	切四等韻	切三等韻	備　註
				切數	53	2	10	68	
精	精一	鴻聲侈音	祖則古切，姥韻。	一等	5		1		
			作則落切，鐸韻。	一等	13		1		
			臧則郎切，唐韻。	一等	4				
			則子德切，德韻。	一等	10		2		
			縒子乢切，戈韻。	一等		1			曾無當列此
			借子夜切，禡韻二。	二等	1				曾列精二

廣韻聲類	曾氏聲類	鴻細侈弇	切語上字	切等	切一等韻	切二等韻	切四等韻	切三等韻	備註
	精二	細聲弇音	姊將几切，旨韻。	三等	1			1	
			茲子之切，之韻。	三等	1			1	
			將即良切，陽韻。	三等	1			5	
			子即里切，止韻。	三等	17	1	6	38	
			即子力切，職韻。	三等				16	
			資即夷切，脂韻。	三等				3	
			醉將遂切，至韻。	三等				1	
			遵將倫切，諄韻。	三等				2	
			姊將几切，旨韻。	三等				1	曾無當列此

表五一　《廣韻》聲類切等表三十二之二一／清類

廣韻聲類	曾氏聲類	鴻細侈弇	切語上字	切等	切一等韻	切二等韻	切四等韻	切三等韻	備　註
				切數	49	1	10	55	
清	清一	鴻聲侈音	采倉宰切，海韻。	一等	2				
			倉七岡切，唐韻。	一等	19	1	3	1	
			麁倉胡切，模韻。	一等	1				
			蒼七岡切，唐韻。	一等	1		1		
			醋倉故切，暮韻。	一等	1				
			麤倉胡切，模韻。	一等	2				
			青倉經切，青韻。	四等			1		
			千蒼先切，先韻。	四等	6		3	2	
	清二	細聲弇音	七親吉切，質韻。	三等	16		2	44	
			取七庾切，麌韻。	三等				1	
			雌此移切，支韻。	三等				1	
			遷七然切，仙韻。	三等				1	
			親七人切，眞韻。	三等				2	
			此雌氏切，紙韻。	三等	1			3	

表五二　《廣韻》聲類切等表三十二之二二／從類

廣韻聲類	曾氏聲類	鴻細侈弇	切語上字	切等	切一等韻	切二等韻	切四等韻	切三等韻	備　　註
				切數	47	1	10	49	
從	從一	鴻聲侈音	昨在各切，鐸韻。	一等	20	1	2	5	
			徂昨胡切，模韻。	一等	13		3	2	
			才昨哉切，咍韻。	一等	6			6	
			在昨宰切，海韻。	一等	4		3	3	
			藏昨郎切，唐韻。	一等	4				
			前昨先切，先韻。	四等			1		
	從二	細聲弇音	漸慈染切，琰韻。	三等			1		
			疾秦悉切，質韻。	三等				16	
			慈疾之切，之韻。	三等				9	
			秦匠鄰切，眞韻。	三等				5	
			匠疾亮切，漾韻。	三等				1	
			自疾二切，至韻。	三等				1	
			情疾盈切，清韻。	三等				1	

表五三　《廣韻》聲類切等表三十二之二三／心類

廣韻聲類	曾氏聲類	鴻細侈弇	切語上字	切等	切一等韻	切二等韻	切四等韻	切三等韻	備　　註
				切數	51	0	17	63	
心	心一	鴻聲侈音	蘇素姑切，模韻。	一等	32		9		
			速桑谷切，屋韻一。	一等	1				
			桑息郎切，唐韻。	一等	4		1		
			素桑故切，暮韻。	一等	4				
			先蘇前切，先韻。	四等	5		7	1	
	心二	細聲弇音	私息夷切，脂韻。	三等	2			6	
			思息茲切，之韻。	三等	2			5	
			息相即切，職韻。	三等	1			30	
			司息茲切，之韻。	三等				1	
			辛息鄰切，眞韻。	三等				1	
			相息良切，陽韻。	三等				11	

		悉息七切。質韻。	三等				1	
		斯息移切，支韻。	三等				3	
		雖息遺切，脂韻。	三等				1	
		胥相居切，魚韻。	三等				1	
		須相俞切，虞韻。	三等				1	
		寫息姐切，馬韻二。	三等				1	

表五四　《廣韻》聲類切等表三十二之二四／邪類

廣韻聲類	曾氏聲類	鴻細侈弇	切語上字	切等	切一等韻	切二等韻	切四等韻	切三等韻	備　註
				切數	1	0	0	35	
邪	邪	細聲弇音	夕詳易切，昔韻。	三等				1	
			寺詳吏切，志韻。	三等				1	
			旬祥遵切，諄韻。	三等				1	
			似詳里切，止韻。	三等				11	
			徐似魚切，魚韻。	三等				11	
			祥似羊切，陽韻。	三等				4	
			詳似羊切，陽韻。	三等				2	
			隨旬爲切，支韻。	三等				1	
			辭似茲切，之韻。	三等				1	
			辝似茲切，之韻。	三等	1			2	

表五五　《廣韻》聲類切等表三十二之二五／照二類

廣韻聲類	曾氏聲類	鴻細侈弇	切語上字	切等	切一等韻	切二等韻	切四等韻	切三等韻	備　註
				切數	0	27	0	25	
莊	照二	細聲弇音	仄阻力切，職韻。	三等		1			
			阻側呂切，語韻。	三等		3		3	
			側阻力切，職韻。	三等		19		16	
			莊側羊切，陽韻。	三等		2		5	
			鄒側鳩切，尤韻。	三等		1			
			簪側吟切，侵韻。	三等		1			
			争側莖切，耕韻。	二等				1	

表五六　　《廣韻》聲類切等表三十二之二六／穿二類

廣韻聲類	曾氏聲類	鴻細侈弇	切語上字	切等	切一等韻	切二等韻	切四等韻	切三等韻	備　註
				切數	0	31	0	30	
初	穿二	細聲弇音	叉初牙切，麻韻一。	二等		1		1	
			初楚居切，魚韻。	三等		15		14	
			測初力切，職韻。	三等		2		1	
			楚側舉切，語韻。	三等		13		10	
			芻測隅切，虞韻。	三等				1	
			創初良切，陽韻。	三等				1	
			廁初吏切，志韻。	三等				1	
			瘡初良切，陽韻。	三等				1	

表五七　　《廣韻》聲類切等表三十二之二七／牀二類

廣韻聲類	曾氏聲類	鴻細侈弇	切語上字	切等	切一等韻	切二等韻	切四等韻	切三等韻	備　註
				切數	1	34	0	28	
牀	牀二	細聲弇音	查鉏加切，麻韻一。	二等		2			
			犲士皆切，皆韻。	二等		1			曾用豺字
			仕鉏里切，止韻。	三等	1	3		5	
			士鉏里切，止韻。	三等		20		11	
			助牀據切，御韻。	三等		1			
			崱士力切，職韻。	三等		1			
			鉏士魚切，魚韻。	三等		2		3	
			鋤士魚切，魚韻。	三等		3		4	
			雛仕于切，虞韻。	三等		1		1	
			牀士莊切，陽韻。	三等				3	
			崇鋤弓切，東韻二。	三等				1	

表五八 《廣韻》聲類切等表三十二之二八／審二類

廣韻聲類	曾氏聲類	鴻細侈弇	切語上字	切等	切一等韻	切二等韻	切四等韻	切三等韻	備　註
				切數	0	40	0	39	
疏	審二	細聲弇音	山所閒切，山韻。	二等		7		8	
			生所庚切，庚韻一。	二等		1			
			沙所加切，麻韻一。	二等		1			
			砂所加切，麻韻一。	二等		2			
			色所力切，職韻。	三等		1		4	
			所疏舉切，語韻。	三等		25		19	
			數所矩切，虞韻。	三等		3			
			史疏士切，止韻。	三等				1	
			疏所葅切，魚韻。	三等				1	
			疎所葅切，魚韻。	三等				6	

表五九 《廣韻》聲類切等表三十二之二九／幫非類

廣韻聲類	曾氏聲類	鴻細侈弇	切語上字	切等	切一等韻	切二等韻	切四等韻	切三等韻	備　註
				切數	30	28	8	45	
幫	幫一	鴻聲侈音	北博墨切，德韻。	一等	4	6	1		
			布博故切，暮韻。	一等	3	5	1		
			博補各切。鐸韻。	一等	15	7	1		
			補博古切，姥韻。	一等	4	1	2		
			晡博孤切，模韻。	一等		1			曾無列此
			巴伯加切，麻韻一。	二等		1			
			百博陌切，陌韻一。	二等		1			
			伯博陌切，陌韻一。	二等		1			
			邊布玄切，先韻。	四等	1		1		
	非二	細聲弇音	方府良切，陽韻。	三等	2	3	2	9	
			甫方矩切，麌韻。	三等	1	1		5	
			必卑吉切，質韻。	三等		1		6	
			府方矩切，麌韻。	三等				5	
			并府盈切，清韻。	三等				2	

廣韻聲類	曾氏聲類	鴻細侈弇	切語上字	切等	切一等韻	切二等韻	切四等韻	切三等韻	備註
			兵甫明切，庚韻二。	三等				2	
			卑府移切，支韻。	三等				4	
			彼甫委切，紙韻。	三等				6	
			畀必至切，至韻。	三等				1	
			陂彼爲切，支韻。	三等				2	
			筆鄙密切，質韻。	三等				2	
			鄙方美切，旨韻。	三等				1	

廣韻聲類	曾氏聲類	鴻細侈弇	切語上字	切等	切一等韻	切二等韻	切四等韻	切三等韻	備註
				切數	0	0	0	30	
非	非二	細聲弇音	分府文切，文韻。	三等				2	
			方府良切，陽韻。	三等				16	
			甫方矩切，麌韻。	三等				5	
			府方矩切，麌韻。	三等				6	
			封府容切，鍾韻。	三等				1	

分、方、甫、府、封五字切東、鍾、微、虞、廢、文、元、陽、尤、凡十韻及其平、上、去、入，當於非母求之，切他韻則於幫母求之。

表六十　《廣韻》聲類切等表三十二之三十 / 滂敷類

廣韻聲類	曾氏聲類	鴻細侈弇	切語上字	切等	切一等韻	切二等韻	切四等韻	切三等韻	備註
				切數	30	19	8	30	
滂	滂一	鴻聲侈音	普滂古切，姥韻。	一等	21	11	4	1	
			滂普郎切，唐韻。	一等	3			1	
	敷二	細聲弇音	伓敷悲切，脂韻。	三等				1	
			匹譬吉切，質韻。	三等	5	7	4	15	
			披敷羈切，支韻。	三等				3	
			譬匹賜切，寘韻。	三等				1	
			撫芳武切，麌韻。	三等		1		1	
			芳敷方切，陽韻。	三等	1			4	
			敷芳無切，虞韻。	三等				3	

廣韻聲類	曾氏聲類	鴻細侈弇	切語上字	切等	切一等韻	切二等韻	切四等韻	切三等韻	備　註
				切數	0	0	0	30	
敷	敷二	細聲弇音	匹譬吉切，質韻。	三等				2	
			妃芳非切，微韻。	三等				1	
			孚芳無切，虞韻。	三等				4	
			拂敷勿切，物韻。	三等				1	
			芳敷方切，陽韻。	三等				10	
			峯敷容切，鍾韻。	三等				1	
			撫芳武切，麌韻。	三等				2	
			敷芳無切，虞韻。	三等				9	

敷、孚、妃、撫、芳、峯、拂七字，如切東、鍾、微、虞、廢、文、元、陽、尤、凡十韻及其平、上、去、入，當於非母求之，切他韻則於幫母求之。

表六一　《廣韻》聲類切等表三十二之三一／並奉類

廣韻聲類	曾氏聲類	鴻細侈弇	切語上字	切等	切一等韻	切二等韻	切四等韻	切三等韻	備　註
				切數	36	28	9	39	
並	竝一	鴻聲侈音	步薄故切，暮韻。	一等	3	2			
			傍步光切，唐韻。	一等	1	3	1		
			蒲薄胡切，模韻。	一等	15	11	3		
			裴薄回切，灰韻。	一等	1				
			薄傍各切，鐸韻。	一等	12	8	2		
			部薄口切，厚韻。	一等			2		
			白傍陌切，陌韻一。	二等		2			
			捕薄故切，暮韻。	一等	1				曾無列此
	奉二	細聲弇音	父扶雨切，麌韻。	三等	1				
			扶防無切，麌韻。	三等	1	1	1	2	
			符防無切，麌韻。	三等	1			11	
			苻防無切，麌韻。	三等				1	
			防符方切，陽韻。	三等		1		1	
			房符方切，陽韻。	三等				4	
			平符兵切，庚韻二。	三等				3	

廣韻聲類	曾氏聲類	鴻細侈弇	切語上字	切等	切一等韻	切二等韻	切四等韻	切三等韻	備註
			皮 符羈切，支韻。	三等				7	
			便 房連切，仙韻。	三等				1	
			毗 房脂切，脂韻。	三等				7	
			婢 便俾切，紙韻。	三等				1	
			弼 房密切，質韻。	三等				1	

廣韻聲類	曾氏聲類	鴻細侈弇	切語上字	切等	切一等韻	切二等韻	切四等韻	切三等韻	備註
					切數				
					0	0	0	31	
奉	奉二	細聲弇音	扶 防無切，虞韻。	三等				8	
			符 防無切，虞韻。	三等				11	
			防 符方切，陽韻。	三等				2	
			房 符方切，陽韻。	三等				6	
			附 符遇切，遇韻。	三等				1	
			浮 縛謀切，尤韻。	三等				1	
			馮 房戎切，東韻二。	三等				1	
			縛 符钁切。藥韻。	三等				1	

　　房、防、縛、附、符、苻、扶、馮、浮、父十字，如切東、鍾、微、虞、廢、文、元、陽、尤、凡十韻，當於非母求之，切他韻則於幫母求之。

表六二　《廣韻》聲類切等表三十二之三二／明微類

廣韻聲類	曾氏聲類	鴻細侈弇	切語上字	切等	切一等韻	切二等韻	切四等韻	切三等韻	備註
					切數				
					42	29	12	39	
明	明一	鴻聲侈音	母 莫厚切，厚韻。	一等	1				
			莫 慕各切，鐸韻。	一等	29	22	10	4	
			摸 莫胡切，模韻。	一等	1				
			慕 莫故切，暮韻。	一等	1				
			模 莫胡切，模韻。	一等	2				
			謨 莫胡切，模韻。	一等	1	1			
	微二	細聲弇音	亡 武方切，陽韻。	三等	2	1		5	
			武 文甫切，虞韻。	三等	5	5		10	
			文 無分切，文韻。	三等				1	
			明 武兵切，庚韻二。	三等			1	1	

			眉武悲切，脂韻。	三等				3	
			美無鄙切，旨韻。	三等				1	
			無武夫切，虞韻。	三等				1	
			綿武延切，仙韻。	三等				1	
			彌武移切，支韻。	三等			1	10	
			靡文彼切，紙韻。	三等				2	

廣韻聲類	曾氏聲類	鴻細侈弇	切語上字	切等	切一等韻	切二等韻	切四等韻	切三等韻	備 註
				切數	0	0	0	20	
微	微二	細聲弇音	亡武方切，陽韻。	三等				5	
			文無分切，文韻。	三等				3	
			巫武夫切，虞韻。	三等				1	
			武文甫切，麌韻。	三等				4	
			望巫放切，漾韻。	三等				1	
			無武夫切，虞韻。	三等				6	

巫、無、亡、武、文、望六字，如切東、鍾、微、虞、廢、文、元、陽、尤、凡十韻，當於非母求之，切他韻則於幫母求之。

第三節 「鴻細侈弇」條例檢討

曾氏既以「鴻細侈弇」條例析《廣韻》聲類為五聲五十一紐，所謂「聲音之理，音侈者聲鴻，音弇者聲細。《廣韻》切語，侈音例為鴻聲，弇音例為細聲；反之，鴻聲利用侈音，細聲例用弇音。」此五十一紐，又驗諸《廣韻》切語，其鴻細侈弇對應，是否合乎曾氏之音學理論，前段以三十二表分別列之。其聲類分兩類者，第一類為聲類之鴻，聲類本字即在一、二、四等韻中之字；第二類為聲類之細，聲類本字即在三等韻中字。如此則條例清晰，部居嚴明。惟變韻之侈音，於喉、牙、脣用鴻聲，於舌、齒用細聲，合十九，即喉、牙、脣用影一、曉一、匣一、見一、溪一、疑一、幫一、滂一、竝一、明一共十母，舌、齒用知二、徹二、澄二、孃二、來二、精二、清二、從二、心二共九母，合十九紐。論於第三章——聲之鴻細。鴻細侈弇之對應，表列如下。

表六三　正、變，鴻、細，侈、弇對應表

	侈弇	鴻細	聲紐	五聲	備　　註
正韻	侈	鴻	十九紐	喉、牙、脣、舌、齒	影一、見一、溪一、曉一、匣、疑一、端、透、定、泥、來一、精一、清一、從一、心一、幫、滂、並明
	弇	細	三十二紐	喉、牙、脣、舌、齒	影二、見二、溪二、群、曉二、于、疑二、知、徹、澄、孃、喻、來、照三、穿三、牀三、審三、禪、日、精二、清二、從二、心二、邪、照二、穿二、牀二、審二、非、敷、奉、微
變韻	侈	鴻	十九紐	喉、牙、脣	影一、見一、溪一、曉一、匣、疑一幫、滂、並、明
		細		舌、齒	精二、清二、從二、心二、邪、照二、穿二、牀二、審二、
	弇	細	三十二紐	喉、牙、脣	影二、見二、溪二、群、曉二、于、疑二、知、徹、澄、孃、喻、來、照三、穿三、牀三、審三、禪、日、精二、清二、從二、心二、邪、照二、穿二、牀二、審二、非、敷、奉、微
				舌、齒	無字

惟前表中聲類鴻細，曾氏亦有出例者在。檢討如下：

一、正、變，鴻、細，侈、弇對應表檢討

（一）第一圖中，「握」，於角切，覺韻，二等。依例應爲鴻聲，曾氏列於影二，今改今置影一。「委」，於詭切，紙韻，三等。

陳彭年《廣韻》山韻有「嬽，委鰥切」又仙韻有於權、於緣二切。當入於王仁昫《刊謬補缺切韻一》（P2011）：山韻無「嬽」字。仙韻有「嬽」於權反。〔註74〕唐寫本《切韻》殘卷（S2071）山韻無「嬽」字。〔註75〕仙韻有「嬽」於權反。〔註76〕王仁昫《刊謬補缺切韻二》（北京故宮）：山韻無「嬽」字。仙韻有「嬽」於權反。〔註77〕「嬽」字，當爲後加字，「委」字曾氏不列，或

〔註74〕周祖謨編《唐五代韻書集存》，（臺北：臺灣學生書局，1994年7月），頁263。

〔註75〕周祖謨編《唐五代韻書集存》，（臺北：臺灣學生書局，1994年7月），頁82。

〔註76〕周祖謨編《唐五代韻書集存》，（臺北：臺灣學生書局，1994年7月），頁83。

〔註77〕周祖謨編《唐五代韻書集存》，（臺北：臺灣學生書局，1994年7月），頁455。

此之故。澤存堂本有字，今暫增於細聲影二類。

（二）第二圖中，「花」，呼瓜切，麻韻，二等。

《廣韻》蟹韻有「扮，花夥切」，「花」字曾氏未列，澤存堂本有字，今暫增於細聲曉一類。

（三）第三圖中，「獲」，胡麥切，麥韻，二等；「懷」，戶乖切，皆韻，二等。《廣韻》山韻中有「湲，獲頑切。」蟹韻有「夥，懷乜切」。「獲」，「懷」二字曾氏未列，澤存堂本有字，今暫增於鴻聲匣一類。

（四）《韻鏡》外轉第三十四合，「營」置喉音清濁三等。〔註78〕曾氏於「營」字，即其五十一聲類之「匣二」，未知是否引用《韻鏡》。金周生〈讀曾運乾「喻母古讀考」札記二則〉一文中，已提出商榷。表中存而不論。

（五）第三圖中，「營」，余頃切，清韻，三等，字本「喻」母。曾氏逕改「余頃切」為「于頃切」。唐寫本《切韻》殘卷（S2071）清韻中，「營」字作余傾反。〔註79〕王仁昫《刊謬補缺切韻二》（北京故宮）營字亦作余傾反。〔註80〕《韻鏡·外轉第三十四合》〔註81〕清韻營余傾切列於三等位置，庚韻榮永兵切列於四等。二字當易位，營余傾切列於四等位置，而榮永兵切列於三等。《七音略》〔註82〕、《四聲等子》〔註83〕、《切韻指掌圖》〔註84〕、《經史正音切韻指南》〔註85〕皆作此。曾氏此說或是據《韻鏡》列等改切。

龍宇純《韻鏡校注》：

《廣韻》營屬清韻，音余傾切；榮屬庚韻，音永兵切。《韻鏡》營見三等，榮見四等，誤倒；《七音略》正營見四等，榮見三等。

〔註86〕

〔註78〕《等韻五種》，（臺北：藝文印書館，影印古籍，1998年3月），頁85。

〔註79〕周祖謨編《唐五代韻書集存》，（臺北：臺灣學生書局，1994年7月），頁88。

〔註80〕周祖謨編《唐五代韻書集存》，（臺北：臺灣學生書局，1994年7月），頁464。

〔註81〕《等韻五種·韻鏡》，（臺北：藝文印書館，1998年3月），頁85。

〔註82〕《等韻五種·七音略》，（臺北：藝文印書館，1998年3月），頁86。

〔註83〕《等韻五種·四聲等子》，（臺北：藝文印書館，1998年3月），頁46。

〔註84〕《等韻五種·切韻指掌圖》，（臺北：藝文印書館，1998年3月），頁66。

〔註85〕《等韻五種·經史正音切韻指南》，（臺北：藝文印書館，1998年3月），頁45。

〔註86〕龍宇純《韻鏡校注》，（臺北：藝文印書館，1997年8月），頁246。

李新魁《韻鏡校證》：

> 營，《切三》、《廣韻》余傾切；《慧琳音》，《玄應音》役瓊反，《集
> 韻》爲傾反，俱當在四等，此入三等不合。此爲當列榮字。榮，《王
> 韻》、《廣韻》、《徐鉉音》作永兵切；《慧琳音》永平、永兄切，《集
> 韻》于平切，俱在三等。本書將榮字列四等，洽與營字顛倒。查
> 《七音略》、《指掌圖》等俱以榮字列三等，以營字列四等，可證
> 《韻鏡》之誤。〔註87〕

金周生有〈讀曾運乾「喻母古讀考」札記二則〉自《韓非子》之經籍異文的「義引」至段注誤作「雙聲語轉」，論之甚詳。〔註88〕

（六）第三圖中，「營」字既爲曾氏誤置，則第四圖中「喻」類當增此字。

（七）第五圖中，「乖」古懷切，皆韻，二等。蟹韻有「𠁥，乖買切。」曾氏未列，澤存堂本有字，今暫增於鴻聲見一類。

（八）第六圖中，「楷，苦駭切，駭韻，二等」，本溪母字，曾氏作「古駭切」，字變見母，今改置此圖中，作鴻聲溪一。又「可」，苦我切，哿韻，一等。刪韻有「豻，可顏切。」曾氏未列，澤存堂本有字，今暫增於鴻聲溪一類。又「乞」，去訖切，迄韻，三等；麻韻有「㩉，乞加切」。「曲」，丘玉切，燭韻，三等；鍾韻有「銎，曲恭切」。「卿」，去京切，庚韻，三等；真韻有「㰠，卿義切」。「棄」，詰利切，至韻，三等。準韻有「螼，棄忍切」，《廣韻》中有字，應俱是後加字，曾氏未列，澤存堂本有字，今暫增於細聲溪二類。

（九）第十四圖中，曾氏列有「春」字。「春，昌脣切，諄韻。」《廣韻》中無有以「春」字爲切語上字者，今存而不論。

（十）第十五圖中，有「剺，俟之切」（《廣韻》作「俟甾切」）爲「俟，剺史切」之切語上字（《廣韻》作「牀史切」）。「俟」「剺」互用切語，曾氏無列「剺」字，當增。

（十一）第十九圖中，有「連」，力延切，仙韻，三等。「縷」，力主切，

〔註87〕李新魁《韻鏡校證》，（北京：中華書局，1982 年 4 月），267 頁。

〔註88〕金周生〈讀曾運乾「喻母古讀考」札記二則〉見《聲韻論叢》第一輯（臺北：臺灣學生書局，1994 年 5 月），頁 25～27。

夔韻，三等。《廣韻》線韻有「痙，連彥切」，戈韻有「臠，纍毻切」。二字曾氏未列，澤存堂本有字，今暫增於細聲來二類。

（十二）第二十圖中，有「䩓」子毻切，戈韻，一等。《廣韻》馬韻有「䰐，䩓瓦切」。「䩓」字曾氏未列，澤存堂本有字，今暫增於鴻聲精一類。又「借」，子夜切，禡韻，二等。曾氏列精二，當列精一。又「姊」將几切，旨韻，三等。《廣韻》薛韻有「蠿，姊列切」，應是與「姊」字爲異體字。「姊」字曾氏未列，澤存堂本有字，今暫增於細聲精二類。

（十三）第二十七圖中，有「犲」士皆切，皆韻，二等。曾氏用「豺」字，今仍澤存堂本《廣韻》用「犲」。

（十四）第二十九圖中，有「晡」，博孤切，模韻，一等。《廣韻》襇韻有「扮，晡幻切」。「晡」字曾氏未列，澤存堂本有字，今暫增於鴻聲幫一類。

（十五）第三十一圖中，有「捕」，薄故切，暮韻，一等。《廣韻》果韻有「爸，捕可切」。「捕」字曾氏未列，澤存堂本有字，今暫增於鴻聲竝一類。又「毗」，房脂切，脂韻，三等。曾氏「毘」字，今仍澤存堂本《廣韻》用「毗」。

（十六）第九圖、十圖、十一圖、十二圖、十九圖、二十、圖二十一、圖二十二、圖二十三圖，爲變韻之侈音，依聲鴻音侈之例，當用十九紐之鴻聲。曾氏以爲喉、牙、脣音用十九紐鴻聲，而舌、齒音則用細聲。

（十七）曾運乾《廣韻》聲類鴻細切韻類侈弇統計表列如下。

表六四　曾運乾《廣韻》聲類鴻細切韻類侈弇統計表

比　例		正　　例			變　　例		
聲　類		94.51%			5.49%		
聲類	曾氏聲類	鴻細侈弇	切數	百分比%	鴻細侈弇	切數	百分比%
影	影一	鴻聲侈音	90	100.00	鴻聲弇音	0	0
	影二	細聲弇音	106	76.81	細聲侈音	32	23.19
曉	曉一	鴻聲侈音	88	94.62	鴻聲弇音	5	5.38
	曉二	細聲弇音	90	79.65	細聲侈音	23	20.35
匣	匣一	鴻聲侈音	150	99.34	鴻聲弇音	1	0.66
爲	匣二	細聲弇音	47	97.92	細聲侈音	1	2.08
喻	喻	細聲弇音	72	96.00	細聲侈音	3	4.00
見	見一	鴻聲侈音	145	99.31	鴻聲弇音	1	0.69
	見二	細聲弇音	102	98.08	細聲侈音	2	1.92

溪	溪一	鴻聲侈音	114	99.13	鴻聲弇音	1	0.87
	溪二	細聲弇音	99	94.29	細聲侈音	6	5.71
群	群	細聲弇音	99	97.06	細聲侈音	3	2.94
疑	疑一	鴻聲侈音	88	98.88	鴻聲弇音	1	1.12
	疑二	細聲弇音	72	94.74	細聲侈音	4	5.26
端	端一	鴻聲侈音	79	94.04	鴻聲弇音	5	5.95
知	知二	細聲弇音	79	98.87	細聲侈音	1	1.25
透	透一	鴻聲侈音	76	98.70	鴻聲弇音	1	1.30
徹	徹二	細聲弇音	79	97.53	細聲侈音	2	2.47
定	定一	鴻聲侈音	77	98.72	鴻聲弇音	1	1.28
澄	澄二	細聲弇音	82	100.00	細聲侈音	0	0.00
泥	泥一	鴻聲侈音	76	97.44	鴻聲弇音	2	2.56
孃	孃二	細聲弇音	46	100.00	細聲侈音	0	0.00
照	照三	細聲弇音	74	98.67	細聲侈音	1	1.33
穿	穿三	細聲弇音	57	95.00	細聲侈音	3	5.00
牀	牀三	細聲弇音	20	100.00	細聲侈音	0	0.00
審	審三	細聲弇音	60	98.36	細聲侈音	1	1.64
禪	禪	細聲弇音	63	100.00	細聲侈音	0	0.00
日	日	細聲弇音	62	96.88	細聲侈音	2	3.12
來	來一	鴻聲侈音	71	100.00	鴻聲弇音	0	0.00
	來二	細聲弇音	77	92.77	細聲侈音	6	7.23
精	精一	鴻聲侈音	38	100.00	鴻聲弇音	0	0.00
	精二	細聲弇音	69	72.63	細聲侈音	26	27.37
清	清一	鴻聲侈音	41	93.19	鴻聲弇音	3	6.81
	清二	細聲弇音	52	73.24	細聲侈音	19	26.76
從	從一	鴻聲侈音	57	78.10	鴻聲弇音	16	21.90
	從二	細聲弇音	33	97.06	細聲侈音	1	2.940
心	心一	鴻聲侈音	63	98.44	鴻聲弇音	1	1.56
	心二	細聲弇音	62	92.54	細聲侈音	5	7.46
邪	邪	細聲弇音	35	97.22	細聲侈音	1	2.78
莊	照二	細聲弇音	52	100.00	細聲侈音	0	0.00
初	穿二	細聲弇音	61	100.00	細聲侈音	0	0.00
牀	牀二	細聲弇音	63	100.00	細聲侈音	0	0.00
疏	審二	細聲弇音	79	100.00	細聲侈音	0	0.00

幫	幫一	鴻聲侈音	56	100.00	鴻聲弇音	0	0.00
非	非二	細聲弇音	75	88.24	細聲侈音	10	11.76
滂	滂一	鴻聲侈音	39	95.13	鴻聲弇音	2	4.87
敷	敷二	細聲弇音	58	76.31	細聲侈音	18	23.69
竝	竝一	鴻聲侈音	67	100.00	鴻聲弇音	0	0.00
奉	奉二	細聲弇音	70	92.11	細聲侈音	6	7.89
明	明一	鴻聲侈音	68	94.44	鴻聲弇音	4	5.56
微	微二	細聲弇音	55	78.57	細聲侈音	15	21.43

鴻聲切侈音、細聲切弇音爲正例；鴻聲切弇音、細聲切侈音爲變例。正例合於曾氏「鴻細侈弇」條例，不待討論，而變例之切語，鴻聲切弇音 44 組，細聲切侈音 191 組，列表如下。

表六五　《廣韻》鴻聲切弇音統計表（變例一）

例數	韻部	字	切語	聲類	清濁	開合	韻等
1	至	侐	火季	曉	次清	合	三
2	旨	暚	火癸	曉	次清	合	三
3	清	眴	火營	曉	次清	合	三
4	祭	綠	呼吠	曉	次清	合	三
5	寘	孈	呼恚	曉	次清	合	三
6	眞	礥	下珍	匣	全濁	開	三
7	紙	詭	過委	見	全清	合	三
8	琰	脥	謙琰	溪	次清	開	三
9	焮	近	吾靳	疑	次濁	開	三
10	脂	胝	丁尼	端	全清	開	三
11	仙	檶	丁全	端	全清	合	三
12	質	蛭	丁悉	端	全清	開	三
13	職	釗	丁力	端	全清	開	三
14	薛	闑	土列	透	次清	開	三
15	至	地	徒四	定	全濁	開	三
16	沁	賃	乃禁	泥	次濁	開	三
17	止	伱	乃里	泥	次濁	開	三
18	術	焌	倉聿	清	次清	合	三
19	旨	趡	千水	清	次清	合	三
20	送	趥	千仲	清	次清	開	三

21	仙	錢	昨仙	從	全濁	開	三
22	諄	鷷	昨旬	從	全濁	合	三
23	侵	鱏	昨淫	從	全濁	開	三
24	宵	樵	昨焦	從	全濁	開	三
25	鹽	潛	昨鹽	從	全濁	開	三
26	獼	雋	徂兗	從	全濁	合	三
27	旨	嶵	徂壘*	從	全濁	合	三
28	屋	歜	才六	從	全濁	開	三
29	遇	堅	才句	從	全濁	合	三
30	麻	查	才邪	從	全濁	開	三
31	笑	噍	才笑	從	全濁	開	三
32	紙	惢	才捶	從	全濁	合	三
33	線	賤	才線	從	全濁	開	三
34	有	湫	在九	從	全濁	開	三
35	陽	牆	在良	從	全濁	開	三
36	藥	嚼	在爵	從	全濁	開	三
37	緝	報	先立	心	次清	開	三
38	諄	砏	普巾	滂	次清	合	三
39	小	麃	滂表	滂	次清	開	三
40	東	曹	莫中	明	次濁	開	三
41	屋	目	莫六	明	次濁	開	三
42	尤	謀	莫浮	明	次濁	開	三
43	送	夢	莫鳳	明	次濁	開	三
44	語	貯	丁呂	知*	全清	開	三

表六六　《廣韻》細聲切侈音統計表（變例二）

例　數	韻　部	字	切　語	聲　類	清　濁	開　合	韻　等
1	桓	剜	一丸	影	全清	合	一
2	陌	擭	一虢	影	全清	合	二
3	豪	爊	於刀	影	全清	開	一
4	海	欸	於改	影	全清	開	一
5	泰	藹	於蓋	影	全清	開	一
6	麻	鴉	於加	影	全清	開	二
7	肴	顄	於交	影	全清	開	二

8	覺	渥	於角	影	全清	開	二
9	佳	娃	於佳	影	全清	開	二
10	映	瀴	於孟	影	全清	開	二
11	麥	戹	於革	影	全清	開	二
12	效	靿	於教	影	全清	開	二
13	陷	韽	於陷	影	全清	開	二
14	巧	拗	於絞	影	全清	開	二
15	夬	喝	於犗	影	全清	開	二
16	駭	挨	於駭	影	全清	開	二
17	檻	黤	於檻	影	全清	開	二
18	屑	抉	於決	影	全清	合	四
19	霰	宴	於甸	影	全清	開	四
20	桥	窨	於念	影	全清	開	四
21	銑	蝘	於殄	影	全清	開	四
22	霽	翳	於計	影	全清	開	四
23	蕭	幺	於堯	影	全清	開	四
24	陌	𧢼	乙白	影	全清	開	二
25	皆	崴	乙乖	影	全清	合	二
26	咸	猏	乙咸	影	全清	開	二
27	豏	黯	乙減	影	全清	開	二
28	皆	挨	乙諧	影	全清	開	二
29	鎋	鷃	乙鎋	影	全清	開	二
30	鑑	黤	乙鑑	影	全清	開	二
31	禡	亞	衣嫁	影	全清	開	二
32	山	𤩄	委鰥	影	全清	合	二
33	寒	頇	許干	曉	次清	開	一
34	曷	顕	許葛	曉	次清	開	一
35	馬	嘎	許下	曉	次清	開	二
36	怪	譮	許介	曉	次清	開	二
37	麻	煆	許加	曉	次清	開	二
38	肴	虓	許交	曉	次清	開	二
39	江	肛	許江	曉	次清	開	二
40	映	諱	許更	曉	次清	開	二
41	覺	吒	許角	曉	次清	開	二

42	庚	脝	許庚	曉	次清	開	二
43	咸	㰹	許咸	曉	次清	開	二
44	山	譶	許閒	曉	次清	開	二
45	鎋	瞎	許鎋	曉	次清	開	二
46	鑑	㺖	許鑑	曉	次清	開	二
47	蕭	膮	許幺	曉	次清	開	四
48	添	馦	許兼	曉	次清	開	四
49	錫	赦	許激	曉	次清	開	四
50	霰	絢	許縣	曉	次清	合	四
51	混	緫	虛本	曉	次清	合	一
52	哿	歌	虛我	曉	次清	開	一
53	鐸	霍	虛郭	曉	次清	合	一
54	講	傋	虛㽜	曉	次清	開	二
55	皆	俙	喜皆	曉	次清	開	二
56	賄	倄	于罪	爲	次濁	合	一
57	海	佁	夷在	喻	次濁	開	一
58	海	腆	與改	喻	次濁	開	一
59	曷	擖	予割	喻	次濁	開	一
60	盍	磕	居盍	見	全清	開	一
61	㮇	趁	紀念	見	全清	開	四
62	蕩	㡏	丘晃	溪	次清	合	一
63	刪	馯	丘姦	溪	次清	開	二
64	檻	顑	丘檻	溪	次清	開	二
65	產	齦	起限	溪	次清	開	二
66	㾓	㑺	乞加	溪	次清	開	二
67	迥	謦	去挺	溪	次清	開	四
68	蟹	箉	求蟹	群	全濁	開	二
69	麥	趪	求獲	群	全濁	合	二
70	山	權	跪頑	群	全濁	合	二
71	姥	五	疑古	疑	次濁	合	一
72	陷	䃜	玉陷	疑	次濁	開	二
73	皆	㱿	擬皆	疑	次濁	開	二
74	魂	僤	牛昆	疑	次濁	合	一
75	賄	鬌	陟賄	知	全清	合	一

76	錫	歡	丑歷	徹	次清	開	四
77	霽	犢	丑戾	徹	次清	開	四
78	盇	譫	章盇	照	全清	開	一
79	咍	犢	昌來	穿	次清	開	一
80	海	茝	昌給	穿	次清	開	一
81	山	獋	充山	穿	次清	開	二
82	敢	灛	賞敢	審	次清	開	一
83	海	疕	如亥	日	次濁	開	一
84	鐥	鼿	而轄	日	次濁	開	二
85	冬	礨	力冬	來	次濁	合	一
86	董	朧	力董	來	次濁	開	一
87	嘯	頗	力弔	來	次濁	開	四
88	標	穮	力店	來	次濁	開	四
89	忝	稴	力忝	來	次濁	開	四
90	迥	等	力鼎	來	次濁	開	四
91	末	鬢	姊末	精	全清	合	一
92	混	剸	茲損	精	全清	合	一
93	沃	俶	將毒	精	全清	合	一
94	慁	焌	子寸	精	全清	合	一
95	宋	綜	子宋	精	全清	合	一
96	侯	鑷	子侯	精	全清	開	一
97	末	繨	子括	精	全清	合	一
98	東	葼	子紅	精	全清	開	一
99	厚	走	子茍	精	全清	開	一
100	蕩	駔	子朗	精	全清	開	一
101	合	帀	子荅	精	全清	開	一
102	晧	早	子晧	精	全清	開	一
103	敢	鬢	子敢	精	全清	開	一
104	感	昝	子感	精	全清	開	一
105	換	禶	子筭	精	全清	合	一
106	賄	崔	子罪	精	全清	合	一
107	隊	晬	子對	精	全清	合	一
108	德	則	子德	精	全清	開	一
109	嶝	增	子鄧	精	全清	開	一

110	戈	侳	子胧	精	全清	合	一
111	篠	湫	子了	精	全清	開	四
112	怗	浹	子協	精	全清	開	四
113	桥	僭	子念	精	全清	開	四
114	霽	霽	子計	精	全清	開	四
115	屑	節	子結	精	全清	開	四
116	薺	濟	子禮	精	全清	開	四
117	豪	操	七刀	清	次清	開	一
118	隊	倅	七內	清	次清	合	一
119	戈	蓬	七戈	清	次清	合	一
120	泰	毳	七外	清	次清	合	一
121	合	趁	七合	清	次清	開	一
122	寒	餐	七安	清	次清	開	一
123	歌	蹉	七何	清	次清	開	一
124	号	操	七到	清	次清	開	一
125	唐	倉	七岡	清	次清	開	一
126	德	城	七則	清	次清	開	一
127	曷	攃	七曷	清	次清	開	一
128	勘	謲	七紺	清	次清	開	一
129	換	竄	七亂	清	次清	合	一
130	感	慘	七感	清	次清	開	一
131	賄	皠	七罪	清	次清	合	一
132	過	磋	七過	清	次清	合	一
133	霽	砌	七計	清	次清	開	四
134	齊	妻	七稽	清	次清	開	四
135	魂	村	此尊	清	次清	合	一
136	桥	暫	漸念	從	全濁	開	四
137	冬	鬆	私宗	心	次清	合	一
138	盍	儑	私盍	心	次清	開	一
139	魂	孫	思渾	心	次清	合	一
140	嶝	癓	思贈	心	次清	開	一
141	唐	桑	息郎	心	次清	開	一
142	緩	鄹	辝纂	邪	全濁	合	一
143	厚	搣	方垢	幫*	全清	開	一

144	嶝	䆶	方隥	幫*	全清	開	一
145	卦	扊	方卦*	幫*	全清	開*	二
146	山	編	方閑	幫*	全清	開	二
147	卦	嶭	方賣	幫*	全清	開	二
148	銑	編	方典	幫*	全清	開	四
149	屑	彌	方結	幫*	全清	開	四
150	慁	奔	甫悶	幫*	全清	合	一
151	庚	閍	甫盲	幫*	全清	開	二
152	禡	霸	必駕	幫	全清	開	二
153	德	覆	匹北	滂	次清	開	一
154	鐸	頗	匹各	滂	次清	開	一
155	候	仆	匹候	滂	次清	開	一
156	蕩	髈	匹朗	滂	次清	開	一
157	海	啡	匹愷	滂	次清	開	一
158	肴	胞	匹交	滂	次清	開	二
159	江	胮	匹江	滂	次清	開	二
160	效	奅	匹皃	滂	次清	開	二
161	覺	璞	匹角	滂	次清	開	二
162	卦	派	匹卦*	滂	次清	開*	二
163	絳	胖	匹絳	滂	次清	開	二
164	襉	盼	匹莧	滂	次清	開	二
165	薺	頧	匹米	滂	次清	開	四
166	迥	頩	匹迥*	滂	次清	開*	四
167	齊	磇	匹迷	滂	次清	開	四
168	霽	媲	匹詣	滂	次清	開	四
169	庚	磅	撫庚	滂*	次清	開	二
170	灰	肧	芳杯	滂*	次清	合	一
171	嶝	倗	父鄧	並*	全濁	開	一
172	咍	培	扶來	並*	全濁	開	一
173	潸	阪	扶板	並*	全濁	開	二
174	錫	甓	扶歷	並*	全濁	開	四
175	過	縛	符臥	並*	全濁	合	一
176	效	皰	防教	並*	全濁	開	二
177	果	麼	亡果	明*	次濁	合	一

178	侯	呣	亡侯	明*	次濁	開	一
179	襉	蕳	亡莧	明*	次濁	開	二
180	嶝	懜	武亘	明*	次濁	開	一
181	登	瞢	武登	明*	次濁	開	一
182	談	姏	武酣	明*	次濁	開	一
183	賄	浼	武罪	明*	次濁	合	一
184	晧	蓩	武道	明*	次濁	開	一
185	耿	瞢	武幸	明*	次濁	開	二
186	庚	盲	武庚	明*	次濁	開	二
187	潸	矕	武板	明*	次濁	開	二
188	講	佲	武項	明*	次濁	開	二
189	產	虋	武簡	明*	次濁	開	二
190	忝	麧	明忝	明	次濁	開	四

二、《廣韻》切語之鴻細侈弇統計結果分析

曾氏以鴻細侈弇條例，定《廣韻》聲類爲五聲五十一紐。今就《廣韻》所有切語爲範圍，依「音侈者聲鴻，音弇者聲細」條例，統計所得結果，分析如下：

（一）以鴻聲侈音、細聲弇音爲正例，合於曾氏「鴻細侈弇條例」。以鴻聲弇音、細聲侈音爲變例，則不合於「鴻細侈弇條例」。惟論曾氏五聲五十一紐者，每多只能論及於此，而不能論曾氏變韻侈音又分鴻細兩類，喉牙脣用鴻聲，舌齒用細聲，此將二等侈音用舌齒細聲爲正例，此處不可不別。

（二）切語全用正例，無變例者：影一、澄二、孃二、牀三、禪、來一、照二、穿二、牀二、審二、精一、幫一、竝一共十三母。

（三）切語用變例在 1% 以下者：匣一、見一、溪一。

（四）舌音以端四母爲鴻聲切侈音，雖有出例者，爲數甚少；細聲切侈音出例者影二、曉二、精二、清二、從一、敷二、微二共七母，均約在 25% 上下之數。

（五）正齒音照二、穿二、牀二、審二四母，細聲例用弇音，惟變韻之侈音於舌齒例用細聲，此爲曾氏「鴻細侈弇條例」中獨特現象。

（六）《廣韻》切語 3868 組，用正例者 3633 組計 94.51%，出例者 235
組，計 5.49%。

（七）《廣韻》切語基本上呈現兩個區塊，即曾氏鴻聲例用侈音，細聲例
用弇音之正例，比例上仍爲居多。然以鴻聲用弇音、細聲用侈音
之變例，有 5.49%，就比例而言仍在少數。

　　曾氏以爲「聲鴻者音侈，聲細者音弇」爲法言舊法，乃《廣韻》切語之
正例；又變韻之侈音例用舌齒類細音亦爲正例。此對於聲、韻二者並不單獨
來看。陳澧論切語之法，以二字爲一字之音，上字論其清濁，而不論其平上
去入；下字論其平上去入，而不論其清濁之法，曾氏顯然提出修正。以爲聲
與韻相互關係，其侈弇鴻細條件必須相合。此與黃淬伯《慧琳一切經音義反
切攷》一書中所謂：「韻等均一」〔註89〕與趙元任之「介音和諧」〔註90〕之
概念相應。龍宇純〈例外反切研究〉一文中以音和切爲切語之正則，其他類
隔切均爲例外之反切。而例外反切存在《廣韻》切語中之數量爲數並不少。
此一觀察或亦可以解釋曾氏「聲鴻者音侈，聲細者音弇」之例外。然龍文中
亦論及「憑下字定聲母」、「憑上字定韻母等第洪細」、「憑上字定韻母開合或
上字與所切字雙聲疊韻而以下字改調」之論。解釋此種所謂例外反切，龍氏
云：

> 所謂例外反切，只是對於反切的「一般原則」而言顯得特別；換
> 個角度看，其代表的讀音與合於「一般原則」的反切故無二致。
> 這些反切大別之有二；其一是上下字之間的交互影響。……其一
> 是上字所顯示的字母之間的混用。〔註91〕

《廣韻》切語既非一時一地一人所造，而造切語者亦非遵行既定之規則以造
切語。於是有所謂例外反切之產生。龍氏以一般原則與例外反切之音讀並無
二致來看《廣韻》切語，不過引述此一觀點之重點在於龍氏認爲切語上下字
間有相互影響之關係，而非單純的上字主聲下字主韻，上字論清濁，下字論

〔註89〕黃淬伯《慧琳一切經音義反切攷》，（臺北：中央研究院歷史語言研究所，1993
　　　　年 2 月）。

〔註90〕趙元任〈中古漢語裡的語音區別〉，《哈佛燕京學報》第五卷第二期，1941 年。

〔註91〕龍宇純〈例外反切研究〉，《中上古漢語音韻論文集》，（臺北：五四書店，利氏
　　　　學舍，2002 年 12 月），頁 36。

開合鴻細與平上去入而已。

是以，曾氏論切語之鴻細侈弇，可以黃淬伯「韻等均一」、趙元任之「介音和諧」與龍宇純之「相互影響」爲立論之根據，而例外者或亦可以龍氏「固無二致」〔註92〕之說爲解釋。

第四節　《廣韻》五聲五十一聲紐評述

〈《廣韻》之五聲五十一聲紐〉說，乃曾氏《廣韻》學聲類之重要學術創見。《廣韻》聲類之說，自番禺陳蘭甫以系聯之法求之，後繼者踵事增華。至曾氏而有〈《廣韻》之五聲五十一聲紐〉說。其方法與心得，已論述如前，其學說，覈之於《廣韻》切語，實亦有不全符合之處，曾氏概以類隔視之。其說有再證者，有評述者，有徵引者。茲就其中重要者，列之於後，以爲參考。

一、陳新雄〈曾運乾、陸志韋、周組謨五十一類說〉

本師陳伯元先生於《廣韻研究》一書中，有論及曾氏之五十一聲紐。文收於〈曾運乾、陸志韋、周組謨五十一類說〉〔註93〕中。本文主要論及曾氏分別聲類之標準，與《廣韻》聲韻和諧之概念，與實際切語對應情況。陳先生曰：

> 曾氏所謂一二等者，實兼該四等字言之，其所謂細聲，則純就三等字言之，此已與一般聲韻學家以一二等爲洪音，三四等爲細音之說不合，且縱從其說，就《廣韻》之切語及其所舉之例言之，亦多有鴻細雜用之現象。曾氏遂謂凡用細聲切侈音者皆爲類隔，如所舉則子得切，倉七郎切。然《廣韻》切語中尚有以鴻聲切弇音者，如趙千仲切，錢昨先切，轂先立切等是，曾氏置而不言，以此言之，則所謂鴻聲切侈音，細聲切弇音之例，於《廣韻》書中尚難定其界畫，其說殆難成立，雖五十一聲之說，屢爲人所稱引，實仍不能無礙也。

〔註92〕龍宇純〈例外反切研究〉，《中上古漢語音韻論文集》，（臺北：五四書店，利氏學舍，2002年12月），頁36。

〔註93〕陳新雄《廣韻研究》，（臺北：臺灣學生書局，2004年11月），頁232～234。

鴻細之說，人每從江永，以一二等爲洪音，三四等爲細音。曾氏確實以一二四等爲一類，而三等一類。此說雖與一般聲韻家所論不同，然曾氏之鴻細非謂韻等，此人多未明，以爲曾氏於四等當作「細」，實則四等爲「侈」。曾氏以正變別音，以侈弇分韻，以鴻細辨聲。所謂鴻細者乃是指聲類而言。陳先生舉《廣韻》切語爲例，雖鴻聲例用侈音，然「則，子德切，精母，開口一等」字。「子」爲細聲，「則」爲一等韻，爲侈音，細聲而用侈音，在變例之中。又「倉，七岡切，清母，開口一等」。「七」爲細聲，「倉」爲一等韻，爲侈音。而「錢，昨仙切，開三等」，「昨」爲鴻聲，當切弇音。此則三等韻爲弇音，是以鴻聲而切弇音；「趙」、「錢」二字皆同此意。以上所用例，皆《廣韻》中變例。《廣韻》中以鴻聲切弇音四十四，以細切侈音一百九十一，合二百三十五例。爲全部切語之 5.49%，是否視爲過多，可以再有討論空間。

二、林炯陽〈論曾運乾《切韻》五十一紐說〉〔註94〕

林師炯陽〈論曾運乾《切韻》五十一紐說〉乙文，主要從三方面評述曾氏《切韻》五聲五十一聲紐之說，論證頗爲詳實。

（一）就〈《切韻》·序〉論之，曾氏所據不能無疑。

1. 曾氏自〈《切韻》·序〉：「支脂、魚虞，共爲一韻，先仙、尤侯，俱論是切」得其靈感，別創審音之法，以考《廣韻》聲紐。林師炯陽謂：

「韻」即切語下一字音學也，「切」即切語上一字音學也，實未深慮。

主要是現存敦煌堂寫本韻書殘卷P 二一二九、P 二一〇七、S 二〇五五諸卷及故宮唐寫全本王仁昫刊謬補缺切韻均作「支脂魚虞共爲一韻」。「一韻」當作「不韻」爲是。

2. 陸法言撰寫《切韻》曾參考呂靜《韻集》、夏侯該《韻略》、陽休之《韻略》、李季節《音譜》、杜臺卿《韻略》等諸家音韻。由現存王仁昫《刊謬補缺切韻》各本韻目小注，可以略知呂靜等五家韻目分合。大致「支」、

〔註94〕林炯陽〈論曾運乾切韻五十一紐說〉，《林炯陽教授論學集》，（臺北：文史哲出版社，2000 年 04 月），頁 99～116。

「脂」五家不同韻，「魚」、「虞」則夏侯、陽、李、杜四家不同韻，而「先」、「仙」夏侯、陽、杜三家同韻，「尤」、「侯」則夏侯、杜二家同韻。「所以〈《切韻》‧序〉論及諸家音韻取舍不同，就說：『支脂魚虞共爲不韻，先仙尤侯俱論是切』一句，是否用來說明切語上一字之易於淆惑者，還是一個有待斟酌的問題。」

3.「上字爲切，下字爲韻」的說法，見於宋人沈括《夢溪筆談》及晁公武《郡齋讀書志》等書。前此則有唐寫本 P 五○○六及 P 二○一二，也以「切」與「韻」分指切語上下字。但據周祖謨〈讀守溫韻學殘卷後記〉一文所考，時間當晚於神拱，應在晚唐時代。是故「切」作「切語上字」的意義來使用，應晚於陸法言作《切韻》的時間。而「共爲不韻」的「韻」及「具論是切」的「切」已經有「上切下韻」的意義，則不能無疑。

（二）就「切韻」系韻書的反切論之，違反「聲鴻音侈，聲細音弇」之例過多。

曾氏五聲五十一紐的立論基礎在於認爲「聲音之理，音侈者聲鴻，音弇者聲細。《廣韻》切語，侈音例爲鴻聲，弇音例爲細聲；反之，鴻聲例用侈音，細聲例用弇音。」〔註95〕然而在《廣韻》實際的反切之中，侈音而間用細聲，弇音而間用鴻聲者所在都有。曾氏將此類視爲例外，謂之「類隔」。然將《廣韻》切語加以分析歸納，曾氏所謂「類隔」之例甚夥，林師炯陽以爲實不能以「小異」視之。

（三）就聲類音值構擬論之，必須以「j」化來說明，但不能解決鴻細問題。

周祖謨亦主《廣韻》五十一聲紐說，周祖謨〈陳澧《切韻考》辨誤〉〔註96〕參考高本漢之構擬，標明五十一聲紐的音值如下。

〔註95〕曾運乾〈《廣韻》之五聲五十一聲紐〉，《聲韻學講義》（北京：中華書局，2000年 11 月），頁 120。

〔註96〕周祖謨〈陳澧《切韻考》辨誤〉參見《問學集》下冊，（北京：中華書局，2004年 07 月），頁 517～580。

表六七　周祖謨構擬《廣韻》五十一聲類音值表

幫一 p	滂一 p'	竝一 b'	明一 m		
幫二 pj	滂二 p'j	竝二 b'j	明二 mj		
端 t	透 t'	定 d'	泥 n	來一 l	
知 t̂	徹 t̂'	澄 d̂'	娘 nj	日 n'z'	來二 lj
精一 ts	清一 ts'	從一 dz'	心一 s		
精二 ts（i）	清二 ts'（i）	從二 dz'（i）	心二 s（i）	邪 z（i）	
			ts（i）依高氏例，宜作 tsj 今不確定		
照二 tṣ	穿二 tṣ'	床二 dẓ'	審二 ṣ'		
照三 ts'（i）	穿三 t's'	床三 d'z'	審三 s'（i）	禪三 z'（i）	
見一 k	溪一 k'		疑一 ng		
見二 kj	溪二 k'j	群二 g'j	疑二 ngj		
喻 j					
曉一 x					
曉二 xj					
匣一 ɣ					
匣二 ɣj					
影一 ʔ					
影二 ʔj					

　　周氏用高本漢觀點，以《廣韻》切語，基本上一二四等一類。三等一類。不同者，三等介音「i」前的聲母，受到「i̯」的影響而「j」化。精系既分鴻細兩類，依高氏之見，當作：

精一 ts	清一 ts'	從一 dz'	心一 s
精二 tsj	清二 ts'j	從二 dz'j	心二 sj

　　然而，如此構擬又有其他問題產生。

　　1.「照三」如構擬為「ts'（i）」，則精系就不能再構擬作單純的「ts」和「j」化的「tsj」。

　　2.《廣韻》「精」母字，現在國語有讀為「ts」，有讀為「tɕ」。在韻頭或韻腹為[i]、[y]前，讀作「tɕ」；其他元音前則讀為「ts」。是以，讀作「ts」或「tɕ」是由韻母決定，與聲母是否「j」化，是沒有直接關係。

　　林師炯陽認為周氏自知精二構擬作[tsj]的問題，是故自注：「ts（i）依高

氏例，宜作 tsj 今不確定」此爲早期之作。〈陳澧《切韻考》辨誤〉收入《問學集》時，周氏對此做了修正意見。認爲：「今論廣韻之聲類，依反切上字分組，當爲五十一。以音位而論，當爲三十六。」〔註97〕就以上所述因素，如果以音值構擬的角度來審視，精系作鴻細兩類，勢必要運用高本漢「j」化說之理論。然而高氏之說，已有許多學者，如趙元任、李榮、邵榮芬等，提出評論。以爲不足依信。

綜合上論，林師炯陽以爲曾氏〈《切韻》五聲五十一紐說〉有三點尚待商榷之處。

其一，〈《切韻》‧序〉之「支脂魚虞共爲一韻」〔註98〕句當依敦煌寫本韻書殘卷作「支脂魚虞共爲不韻」。曾氏據此所得「上切下韻」之義，而爲「鴻侈細弇」之說，不能無疑。

其二，由《廣韻》切語與《切韻》系韻書之反切上字異文觀之，所謂「聲鴻者例用侈音，聲細者例用弇音」分切語上字爲鴻細二類，與實際反切不全相符。

其三，五十一聲類區分鴻細，必須運用高本漢聲母「j」化之說，惟此說未能充分作爲音理上的解釋。

是以《廣韻》切語上字，固有分組之趨勢，惟曾運乾將聲類截然畫分作鴻細兩類，實無必要。就《切韻》反切而言，李榮《切韻音系》分三十六類，或王力《漢語音韻》之三十六類說，比較切合實際；就《廣韻》之反切而論，則黃季剛〈音略〉之四十一類說，或周法高〈論切韻音〉之三十七類說，比較合理。

〔註97〕周祖謨〈陳澧《切韻考》辨誤〉《問學集》，（北京：中華書局，2004 年 7 月），頁 532。

〔註98〕關於〈《切韻》‧序〉之「共爲一韻」抑或「共爲一韻」，葉鍵得有〈關於〈切韻序〉的幾個問題〉一文討論到有關時間、版本、內容之問題。參考《應用語文學報》創刊號，（臺北：臺北市立大學，1999 年 6 月）123～142。又〈《切韻》‧序〉「支脂魚虞共爲不／一韻」再探〉一文，以潘重規之意見，以爲傳鈔之誤，是以仍主「共爲一韻」。參考《潘重規教授百年誕辰紀念學術研討會論文集》，（臺北：國立臺灣師範大學。2006 年 3 月），頁 179～198。

三、陸志韋〈證《廣韻》五十一聲類〉〔註99〕

陸文雖非對曾氏〈《廣韻》之五聲五十一聲紐〉說直接評述，而是自陳澧系聯《廣韻》切語上字之基礎上，討論《廣韻》聲類。陳澧以同用、互用、遞用關係，系聯《廣韻》切語上字實爲五十一類，又用《廣韻》一字兩音，互注切語，與同音之字不立兩切語之原則，再系聯爲四十類。陸氏以爲「係（系）聯之法，病在唐五代之治韻學者用字如或偶爾疏忽，則切上字本部係（系）聯者或因而係（系）聯焉。其本當係（系）聯者，或因而不係（系）聯焉。」又陳氏以又音合併之類，取捨標準不一，故陳澧四十聲類之數，實可訾議。因此運用統計觀念，實際對《廣韻》聲類在每一韻之出現次數，以及與其他聲類接觸狀況進行統計，觀察其相逢機率，證得《廣韻》聲類當爲五十一之數。二者方法有別，然此五十一聲類正與曾氏所證之數相同。陸氏之法：

（一）先證陳澧以又音系聯之失在取捨不一

1. 以又音系聯者，如「多」與「都」通者，平聲一東有「涷，又都貢切」，即去聲一送之「涷，多貢切」；又如「居」與「古」通者，上聲三十六養有「獷，又居猛切」，即上聲三十八梗之「獷，古猛切。」此皆以又音系聯者十一處。

2. 不以又音系聯者，如「定」與「澄」通者，上平聲九魚有「涂，又直胡切」，即上平聲十一模之「涂，同都切」；又如「幫」與「幫非」通者，如上平聲十八諄（眞）〔註100〕有「砏，又布巾切」，即十七眞之「砏，府巾切。」此又皆不以又音系聯者，以此實可併四十類爲二十四類矣。

陳氏以又音系聯，又有不以又音系聯者，取捨不一，自亂其例。

（二）次證《廣韻》聲類之形式

1. 以陳澧同用、互用、遞用之法，系聯《廣韻》切語上字所得五十一聲類，扣除「於」類，〔註101〕以五十類與系聯切語下字三一九類爲比對，統計

〔註99〕陸志韋〈證《廣韻》五十一聲類〉，《燕京學報》25 期，（1939 年 06 月），頁 1～59。

〔註100〕砏，布巾切。巾在十六眞內，砏字當移。

〔註101〕「於」，哀都切，又央居切。「哀」、「央」不能確定是否爲同類，故先不列於統

聲類與韻類相逢之數。韻類以《廣韻》之次第而聲類則以陳澧系聯發現所得之先後爲次第。

2. 先計算每一聲類發現於若干韻類之中，再計算每一聲類與其他聲類與此韻中相逢之數。如：

81 丑	0	10	53	54
	多	都	陟	之…

即丑類見於 319 韻中 81 次，其與多相逢 0 次，與都相逢 10 次，與陟相逢 53 次，與之相逢 54 次，餘類推。

3. 兩類相逢機率之數爲兩類發現之數相乘除以 319 即 ab／319。其對數化之公式爲：log（ab）+log319-loga-logb。

4. 以相逢之數與機率求得兩類之相協或衝突。

5. 依此可得《廣韻》聲類概可分兩大群組。

甲群：A 組—之（照三）、昌（穿三）、食（床三）、式（審三）、時（禪）、
　　　　　而（日）、此（清四）、疾（從四）、徐（邪）、以（喻四）
　　　　　10 組。

　　　B 組—側（照二）、初（穿二）、士（床二）、所（審二）、陟（知）、
　　　　　丑（徹）、直（澄）、女（娘）、力（來）9 組。

　　　C 組—方（非）、芳（敷）、符（奉）、武（微）、于（喻三）5 組

　　　D 組—居（見三）、去（溪三）、渠（群）、許（曉三）4 組

乙群：E 組—多（端）、都（端）、他（透）、徒（定）、奴（泥）、盧（來）、
　　　　　郎（來一）、昨（從一）8 組

　　　F 組—博（幫）、普（滂）、蒲（並）、莫（明）4 組

　　　G 組—古（見一）、苦（溪一）、呼（曉一）、胡（匣）、烏（影一）
　　　　　5 組

無從歸類：五、匹、子、七、蘇、於 6 類。

6. 兩類同組又永不相逢者爲同類。準此得《廣韻》聲類五十一。

陸氏以統計方法求《廣韻》聲類，其結果實有諸多值得商榷之處。陸氏既以陳澧系聯具有偶然因素，則其統計就不應於陳澧系連所得之五十一類基

計之列。

礎上作分類，而應將所有切語上字逐一爲統計之類別，以求其機率，此其失者一。直接累加陳澧系聯之聲類，爲統計之結果，而不以統計爲分析方法，實無從證明其爲同類與否，此其失者二。

《廣韻》切語中，有只出現一次二次者，於統計上數值過小，其正確性相對減少，此其失者三。統計所得數據，無法顯示其分類界線，其所謂「超乎機率」或「遠不及機率」，界線模糊。此其失者四。陸氏統計法所得聲類實爲四十五，餘則用排比之法以濟其窮。而系聯有誤，則排比亦不能有正確之結果，此其失者五。陸氏保留「匹」字之歸類，實際上統計所得當爲五十二類，實與所言不符，此其失者六。此六者實已明陸氏之《廣韻》五十一聲類，有大缺失。其統計所得五十一紐之數，本師陳伯元先生謂：

> 陸氏之統計法，實以系聯法爲出發點，中間排除部分例外，再通過排比法，終於又沿用系聯法，迂迴區折，煞費心機，始勉強符合預期之結論。其實乃陸氏心中原有 51 類之主見，於是遂有意將數字分析，使大體接近 51 聲類，實非統計法眞有此妙用，而得出如此結果。〔註102〕

陸氏五十一聲類說，非謂唐代聲類有五十一之數，而是今本澤存堂《廣韻》切語上字，相互系聯者，實有五十一類。如此則從陳澧系聯之法即可得之，陸氏大費周章，引用西學統計學公式所得，實不能稱有意義之統計。其五十一類聲母雖與曾氏五十一聲類之數相同，然則其內容實則不同。曾氏以鴻細條件分聲類，有其結構之正確性。陸文之注十九，引曾氏《切韻》五聲五十一紐考之說。然陸氏全文未見稱引曾氏「鴻細侈弇」條例之精神。則依統計所得五十一之數，或即其心中之聲類而已。

四、周祖謨〈陳澧《切韻考》辨誤〉〔註103〕

守溫三十六字母後，至陳澧始再辨聲類，陳文雖名《切韻考》，實自《廣韻》求之。周氏論陳澧《切韻考》，自〈聲類考〉之辨誤而論《廣韻》之聲類，又自〈韻類考〉之辨誤，而論《廣韻》之韻類。韻類非本章論述範圍，先存

〔註102〕陳新雄《廣韻研究》（臺北：臺灣學生書局，2004 年 11 月），頁 243。
〔註103〕周祖謨〈陳澧《切韻考》辨誤〉《問學集》，（北京：中華書局，2004 年 7 月），頁 517～580。

而不論。周文之論聲類，以爲陳澧系聯切語上字之法，有正例，有變例。以切語上字同用、互用、遞用者，聲必同類之關係，而爲切語上字之系聯，此即正例；切語上字實同類而不能以正例系聯者，據《廣韻》一字兩音，互注切語。同一音之兩切語，聲必同類，以及《廣韻》四聲相承之關係，再爲系聯。此即變例。

　　陳氏用正例以系聯《廣韻》，其數當爲五十一；此五十一聲類如再據變例系聯，則聲類不及四十。而陳氏系聯《廣韻》所得聲類之數字何來？周文以爲實有檢討之必要。陳氏以正例系聯，而見類之「古」、「居」，溪類之「康」、「去」，曉類之「呼」、「香」，來類之「盧」、「力」，均判然爲二類，陳氏據變例合之。然端類之「多」與知類之「張」，定類之「徒」與澄類之「除」，泥類之「奴」與娘類之「尼」，非類之「方」與幫類之「邊」，敷類之「敷」與滂類之「滂」，奉類之「房」與並類之「蒲」等十二類，亦皆可據互助切語之變例而系聯爲六。而陳澧未用，則陳氏於分合之理未一，全憑己意，欲分則分，欲合則合。其聲類四十之數，實理有未塙。

　　又周氏以爲《廣韻》中之又音又切至爲凌亂，不能與小韻之切語齊觀。其中又往往有類隔，如上所舉「多」、「張」，「徒」、「除」之例皆是。至於以《廣韻》中切語與唐五代韻書所用切語相較，類隔之例亦屢見不尠。如《廣韻》平聲六脂之「邳，符悲切」，《切三》、《王二》與《廣韻》同，而《切二》作「蒲杯切」；又如《廣韻》入聲十月之「越，王伐切」，而《切三》則作「戶伐切」，此皆其例。且又音與正切，二者未必同爲一系統之音，〔註104〕用作系聯之條件，實有乖忤。

　　陳澧系聯之法既不可盡信，則《廣韻》切語上字當爲何？周氏以爲自陳澧之後，學者別創有統計法與審音法以析辨《廣韻》聲類。前者如白滌洲，而後者如曾運乾。所謂統計法者，實爲統計切語上字於四等中出現次數之多寡，以分析其分類之趨勢。統計數中知切語上字與一二四等爲切，不與三等爲切，其中偶有例外，但大勢若此。故以切一二四等者爲一類，切三等者爲一類。切語有二類之分，一如陳氏據變例而合者，實當應自然別爲二類。白氏於是定《廣韻》聲類四十七。此四十七類實際上即自陳氏四十類上，別出

〔註104〕周祖謨文中引陸志韋語。陸文在〈證《廣韻》五十一聲類〉《燕京學報》25 期，
　　　　（1939 年 06 月），頁 12。

古、居，康、去，五、疑，莫、文，烏、於，呼、香，盧、力共七類中各爲二類，是爲四十七聲類。周文於統計法之例，雖只舉白滌洲。事實上，同樣用統計之法分析《廣韻》切語上字者，陸志韋有五十一聲類之數。至於審音之法以曾運乾爲例，曾氏乃是根據反切之法，聲鴻音侈，聲細音弇之條例，以辨其聲類，得五十一之數。

周氏對於曾氏審音之法以求《廣韻》聲類，自陸法言切韻序中「先仙尤侯，俱論是切」一語而悟得前代反語上下字之間有鴻細侈弇之對應關係，是「誠爲有見」。曾氏於陳澧四十聲類之基礎上，再分微、見、溪、疑、影、曉、來七母爲二類，此與高本漢四十七類說全同。又分精、清、從、心爲二，必以喻母三等之于爲匣母細聲「更爲精密」。可見周氏對於曾氏五十一聲類是持正面肯定的態度。然則於此亦有所評述。

周氏謂曾氏能分精四母爲二，其條件爲鴻細。鴻聲者，即一二四等字，細聲者，即三等字，其分別一如見一與見二。惟以「子」、「七」通用一二等，則又近於以一二等爲鴻聲，三四等爲細聲。周氏於此未有進一步評述，惟曾氏顯然爲例不純。其次，曾氏之「聲鴻者音侈，聲細者音弇」條例，以爲乃前代切語之大界。然《廣韻》切語，每有以鴻聲切弇音者，及以細聲切齒音者。兩類相通，難定其蹊畔。曾氏概以「類隔」視之，而無進一步論述，周氏亦以爲所論實有未備。

周氏又謂曾氏能以喻母三等爲匣母之細聲，與其古聲類之喻母古讀相證，誠爲創見。並以二事爲證。一爲隋以前匣于爲雙聲。如《經典釋文》:「皇，于況反，又云胡光反」等。二爲隋唐韻書，匣于有互切之例。如顧野王原本《玉篇》:「佑，胡救反」，今本《玉篇》:「佑，于救反」。又齊王融詩與北周庾信詩，皆匣于間用，可見匣于雙聲宋齊至梁陳，皆無疑義。

周文於曾氏論述頗多，亦有引羅常培引曾氏之說，定匣爲[ɣ]，于爲[ɣj]二者實同一音位。至於喻母，周文以「喻」，宋人韻圖列於四等，然則所切之字皆三等之細音。《廣韻》中惟海韻有「䏽，與改切」、「佁，與改切」，曷韻有「擖，予割切」三字爲鴻音，然皆不見於唐本殘韻，其音讀不從高本漢作零聲母之[ø]，而是作[j]。此證之以唐人翻譯佛經，以ɣ[j]爲輔音者，均以喻母字譯之。如《維摩經》注三，以「刪闍夜毘羅胝子」譯「Sañjayavāiraṭṭi

—Putra」，即以喻母字「夜」譯「–ya–」而華梵對音之例，如夜、洩、耶、野、延、衍、夷、演、葉、與、鹽、欲、曳、庚、踰、由、遊、聿、瑜、藥、琰、預、逸、也、孕、炎，以上諸字無一非喻母字，而于母字絕不見用。即此，周氏以爲喻母當構擬爲[j]。

周氏同意《廣韻》切語上字以鴻細分二類，又以于爲匣之細聲，此皆同於曾運乾之說。惟周氏以曾說言鴻細之辨，惜未能示人以必然，又於例外者無所論述。而陸志韋以統計之法，能於形式上爲之證明，而宣倡其五聲五十一聲類之意，兼論音讀。周氏更申論其喻于二母之義，以爲依反切上字分組，《廣韻》聲類當爲五十一。以音位論，則當爲三十六，誠能徵曾氏之說者。周氏五十一聲類，名稱與曾氏稍異而實質則一，列表如下。

表六八　周祖謨《廣韻》五十一聲類表

幫一	滂一	並一	明一		
幫二	滂二	竝二	明二		
端	透	定	泥	來一	
知	徹	澄	娘	來二	
精一	清一	從一	心一		
精二	清二	從二	心二	邪	
莊	初	牀	山		
照	穿	神	審	禪	日
見一	溪一		疑一		
見二	溪二	群	疑二		
曉一					
曉二					
匣					
匣二					
喻					
影一					
影二					

五、董同龢《漢語音韻學》〔註105〕

董同龢雖無專文論述曾運乾之五聲五十一紐，但其《漢語音韻學》一書中，自陳澧系聯《廣韻》切語上字論述《廣韻》之聲類，以為陳澧用基本條例系聯切語所得，當多於四十類，又據補充條例合者，數不過三十上下。又切語往往有許多錯誤，足以影響陳氏系聯結果。惟董氏主張：「《廣韻》的反切上字，可依曾運乾氏訂為五十一類。」〔註106〕董氏以為如果反切是一種容易用得很精確的拼音法。只要運用陳澧兩條基本條例，即可以將《廣韻》所有切語系聯起來，但事實並非如此。其主要原因有三：

（一）反切之原則是上字只取其聲母而下字只取其韻母，然上字之韻母與下字之聲母仍不可避免的影響拼合，於是會有如下平聲八戈有「鞾，許戈切」；又去聲三十二霰有「縣，黃練切」等不合常軌之切語產生。

（二）陸法言作《切韻》有所承於前人之作。切語中必有早於法言時期之音切存在，而與《切韻》時期之音不符。如去聲五十九鑑有「覽，子鑑切」；去聲三十六效有「罩，都教切」。這些例外切語大者足以使聲類或韻類系聯為一，小者使聲類或韻類不同之字誤併入他類之中。前例之「鞾，許戈切」可使戈韻三類併為二類；「罩，都教切」之例，雖不影響聲母分類，然「罩」與「都」聲母明顯不同類。

（三）韻書中切語非一時一人所造，並未注意到系聯。此於系聯時可能造成誤為系聯或不系聯者。陳澧所謂：「實同類而不能系聯者」即其一。然就邏輯上而言，陳澧此語實為矛盾。既不能系聯，何以知其為同類，又據錯誤之切語系聯，亦可能本為兩類而誤為一類。

陳澧用基本條例與兩個補充條例為方法，系聯《廣韻》所有切語，證得《廣韻》聲類四十。四十類之說或仍有所失誤，然陳氏能悟得此理，亦為卓見。

董氏也對陳澧系聯方法可能的缺失，提出其疑問。

（一）陳澧分析條例之「聲同類者韻必不同類」或反之。如果不參考其

〔註105〕董同龢《漢語音韻學》，（臺北：文史哲出版社，2000年04月），頁92～97。

〔註106〕董同龢《漢語音韻學》，（臺北：文史哲出版社，2000年04月），頁92。

他資料，容易造成誤判。如上聲五旨中，有切語下字有「癸、誄、軌、洧、美、鄙」六字本可以系聯：癸_{居誄切} → 誄_{力軌切} → 軌_{居洧切} → 洧_{榮美切} → 美_{無鄙切} ⇆ 鄙_{芳美切}癸，居誄切，軌，居洧切，癸與軌上字同用「居」，依據陳澧分析條例，則癸與軌下字必不同類。則「癸，居誄切」下字或誤，然何嘗不可說「誄，力軌切」下字或誤。是以不能斷其正誤，亦有可能二字皆誤。

（二）不能系聯之兩類，或本即不同類，或以兩兩互用之故。如下平聲豪有切語下字「袍、毛、褒」爲一類，而「刀、勞、曹、遭、牢」爲一類，二類不系聯。陳澧因三十二皓與三十七號都只一類，因而系聯豪韻兩類爲一類，而未考慮豪韻之脣音不與皓、號同之事實。（案：董氏此說已就聲而別韻，豪韻之分二類，乃是據聲而分。是以聲與韻非爲無涉，說與曾氏同義。）

（三）陳澧補充條例用

《廣韻》又音又切，亦有資料引用錯誤之可能。《廣韻》又音全抄引前人音切，其中錯誤者有，類隔者有，較之正切之音，實非一嚴謹之音切。如此也大大影響到陳澧系聯《廣韻》，以求《切韻》之故的成績。

開創者難爲功，陳澧系聯雖未臻完備，但實在是「由於反切的本質以及韻書的背景先天的就決定了。」雖則如此，陳澧所求得知結果，亦足以表現「中古聲母韻母類別的大概」。其方法與成果確實影響到後來音韻學者之研究。在陳澧的基礎上，再用其他資料補充，所得的結果「才會近乎事實的中古聲韻母的系統」。而董氏也主張：「如果儘可能的分，廣韻的反切上字可依曾運乾氏訂爲五十一類。」董氏用曾氏之成果，名稱稍有不同，內容則大抵相同。其所謂「界限不是十分清楚」者大概如曾氏鴻細之例中鴻細侈弇互通之類。表列如下。

表六九　董同龢與曾運乾《廣韻》五十一聲類名稱比較表

曾氏 聲類	董氏 聲類	切　語　上　字
幫一	博類	博北布補邊伯百晡
非二	方類	方甫府彼卑兵陂并分筆畀鄙封

滂一	普類	普匹滂譬
敷二	芳類	芳敷撫孚披丕妃峯拂
並一	蒲類	蒲薄傍步部白裴捕
奉二	符類	符扶房皮毗防平婢便附縛浮馮父弼苻
明一	莫類	莫模謨摸母矛
微二	武類	武亡彌無文眉靡明美綿巫望

以上各類，「博」與「方」，「普」與「芳」，「蒲」與「符」，「莫」與「武」，界限不是十分清楚

端	都類	都丁多當得德冬
		多、得、德與丁、都、當、冬不系聯，陳氏據補充條例併
透	他類	他吐土託湯天通台
定	徒類	徒杜特度唐同陀堂田地
泥	奴類	奴乃那諾內妳
孃二	女類	女尼拏穠

「奴」、「女」兩類依據又切可以系聯

知	陟類	陟竹知張中珠徵追卓珍
徹	丑類	丑敕恥癡楮抽
澄	直類	直除丈宅持柱池遲治場佇馳墜
精一	作類	作則祖臧
精二	子類	子即將資姊遵茲借醉
清一	倉類	倉千采蒼麤麁青醋
清二	七類	七此親遷取雌且
從一	昨類	昨徂才在藏酢前
從二	疾類	疾慈秦自匠漸情
心一	蘇類	蘇先桑秦速（秦當為素之誤）
心二	息類	息相私思斯辛司雖悉寫胥須

以上八類，作與子，倉與七，昨與疾，蘇與息，界限都不十分清楚。

邪	徐類	徐似祥辭詳寺辭隨旬夕
照二	側類	側莊阻鄒簪仄爭
穿二	初類	初楚測叉芻廁創瘡
牀二	士類	士仕鋤鉏牀查雛助豺崇崱俟
		《廣韻》「俟，牀史切」，屬本類，切韻殘卷與王仁昫刊謬補缺切韻都是「漦史切」，「漦」又是「俟之切」，兩字自成一類，不與其他的字系聯。
審二	所類	所山疏色數砂沙疏生史

照三	之類	之職章諸旨止脂征占支煮
穿三	昌類	昌尺充赤處叱春姝
牀三	食類	食神實乘示
審三	式類	式書失舒施傷識賞詩始試矢釋商
禪	時類	時常市是承視署氏殊寔臣殖植嘗蜀成
見一	古類	古公過各格兼姑佳乖
見二	居類	居舉九俱紀几規吉詭
溪一	苦類	苦口康枯空恪牽謙楷客可
溪二	去類	去丘區墟起驅羌綺欽傾窺詰袪豈曲卿棄乞
以上四類，古與居，苦與去，界限並不十分清楚。		
群	渠類	渠其巨求奇暨臼衢強具狂跪
疑一	五類	五吾研俄
疑二	魚類	魚語牛宜虞疑擬愚遇危玉
影一	烏類	烏安烟鷖愛哀握
影二	於類	於乙衣伊一央紆憶依憂謁委挹
曉一	呼類	呼火荒虎海呵馨花
曉二	許類	許虛香況興休喜朽羲
以上六類，五與魚，烏與於，呼與許，界限並不十分清楚。		
匣一	胡類	胡戶下侯何黃乎護懷穫
匣二	于類	于王雨爲羽云永有雲筠遠韋洧榮蘁
喻	以類	以羊余餘與弋夷予翼移悅營
來一	盧類	盧郎落魯來洛勒賴辣練
來二	力類	力良呂里林離連縷
盧與力界限不十分清楚。		
日	而類	而如人汝仍兒耳儒

六、時建國〈曾運乾《切韻》五十一紐說〉[註107]

　　時文主要自曾氏考訂五十一聲紐之方法上作說明，認爲曾氏是從《切韻》反切用字之規律，與切語上下字配合中，審辨聲類，並肯定其審音之精確；同時也評論引用資料與方法上之缺失，並引證其他學者，對於五十一聲紐支持之說法，確立學說重要性。此外，曾氏之際，西方語言學研究方法之影響，

〔註107〕時建國〈曾運乾《切韻》五十一紐說〉，《西北師大學報》第 35 卷第 5 期，（1998年 10 月），頁 47～51。

曾氏未能就其考訂《切韻》五十一紐之內容進行音值構擬，遂以曾氏學生郭晉稀意見，填入五十一紐音值，以作爲學說之補充。最後以齒頭音爲例，進一步探討相關音理。據此文可對曾氏《切韻》五十一紐之學說，能有基本之認識。

瑞典學者高本漢，自民國四年以來，至民國十五年完成之《中國音韻學研究》一書，引西方語言學研究方法，對於舊學之研究，起重大之變革，尤其在於漢語研究部分所帶來之影響。時氏稱曾氏考訂五聲五十一紐，是使用了審音之法，又認爲：「曾運乾就是這一時期持舊術，因舊材料以研究《切韻》和古音頗有成就，影響極大的舊派音韻學家。」〔註108〕高本漢著作於當年，曾氏是否得以與聞，並沒有相關資料。但現在重新審視曾氏學術研究，審音雖自江永、戴震以來所用之研究方法。曾氏音學雖持舊資料，但並未只固守舊學，仍能自反切、文字諧聲、韻等與方音，以審音爲研究之法。是以，未能單視曾氏爲舊派學者，非其學書之固陋。

時氏文中亦介紹曾氏「音侈者聲鴻，音弇者聲細」理論由來。云：

> 採用審音法以補系聯法之不足，他在陸法言「輕重有異」的啓發下，用「鴻細侈弇」爲審音標準，認爲《切韻》音系不只韻類有洪細的區別，聲類也有洪細的不同。聲類和韻類的洪細正好相應。
>
> 他將聲類的洪細用「鴻細」表示，韻類的洪細用「侈弇」表示。

此段話之重點點出一般對於洪細概念一直侷限於江永論韻之區分上，而不能釐清曾氏所謂「音有正變，韻有侈弇，聲有鴻細」是以正變別音，以侈弇別韻，以鴻細別聲之分別。至於聲類和韻類之洪細正好相應之說法，引黃淬伯《慧琳一切經音義反切攷》一書中所謂：「韻等均一」〔註109〕與趙元任之「介音和諧」〔註110〕之概念相應。於陳澧系聯之基礎上，又根據〈《切韻》‧序〉中所揭示鴻細侈弇之對應關係，訂五聲五十一紐。舌聲八母，端鴻而知細；脣聲八母，幫鴻而非細。此人所皆知，曾氏能分精、清、從、心四母有鴻細，

〔註108〕時建國〈曾運乾《切韻》五十一紐說〉，《西北師大學報》第 35 卷第 5 期，（1998年 10 月），頁 47。

〔註109〕黃淬伯《慧琳一切經音義反切攷》，（臺北：中央研究院歷史語言研究所，1993年 2 月）。

〔註110〕趙元任〈中古漢語裡的語音區別〉，《哈佛燕京學報》第五卷第二期，1941 年。

而不以莊、初、床、疏爲細，又能別喻三爲匣之細聲，實審音精確。

　　惟時文中言，曾氏於審定音類之時，並未將考訂所得，構擬音值，也未運用音位學之原則將鴻細兩類適當的合併，從而歸納整理整個中古語音之聲母系統一言，則理有未當。構擬音值，審定音位。均爲西學研究方法下之新學問，實不可苛責於曾氏。時氏將曾氏所考訂五十一紐，依曾氏學生郭晉稀之意見填入構擬之音值，可以作爲曾氏學說之補充。

表七十　郭晉稀構擬《廣韻》五十一紐音值表

影一 [ʔ]	影二 [ʔ(i)]	見一 [k]	見二 [k(i)]	溪一 [kʻ]	溪二 [kʻ(i)]	群 [g(i)]	曉一 [x]	曉二 [x(i)]
匣一 [ɣ]	匣二 [ɣ(i)]	疑一 [ŋ]	疑二 [ŋ(i)]	端 [t]	透 [tʻ]	定 [d]	泥 [n]	知 [ȶ(i)]
徹 [tʻ(i)]	澄 [ȡ(i)]	以 [j(i)]	娘 [ȵ(i)]	章 [tɕ(i)]	昌 [tɕʻ(i)]	船 [dʑ(i)]	書 [ɕ(i)]	禪 [ʑ(i)]
日 [nʑ(i)]	來一 [l]	來二 [l(i)]	精一 [ts]	精二 [ts(i)]	清一 [tsʻ]	清二 [tsʻ(i)]	從一 [dz]	從二 [dz(i)]
心一 [s]	心二 [s(i)]	邪 [z(i)]	莊 [tʂ(i)]	初 [tʂʻ(i)]	崇 [dʐ(i)]	生 [ʂ(i)]	幫一 [p]	幫二 [p(i)]
滂一 [pʻ]	滂二 [pʻ(i)]	並一 [b]	並二 [b(i)]	明一 [m]	明二 [m(i)]			

　　時文對群、定、澄、從、崇、並等全濁聲母音值均構擬爲不送氣。全濁聲母送氣與否？各家構擬不同。李光地〈等韻辨疑〉：「群，北方爲溪濁聲，男方爲見濁聲，……」亦即群母在南音爲送氣全濁聲母，於北音則爲不送氣全濁聲母。此爲曾氏《音韻學講義》中所稱引，郭氏之構擬，是否代表曾氏《廣韻》五十聲紐，實際上是比較接近於北音？仍實有待商榷。董同龢《漢語音韻學》：

　　　　送氣與否，因爲方言中頗不一致，倒難作有力的推斷，照理想，
　　　　說送氣消失而變不送氣的音總比說本來不送氣而後加送氣好一
　　　　些，所以我們擬定並母中的中古音是bʻ──[註111]

時文又引郭氏，對於聲母第二類都構擬了[i]的介音，因此聲類就有了鴻細的

〔註111〕董同龢《漢語音韻學》，（臺北：文史哲出版社，1998 年 10 月），頁142。

區分。郭氏言：「反切上、下字的介音有求相同的趨勢。曾師審音之法，實際是以介音和諧爲其主張。」以鴻細分影、曉、見、溪、疑、來、精、清、從、心爲兩類。然中古正齒音有兩類，其一爲照二細聲，其二爲照三，仍是細聲。時文引郭氏看法，認爲在讀音上，二者沒有區別，其中古音值同爲[tʂ]，因爲[tʂ]的發音特性，使後接的介音，由舌面前高元音[i]變爲舌尖高元音[ɿ]。也就是說正齒音的音值[tʂ（i）]、[tʂʻ（i）]、[dʐ（i）]、[ʂ（i）]實際上應爲[tʂ（ɿ）]、[tʂʻ（ɿ）]、[dʐ（ɿ）]、[ʂ（ɿ）]。這樣的變化使[tʂ（ɿ）]在正韻的弇音（三等韻）中出現時，[ɿ]具有調和捲舌聲母[tʂ]與後接韻母介音[i]，二者在發音部位上不甚相合的作用；而在變韻的侈音（二等韻）中，由於侈音無[i]介音，因此[ɿ]不必具有調和作用，但它在同侈音拚合時，由於[ɿ]和[tʂ]等的發音部位相同，[ɿ]聽起來似乎被吸收在聲母[tʂ]等裡邊，所以於寬式音標中[ɿ]沒有被標示出來，而事實上，莊組聲母在同二等韻母拼合時，都帶有一個相當於中隔流音的[ɿ]，例如[ctʂɿa]寫作[ctʂa]。由於時建國認同郭氏的意見，認爲曾氏五十一聲紐分鴻細二類，並非音位問題而是鴻細問題，基本上仍是同一音。如果將（i）視爲聲的區分，以爲與第一類聲母之區分。郭氏又將其合併爲三十六類，並構擬音值如下。

表七一　郭晉稀合併五十一聲類爲三十六聲類及其音值構擬表

喉	影	[ʔ]	曉	[x]	匣喻三	[ɣ]	以喻四	[j]		
牙	見	[k]	溪	[kʻ]	群	[g]	疑	[ŋ]		
舌	端	[t]	透	[tʻ]	定	[d]	泥	[n]		
	知	[ȶ]	徹	[ȶʻ]	澄	[ȡ]	娘	[ȵ]		
齒	精	[ts]	清	[tsʻ]	從	[dz]	心	[s]	邪 [z]	
	莊	[tʂ]	初	[tʂʻ]	崇	[dʐ]	生	[ʂ]		
	章	[tɕ]	昌	[tɕʻ]	船	[dʑ]	書	[ɕ]	禪 [ʑ]	日 [nʑ]
脣	幫	[p]	滂	[pʻ]	並	[b]	明	[m]		

　　用[i]來區分聲紐兩類鴻細，其中最大的問題是，如果[i]是介音，那區分應該在韻類，韻類自有其侈弇，則聲類不能以[i]爲區分鴻細條件。如果[i]是聲類的後綴，而區分聲的鴻細，則與韻的侈弇如何結合？時氏用郭氏意見填曾氏五十一聲紐音值，看似符於音理。但對照系二三兩等聲類意見與全濁聲母是否送氣，又以[i]爲聲類區分條件，構擬音值。最後合併五十一聲類鴻細

爲三十六類等，只能是時氏引用郭晉稀氏意見，不能爲曾氏之論。但以「介音和諧」解釋曾氏鴻細侈弇，則甚爲的當。

第五節　小　結

　　曾氏音學大部分刊行於《音韵學講義》一書中。是書唯見五十一聲紐分鴻細之目，未見其將聲類鴻細一一比對於《廣韻》中所有切語。音韻家於曾氏學說之五聲五十一紐，評論最多者，在《廣韻》切語中，鴻聲而切弇音者，或細聲而切侈音者，爲數甚夥。於是對於曾氏五十一聲紐說，每不以爲然。今以曾氏之法，分聲鴻聲細，更以《廣韻》中所有切語爲範圍，逐一比對統計其條例之正確性。以統計結果析之，《廣韻》切語概可分作二類，其一爲鴻聲切一二四等字，另一爲細聲切三等字。其中亦有互用者，可視爲例外。齒音之細聲，即照二四母，本切弇音，曾氏條例，雖言「聲鴻者例用侈音，聲細者例用弇音。」惟其中有特例在。即正韻之侈音用鴻聲十九，弇音用細聲三十二；變韻之侈音用喉、牙、脣用鴻聲，舌、齒用細聲，合亦十九。而變韻之弇音用細聲三十二，舌齒無字，故都在喉、牙、脣聲中。

　　變韻之侈音即《廣韻》中二等字，本例用鴻聲十九。今喉、牙、脣，用鴻聲，即用影一、見一、溪一、曉一、匣一、疑一、幫、滂、並、明十母；舌、齒用細聲，即用精二、清二、從二、心二、邪、照二、穿二、牀二、審二共九母，合十九。此曾氏「鴻細侈弇」中最難辨識者。論者往往止於「聲鴻音侈，聲細音弇」之論，而略此精要。舌齒細音中，如以例切弇音覈之，則以照二之四母出例最爲多數，致使「鴻細侈弇」例外者近所有切語之 12%，達四百五十四例之多。此亦曾氏《廣韻》聲類之說，最爲人詬病之處。如以曾氏特例釋之，則《廣韻》切語在「鴻細侈弇」之外者，僅所有切語之 5.49%，計二百三十五例，其數或許不能謂多。侈音照二之四母本即置於韻圖二等，今用以切變韻之侈音，即《廣韻》中二等字，實聲韻相諧。此曾氏於「聲鴻音侈，聲細音弇」外，別用特例，以合其「鴻細侈弇」之切語大旨，此尚未見有論及此者。

　　曾氏《廣韻》聲類主張五聲五十一紐說，而鴻細對應。諸家於《廣韻》聲類之數或各有主張，且存而不論。評述曾氏之說者，大抵病其鴻細侈弇，出例過多。而主張《廣韻》聲類五聲五十一紐者，則大抵同意聲有鴻細之別。

以陳澧正例系聯爲基礎，即得五十一類。其五十一類之區分，非關音位而在鴻細，用高本漢三等有[i]介音之說法分之。

第五章　曾運乾之《廣韻》學
——韻類之部

　　《廣韻》韻部自今宋本《廣韻》覈之，其韻目以四聲分五卷，平聲以韻
目較多之故，分東韻至山韻共二十九韻爲上平聲，自先韻至凡韻共二十八韻
爲下平聲，合五十七韻。韻書之緣起，今知最早見錄者爲魏·李登《聲類》，
惟書已不存，未能詳知其體例。曾氏《音韵學講義·廣韻之沿革》謂：「李登
《聲類》，實爲我國以聲爲經之第一部書，猶呂靜《韻集》爲我國以韻爲經之
第一部書也。」〔註1〕呂靜之書亦不存於世，而《廣韻》則本於隋·陸法言《切
韻》，亦以韻爲經。〈《切韻》·序〉言其著作之精神在「論南北是非，古今通
塞。」《廣韻》既本於《切韻》，是亦能上通古韻之正變侈弇，旁通時韻之南
北是非。

　　《廣韻》雖本之《切韻》，今以敦煌出《切韻》殘卷以校《廣韻》，其部
目數量與次第，則有所不同。又《廣韻》既本之《切韻》，而存古今南北之音。
然音有流變，今音自不同於古音，遂致扞格於脣吻。於是而有同用、合用、
獨用之則以備修文，其後而有《平水韻》。

　　曾氏之論《廣韻》，重古今音之流變。於音有正變之分，於聲類有鴻細之
別，於韻類亦不得不有侈弇之判。如此剖析精微而又環環相扣，言聲不能離

〔註1〕曾運乾《音韵學講義》，（北京：中華書局，2000 年 11 月），頁 112。

韻，而言韻亦不能離聲，此誠曾氏音學之精神。

第一節　《廣韻》部目原本陸法言《切韻》

　　《廣韻》之部目與其次第，本之陸法言《切韻》，此說自宋・李燾、王應麟，明・顧炎武，清・戴震等人之考訂，均無異說。至敦煌石室出《切韻》殘卷，舉其部目與次第以覈於今本《廣韻》，則大同而小異。

一、自韻部證《廣韻》本於《切韻》

（一）韻部之數目

　　《廣韻》平聲五十七韻，上聲五十五韻，去聲六十韻，入聲三十四韻，合二百六韻；而《切韻》則平聲五十四韻，上聲五十一韻，去聲五十六韻，入聲三十二韻，合一百九十三韻。

表七二　《切韻》與《廣韻》韻部數量比較表

平聲上	《切韻》	二十六韻	《廣韻》	二十八韻
平聲下	《切韻》	二十八韻	《廣韻》	二十九韻
上聲	《切韻》	五十一韻	《廣韻》	五十五韻
去聲	《切韻》	五十六韻	《廣韻》	六十韻
入聲	《切韻》	三十二韻	《廣韻》	三十四
總計	《切韻》	一百九十三韻	《廣韻》	二百六韻
《切韻》較《廣韻》韻部少十三韻				

　　王仁昫《刊謬補缺切韻》較陸法言《切韻》多上聲「广」（即《廣韻》之「儼」韻）、去聲「嚴」（即《廣韻》之「釅」韻）二韻而為一百九十五韻。孫愐《唐韻》天寶本又較王書增平聲「移」、「諄」、「桓」、「戈」四韻，上聲增、「準」、「緩」、「果」三韻而無「儼」韻，去聲增「稕」、「換」、「過」三韻而無「釅」韻，入聲增「術」、「曷」二韻，凡二百五韻。〔註2〕

（二）韻部之分合

　　《切韻》平聲眞、寒、歌三韻即其上去入韻共十一韻，至《廣韻》則各

〔註2〕林尹著、林炯陽注釋《中國聲韻學通論》，（臺北：黎明文化事業公司，1989 年9 月），26～27。

以開合別爲二十二韻。上聲琰，去聲梵亦各別爲二，是以《廣韻》較之《切韻》於韻目上增加十三目。

表七三　《切韻》與《廣韻》韻部分合表

平聲		上聲		去聲		入聲	
切韻	廣韻	切韻	廣韻	切韻	廣韻	切韻	廣韻
眞	眞	軫	軫	震	震	質	質
	諄		準		稕		術
寒	寒	旱	旱	翰	翰	末	曷
	桓		緩		換		末
歌	歌	哿	哿	箇	箇		
	戈		果		過		
		琰	琰	梵	釅		

（三）韻部之次第

李舟《切韻》整理韻部次序，使平、上、去、入各韻以四聲相承。《切韻》下平聲以二十二添、二十三蒸、二十四登、二十五咸爲次第；《廣韻》下平聲則以十五青、十六蒸、十七登、十八尤爲次第。《切韻》下平聲八麻、九覃、十談、十一陽爲次第；《廣韻》下平聲則以二十一侵二十二覃二十三談二十四鹽爲次第。

《切韻》上聲以四十六忝、四十七拯、四十八等、四十九豏爲次第；《廣韻》則以四十一迥、四十二拯、四十三等、四十四有爲次第；《切韻》上聲以三十二馬、三十三感、三十四敢、三十五養爲次第；《切韻》上聲以四十七寢、四十八感、四十九敢、五十琰爲次第。

《廣韻》去聲四十六徑、四十七證、四十八嶝、四十九宥；《切韻》去聲殘缺，以平上之次第準之，當爲五十一添、五十二證、五十三嶝、五十四陷。《廣韻》去聲以五十二沁、五十三勘、五十四闞、五十五艷爲次第，《切韻》去聲殘缺，以平上之次第準之，當爲三十七禡、三十八勘、三十九闞、四十漾。

《切韻》與《廣韻》入聲則次第最爲不同，以表列之如下。

表七四　《切韻》與《廣韻》入聲韻部次第表

《切韻》	一屋	二沃	三燭	四覺	五質	六物	七櫛	八迄	九月	十沒	十一末	十二黠	十三鎋	十四屑	十五薛	十六錫	十七昔
《廣韻》	一屋	二沃	三燭	四覺	五質	六術	七櫛	八物	九迄	十月	十一沒	十二曷	十三末	十四黠	十五鎋	十六屑	十七薛

《切韻》	十八麥	十九陌	二十合	二一盍	二二洽	二三狎	二四葉	二五怗	二六緝	二七藥	二八鐸	二九職	三十德	三一葉	三二乏		
《廣韻》	十八藥	十九鐸	二十陌	二一麥	二二昔	二三錫	二四職	二五德	二六緝	二七合	二八盍	二九葉	三十怗	三一洽	三二狎	三三業	三四乏

　　二者部目確有殊異，遂有疑《廣韻》原本於李舟《切韻》，而不源於陸法言《切韻》者。王國維書〈書巴黎國民圖書館所藏堂寫本切韻後〉云：

巴黎圖書館所藏敦煌所出唐寫本《切韻》凡三種，第一種存上聲海至銑十一韻，四十五行復有斷爛。……第二種存卷首至九魚凡九韻。……第三種存平聲上下二卷，上聲一卷，入聲一卷。……先儒以《廣韻》出於陸韻，遂謂陸韻部目及其次第，與《廣韻》不殊，此大誤也。以余曩日所考，則《廣韻》部目次序并出李舟，而《切韻》、《唐韻》則自為一系。

今見陸氏書，乃得證成前說。〔註3〕

王國維以《切韻》、《廣韻》之部目與次第未能全合而有異說，確亦有理。然曾氏以為王說實亦有未碻，於是更為之證《廣韻》部目原本陸法言《切韻》。

〔註3〕　王國維《觀堂集林》卷八，《海寧王靖安先生遺書》第一冊，（臺北：臺灣商務印書館，1979年5月臺二版），頁339～346。

二、曾氏補證《廣韻》本於《切韻》

曾氏所持理由有八：〔註4〕

（一）故書皆主《廣韻》就《切韻》刊定。

王應麟《玉海》：

> 景德四年十一月戊寅，崇文院上校定《切韻》五卷，依九經例頒
> 行。祥符元年六月五日，改《大宋重修廣韻》。〔註5〕

如此，則景德年中所校者爲《切韻》，所頒行者，即重定之《切韻》而更名《大宋重修廣韻》，今稱《廣韻》。

丁度《集韻·韻例》：

> 近世小學寖廢，六書亡缺。臨文用字不給所求。隋·陸法言、唐·
> 李舟、孫愐，各加裒撰，以禆其闕。先帝時，令陳彭年、丘雍因
> 法言韻，就爲刊益。〔註6〕

丁度與陳彭年、丘雍同時而稍晚，所言「因法言韻，就爲刊益。」知所本者即陸氏韻。又今本《廣韻》卷首：「陸法言撰本」。

據以上所見，故書中皆主所刊定之《廣韻》皆言本之陸法言《切韻》。是證今之《廣韻》即本之陸氏《切韻》。

（二）《唐韻》之於《切韻》，雖有增注刊正，而未改法言韻部目

孫愐〈《唐韻》·序〉：

> 陸生《切韻》，盛行於世。然隨珠尚纇，虹玉仍瑕，注有差錯，文
> 復漏誤，若無刊正，何以討論。……輒罄謏聞，敢補遺闕，兼習
> 諸書，具爲訓解。〔註7〕

是以知《唐韻》據《切韻》，而是時《切韻》，傳抄既久，內容已不免漏略；而於注疏亦有所差錯。於是「輒罄謏聞」以爲補苴遺闕；又「兼習諸書」，再爲詳加訓解。至於部目則未嘗更動。宋景德四年，崇文院所校定之《切韻》，

〔註4〕 曾運乾《音韵學講義》，（北京：中華書局，2000年11月），頁115。

〔註5〕 王應麟《玉海》，（臺北：大化書局，1977年12月），頁890。

〔註6〕 丁度《集韻·韻例》，參見《小學名著六種》，（北京：中華書局，1998年11月），頁3。

〔註7〕 陳彭年《廣韻》，（臺北：洪葉文化事業有限公司，2007年9月），頁16。

其呈書表奏之標題爲：「陸法言撰本」更云：「更有諸家增字，及義理釋訓，悉纂略備載卷中，勒成一部進上。」〔註8〕知《廣韻》刊益法言撰本之處，只在三處。一爲校定；二爲增字；三爲釋訓。此外再無更動舊部之事。是以《廣韻》未改法言《切韻》部目，考法言《切韻》、孫愐《唐韻》、陳彭年《廣韻》，雖名三書，實同一書。

（三）《切韻》於唐初既為官韻，至宋而未改

封演《封氏聞見記》：

> 隋朝法言與顏魏諸公，定南北音，撰爲《切韻》，凡一萬二千一百五十八字，以爲文楷式。而先仙刪山之類，分爲別韻，屬文之士，苦其苛細。國初許敬宗等詳議，以其韻窄，奏合而用之。〔註9〕

許觀《東齋紀事·禮部韻》：

> 景佑四年，詔國子監，以翰林學士丁度修《禮部韻略》頒行。初崇政殿說書賈昌朝，言舊韻略，多無訓解。……以唐諸家韻本刊定。其韻窄者，凡十三處，許令附近通用。〔註10〕

王應麟《玉海》：

> 景佑中，直講賈昌朝請修《禮部韻略》，其韻窄者凡十有三，聽學者通用之。〔註11〕

以上所記，無論是「奏請合用」、「請令通用」、「詔許通用」，皆可證《切韻》之爲官韻，其有更革變異，增減刪移，皆一一奏請，非可自決。今未見《廣韻》中別注其更易刪移之處，是以證《廣韻》未改法言《切韻》部目。

（四）今所見《切韻》殘卷實奏請合用之卷，非陸氏撰本

《切韻》殘卷合眞諄爲一，寒桓爲一，歌戈爲一，說者以爲乃陸氏之舊，實則許敬宗奏請合用之卷。乃爲金·韓道昭《五音韻集》、王文郁《新刊韻略》之前身。寫韻者合而爲一，實非陸氏之舊撰。《廣韻》本爲審音，不爲

〔註8〕 陳彭年《廣韻》，（臺北：洪葉文化事業有限公司，2007年9月），頁12。

〔註9〕 封演《封氏聞見記》《四庫全書·子部·雜家》，（臺北：臺灣商務印書館），頁862～415。

〔註10〕 許觀《東齋紀事》，（臺北：新文豐書局，1984年），頁19。

〔註11〕 王應麟《玉海》，（臺北：大化書局，1977年12月），頁890。

屬文。故只於部目下詳載獨用、同用，以爲屬文之便。於二百六韻之部目，仍未擅改陸氏之撰本。是《廣韻》部目本於法言《切韻》部目。

（五）唐宋韻書嚴於審音，謹於改舊

《切韻》既爲官書，爲學子所遵行，則一字之改易，一音之增減，皆爲審愼，其中如有變革更易，必鄭重申明之。其例見於《廣韻》者，如三鍾韻「恭」字下有：「陸以恭、蜙、縱等入冬韻，非也。」三十三線韻「颮」字下有：「陸無訓義。」四十七證韻「瞪」字下有：「陸本作眙。」二十一麥韻「鬲」字下有：「陸入格韻。」此皆諸家於《切韻》一字之移易必加說明，一字之訛誤，必加辨白之例。〔註12〕知《廣韻》未改《切韻》部目。

（六）他書之引《切韻》，部目與今敦煌本，皆能相合

敦煌所出《切韻》殘卷，雖不得其全卷。然自他書稱引者，如〈《切韻》·序〉舉支脂魚虞，先仙尤侯；封演《封氏聞見記》所舉之先仙刪山，李涪《刊誤》所舉之東冬魚模，陳直齋《書錄解題》所舉之東冬鍾、魚虞模庚耕清青蒸登；與今本《廣韻》目次，悉相合應。是以《廣韻》未改《切韻》部目。

（七）舊引韻書中新舊韻部同列，《廣韻》部目以此折衷，並無更改

顧炎武《音論》，引宋·周必大跋蕭御史殿卷云：

> 《廣韻》入聲三十一洽，三十二狎通用，三十三業、三十四乏通
> 用，自唐迄本朝天禧中皆然，此舊韻也。仁廟初，詔丁度等撰定
> 《集韻》，於是移業爲第三十一，洽爲第三十二，而以狎乏附之，
> 此今韻也。〔註13〕

舊韻與今韻同列，則知官韻之部目次第，自唐以至於宋初，皆無更改，而所謂洽狎通用、業乏通用，則顧氏之「唐人功令」，即戴震所謂唐初許敬宗所詳

〔註12〕今宋本《廣韻》「颮」字下注云：「再揚穀，又小風也。」無「陸無訓義。」之句。王國維〈書吳縣蔣氏藏唐寫本唐韻後〉云：「蔣本廿三線『颮』字下注云：『陸無訓義』。五十五證『瞪』字下注云：『陸本作眙』。廿麥『鬲』字下注云：『陸入格韻』」參考王國維《觀堂集林》卷八，《海寧王靜安先生遺書》第一冊，（臺北：臺灣商務印書館，1979 年 5 月臺二版），頁 352。

〔註13〕顧炎武《音論》，《音學五書》，（北京：中華書局，2005 年 2 月），頁 26。

議奏合者之謂。今所見《切韻》殘卷，其入聲併術於質，併曷於末，部目只三十二，與周大必所稱舊韻三十四者不同。又殘卷洽二十二、狎二十三、職二十九、德三十業三十一、乏三十二，與周必大所稱舊韻次第亦皆不相應。知《切韻》殘卷，已經抄書人之刪併改移，以致失其部序，而乖駁音理。

（八）《廣韻》與李舟《切韻》部目異

李舟《切韻》雖已不存，然小徐本《說文解字篆韻譜》據李舟《切韻》，而大徐《說文解字篆韻譜・後序》所謂：「又得李舟所著《切韻》，殊有補益。」〔註14〕夏竦《古文四聲韻》，亦據李舟《切韻》，此二家與諸家有別者，在仙宣之分爲二韻，凡之併於嚴，此李舟《切韻》之特點。今《廣韻》則仙宣爲一韻，嚴凡爲二韻，與李舟《切韻》不同，此《廣韻》未改《切韻》部目之證。

以上八條爲曾氏自舊書之稱引，部目之對應，官書之奏改，審音屬文之有別，如此種種條件，而考定《廣韻》部目原本陸法言《切韻》。是以音學之據《廣韻》以求，可以明古韻今韻之分合，古聲今聲之節理，古音今音之脈絡。

第二節　《廣韻》之二百六韻

《廣韻》韻部分二百六韻之原因，本師陳伯元先生《廣韻研究》云：「《廣韻》韻部所以有二百六韻之多者，其原因有四。一因四聲之異，二因陰陽之別，三因開合之不同，四因古今字音之變遷。」〔註15〕所謂四聲之異，即一音而以聲調區分爲平、上、去、入四類，於是一音而有四音，一韻而四韻。如平聲之「東」，變爲上聲則「董」，變爲去聲則「送」，入聲則「屋」即是。所謂陰陽之別，即一音以韻尾結構不同而有陰聲、陽聲之區別。以元音收尾者即陰聲韻類。如「之」韻之以元音收尾即是。而與之韻對應之陽聲，即以鼻音收尾之「蒸」韻，「蒸」與「之」以元音相同，韻尾不同而區別。所謂開合不同者，即介音 u 之有無爲區分條件。有則爲合口音，無則爲開口音。如平聲一東爲開口一等，而二多爲合口一等即是。所謂古今音之變遷者，即今音與古音異而別爲一韻者。如平聲四江韻爲二等開口之音，爲東多之變音，

〔註14〕徐鍇《說文解字篆韻譜・後序》《四庫全書》，（臺北：臺灣商務印書館，1983 年
　　　　10 月），頁 223～984。

〔註15〕陳新雄《廣韻研究》，（臺北：學生書局，2004 年 11 月），頁 335。

又與陽唐韻別，故分立爲一韻。除以上四者外，又可以一音之洪細區分者。如三鐘爲合口三等，爲二多合口一等之細音，即以洪細又別出一韻者。如此則《廣韻》韻部爲二百六部。

　　《廣韻》二百六韻雖本於《切韻》，然則音字有其嬗遞流變。江永《音學辨微》嘗謂韻有四等：「一等洪大，二等次大，三四皆細，而四尤細。」黃侃則進一步說明一等者古本韻之洪音，二等者今變韻之洪音，三等者今變韻之細音，而四等者爲古本韻之細音。如此依其韻等，則知韻部之正變。而曾氏則以爲韻之侈弇非正變。段玉裁《六書音韻表》云：

　　　　古音分十七部矣，今韻平五十有七，上五十有五，去六十，入三
　　　　十有四，何分析之過多也？曰：音有正變也。音之斂侈必適中，
　　　　過斂而音變矣，過侈而音變矣。之者音之正也，咍者之之變也。
　　　　蕭宵者音之正也，肴豪者，蕭宵之變也。〔註16〕

段氏所謂「正、變」者，非謂正韻變韻之說，故非黃侃之正變。曾氏之論音謂音有正變，韻有侈弇，聲有鴻細，則韻之侈弇亦非正變。有關曾氏韻之正變，可參考本論文第三章。

　　韻之侈弇非音之正變，以下表爲說解，可以知其對應。如以舊說言正變，所謂一四等爲正韻，二三等爲變韻，實就等韻以言韻，只能言韻等所呈現之韻類，不能明韻之演變脈絡與相互關係。如「江」韻爲二等韻，舊說能言其爲今變韻之「洪」，不能言「江」乃「東」、「多」之變韻弇音；舊說能言「鍾」韻爲三等變韻，不能言「鍾」韻實正韻「東」之弇音，亦爲正韻。今就曾氏韻之正變侈弇關係，以表列之，明其分合演變之脈絡。

表七五　《廣韻》二百六韻及其正、變、開、合、齊、撮表〔註17〕

正變	等呼	四　　　聲			
		平聲	上聲	去聲	入聲
正	開	東一	董一	送一	屋一
正	合	東二	董○	送二	屋二
正	合	多	湩附腫	宋	沃

〔註16〕段玉裁《六書音韻表一‧古十七部音變說》，參見段玉裁注《說文解字注》，（臺北：黎明文化事業公司，1988年10月），頁823。

〔註17〕參考曾運乾《音韵學講義》，（北京：中華書局，2000年11月），頁135。

正	齊	鍾	腫	用	燭
變	開	江	講	絳	覺
正	齊	支一	紙一	寘一	○
	撮	支二	紙二	寘二	○
	齊	支三	紙三	寘三	○
	撮	支四	紙四	寘四	○
正	齊	脂一	旨一	至一	○
	撮	脂二	旨二	至二	○
	撮	脂二	旨二	至二	○
正	齊	之	止	志	○
變	齊	微一	尾一	未一	○
	撮	微二	尾二	未二	○
正	撮	魚	語	御	○
正	齊	虞	麌	遇	○
正	合	模	姥	暮	○
正	開	齊一	薺一	霽一	○
	合	齊二	薺二	霽二	○
正	齊	○	○	祭一	○
	撮	○	○	祭二	○
正	開	○	○	泰一	○
	合	○	○	泰二	○
變	開	佳一	蟹一	卦一	○
	合	佳二	蟹二	卦二	○
變	開	皆一	駭一	怪一	○
	合	皆二	駭二	怪二	○
變	開	○	○	夬一	○
	合	○	○	夬二	○
正	合	灰	賄	隊	○
正	開	咍	海	代	○
變	撮	○	○	廢	○
正	齊	眞一	軫一	震一	質一
	撮	眞二	軫○	震○	質二
正	撮	諄	準	稕	術
正	齊	臻	齔附軫	齓附震	櫛
變	撮	文	吻	問	物
正	齊	殷	隱	焮	迄

變	齊	元一	阮一	願一	月一
	撮	元二	阮二	願二	月二
正	合	魂	混	慁	沒
正	開	痕	很	恨	麧^{附沒}
正	開	寒	旱	翰	曷
正	合	桓	緩	換	末
變	開	刪一	潸一	諫一	鎋一
	合	刪二	潸二	諫二	鎋二
變	開	山一	產一	襉一	黠一
	合	山二	產二	襉二	黠二
正	開	先一	銑一	霰一	屑一
	合	先二	銑二	霰二	屑二
	齊	仙一	獮一	線一	薛一
	撮	仙二	獮二	線二	薛二
正	開	蕭	篠	嘯	○
正	齊	宵一	小一	笑一	○
	撮	宵二	小二	笑二	○
變	開	肴	巧	效	○
正	開	豪	皓	號	○
正	開	歌	哿	箇	○
正	合	戈	果	過	○
變	開	麻一	馬一	禡一	○
	合	麻二	馬二	禡二	○
	齊	麻三	馬三	禡三	○
正	齊	陽一	養一	漾一	藥一
	撮	陽二	養二	漾二	藥二
正	開	唐一	蕩一	宕一	鐸一
	合	唐二	蕩二	宕二	鐸二
變	開	庚一	梗一	映一	陌一
	合	庚二	梗二	映二	陌二
	齊	庚三	梗三	映三	陌三
	撮	庚四	梗四	映四	陌四
變	開	耕一	耿一	諍一	麥一
	合	耕二	耿○	諍○	麥二
正	齊	清一	靜一	勁一	昔一
	撮	清二	靜二	勁二	昔二

正	開	青一	迥一	徑一	錫一
	合	青二	迥二	徑二	錫二
正	齊	蒸一	拯一	證一	職一
	撮	蒸○	拯○	證○	職二
正	開	登一	等一	嶝一	德一
	合	登二	等○	嶝○	德二
正	齊	尤	有	宥	○
正	開	侯	厚	候	○
變	齊	幽	黝	幼	○
正	齊	侵一	寢一	沁一	緝一
	撮	侵二	寢二	沁二	緝二
正	開	覃	感	勘	合
正	合	談	敢	闞	盍
正	齊	鹽一	琰一	艷一	葉一
	撮	鹽二	琰二	艷二	葉二
正	開	添	忝	㮇	怗
變	開	咸	豏	陷	洽
變	開	銜	檻	鑑	狎
變	齊	嚴	儼	釅	業
變	齊	凡	范	梵	乏

　　曾氏《廣韻》之學，於韻部部目一仍《廣韻》之舊部，所更動者為入聲以錯承刪，而以點承山，此與原本《廣韻》之目次異。蓋曾氏以為乃《廣韻》之目次有誤，因而為之更動。〔註18〕董同龢《上古音韻表稿》〔註19〕亦主更動其相配，說與曾氏同。而本師陳伯元先生《聲韻學》、〔註20〕《廣韻研究》，〔註21〕錯、點之相配，亦與曾董二氏同論（可參考第八章第四節）。

〔註18〕郭晉稀聲韻筆記附記。參見曾運乾《音韵學講義》，（北京：中華書局，2000 年 11 月），頁 139。

〔註19〕董同龢《上古音韻表稿》，（臺北：中央研究院歷史語言研究所，1944 年 12 月），頁 102。

〔註20〕陳新雄《聲韻學》，（臺北：文史哲出版社，2007 年 9 月），頁 251。

〔註21〕陳新雄《廣韻研究》，（臺北：學生書局，2004 年 11 月），頁 612。

第三節　《廣韻》韻類之考訂

　　《廣韻》二百六韻，以四聲分五卷。每韻中之字，以其開合侈弇條件，更分一類、二類、三類，以至四類者。番禺陳蘭甫爲求《切韻》之故，於是作《切韻考》，首以系聯之法，以其切語上字之同用、互用、遞用者，聲必同類；又以其切語下字之同用、互用、遞用者，韻必同類。曾氏亦用陳澧之法，於聲類以「聲鴻聲細」得《廣韻》聲類五聲五十一紐；於韻類則以「韻侈韻弇」，得《廣韻》韻類二百六韻分三百一十一類。其湩、鬔、亂、麧四韻寄韻不計，其有韻部而部內無字者，董二、軫二、震二、耿二、諍二、蒸二、拯二、證二、等二、嶝二共十韻亦不計。此三百一十一類，依曾氏就其切語下字之侈弇而考訂如下。

表七六　《廣韻》韻部類分考訂表

一　通　攝						
正變	開合	正副	平	上	去	入
正韻	開	正	上平聲一東	上聲一董	去聲一送	入聲一屋
			紅公東	動孔董蠓揔	弄貢送凍	谷禄木卜
	合	副	弓宮戎融中終隆	（闕字）	眾鳳仲	六竹匊宿逐菊福
正韻	合	正	上平聲二冬	上聲湩（附腫）	去聲二宋	入聲二沃
			冬宗	（湩鵚附於腫韻）	統宋綜	酷沃毒篤
正韻	開	副	上平聲三鍾	上聲二腫	去聲三用	入聲三燭
			容鍾封凶庸恭	隴踵奉冗悚拱勇冢（湩鵚湩韻附此）	頌用	欲玉蜀錄曲足
二　江　攝						
變韻	開	正	上平聲四江	上聲三講	去聲四絳	入聲四覺
			雙江	項講慃拟	巷絳降	岳角覺
三　止　攝						
正韻	開	副	上平聲五支	上聲四紙	去聲五寘	
			移支知離	氏紙舐此是豸侈爾弭婢俾	智賜豉	
	合	副	規隨隋	跬	恚	
	開	副	羈宜奇	綺倚於綺切	寄義倚於義切	
	合	副	爲垂吹危	委詭毀累髓彼靡捶	睡僞瑞累	

正韻	開	副	上平聲六脂 夷脂飢私資尼肌	上聲五旨 鴟矢履几姊視姨	去聲六至 利至器二冀四自寐	
	合	副	追隹遺維綏悲眉	洧軌鄙水誄壘美	愧醉遂位類萃祕媚備	
	合	副	葵（借追爲切）	癸（借誄爲切）	季悸	
正韻	開	副	上平聲七之 之其而茲持	上聲六止 市止里理士史擬紀	去聲七志 吏置記志	
變韻	開	副	上平聲八微 希衣依	上聲七尾 豈狶	去聲八未 豪既	
	合	副	非歸微韋	匪尾鬼偉	沸胃貴未畏味	

四遇攝

正韻	合	副	上平聲九魚 居魚諸余葅	上聲八語 巨舉呂與与渚許	去聲九御 倨御慮恕署去據預助泇	
正韻	開	副	上平聲十虞 虞俱朱于俞逾隅芻輸誅夫無於	上聲九麌 麌矩庾甫雨武主禹羽	去聲十遇 具遇句戌注住	
正韻	合	正	上平聲十一模 胡吳乎烏都孤姑吾	上聲十姥 補魯古戶杜	去聲十一暮 故暮誤祚路	

五蟹攝

正韻	開	正	上平聲十二齊 奚兮稽雞迷低	上聲十一薺 禮啓米弟	去聲十二霽 計詣	
	合	正	攜圭	（闕字）	桂惠	
正韻	開	副			去聲十三祭 例制祭疏憩罽瘵蔽	
	合	副			銳歲芮衛稅劇	
正韻	開	正			去聲十四泰 蓋帶太大艾貝	
	合	正			外會最	
變韻	開	正	上平聲十三佳 膎佳	上聲十二蟹 買蟹	去聲十五卦 隘賣懈	
	合	正	蛙媧緺	廿（借買爲切）	卦（借賣爲切）	

變韻	開	正	上平聲十四皆	上聲十三駭	去聲十六怪	
			諧皆	楷駭	界拜介戒	
	合	正	懷乖淮	（闕字）	壞怪	
變韻	開	正			去聲十七夬	
					喝犗	
	合	正			夬話快邁	
正韻	合	正	上平聲十五灰	上聲十四賄	去聲十八隊	
			恢回杯灰	罪賄猥	對昧佩內隊續妹	
正韻	開	正	上平聲十六咍	上聲十五海	去聲十九代	
			哀開才來	改亥愷宰	耐代溉礙愛	
變韻	開	正			去聲二十廢	
					肺廢穢刈	

六臻攝

正韻	開	副	上平聲十七眞	上聲十六軫	去聲二一震	入聲五質
			鄰珍眞人賓巾銀	忍軫引盡腎紖	刃晉振覲遴印 櫬亂韻附此	日質一七悉吉栗畢必叱
	合	副	贇（借巾爲切）	敏入準韻〔註21〕（闕字）	（闕字）	乙（借筆爲切筆畢之誤）
正韻	合	副	上平聲十八諄	上聲十七準	去聲二二稕	入聲六術
			倫綸勻迍脣旬遵	尹準允殞移入軫	稕閏峻順	術聿律䘏
正韻	開	副	上平聲十九臻	上聲齔（附隱）	去聲齔（附震）	入聲七櫛
			詵臻	（齔）	（齔）	瑟櫛
變韻	合	副	上平聲二十文	上聲十八吻	去聲二三問	入聲八物
			分云文	粉吻	運問	弗勿物
正韻	開	副	上平聲二一欣	上聲十九隱	去聲二四焮	入聲九迄
			斤欣	謹隱齔亂（附）	靳焮	訖迄乞
正韻	合	正	上平聲二三魂	上聲二一混	去聲二六慁	入聲十一沒
			昆渾奔尊魂	混本忖損袞	慁困悶寸	沒勃骨忽
正韻	開	正	上平聲二四痕	上聲二二很	去聲二七恨	入聲麧（附沒）
			恩痕根	墾很	艮恨	（麧附沒韻）

〔註21〕曾氏以爲當入準韻中。

七山攝						
變韻	開	副	上平聲二二元	上聲二十阮	去聲二五願	入聲十月
			軒言	幰偃	建堰	歇謁許竭
	合	副	袁元煩	遠阮晚	怨願販万	厥越伐月發
正韻	開	正	上平聲二五寒	上聲二三旱	去聲二八翰	入聲十二曷
			安寒干	笴旱但	翰旰旦按案贊	葛割達曷
正韻	合	正	上平聲二六桓	上聲二四緩	去聲二九換	入聲十三末
			官丸端潘	管緩滿伴	玩筭貫亂換段半慢喚	撥活末括栝
變韻	開	正	上平聲二七刪	上聲二五潸	去聲三十諫	入聲十四鎋〔註23〕
			刪姦顏	僩（借報爲切）	晏澗諫雁	瞎轄鎋
	合	正	還關班頑切在山韻	潸板赧	患慣	刮頒
變韻	開	正	上平聲二八山	上聲二六產	去聲三一襇	入聲十五黠
			閒閑山	簡限	莧襇	八拔黠
	合	正	鰥頑字在珊韻	僝	幻（借辦爲切）	滑
七山攝						
正韻	開	正	下平聲一先	上聲二七銑	去聲三二霰	入聲十六屑
			前先煙賢田年顚堅	典殄繭峴	佃甸練電麵見	結屑蔑
	合	正	玄涓	畎泫	縣絢	決穴
正韻	開	副	下平聲二仙	上聲二八獮	去聲三三線	入聲十七薛
			然仙連延乾焉	淺演善展輦翦蹇免辨	箭膳戰扇賤線面碾變彥	列薛熱滅竭
	合	副	緣泉全專宣川員權圓攣	兗緬轉篆	掾眷絹倦卷戀釧囀	雪悅絕劣輟
八效攝						
正韻	開	正	下平聲三蕭	上聲二九篠	去聲三四嘯	
			彫聊蕭堯幺	篠鳥了皎皛	弔嘯叫	
正韻	開	副	下平聲四宵	上聲三十小	去聲三五笑	
			邀宵霄焦消遙招昭瀌與遙併	兆小少沼夭矯表	妙照笑廟肖召要少	
	合	副	嬌喬囂	（闕字）	（闕字）	

〔註23〕《廣韻》舊部以黠配刪，以鎋佩刪。曾氏易之。此與董同龢之説相同。

			下平聲五肴	上聲三一巧	去聲三六效	
變韻	開	正	茅肴交嘲	絞巧飽爪	教孝皃稍	
正韻	開	正	下平聲六豪	上聲三二晧	去聲三七號	
			豪刀勞牢遭曹毛袍褒	老浩皓早道抱好	號到導報耗	

九果攝

			下平聲七歌	上聲三三哿	去聲三八箇	
正韻	開	正	俄何歌河	我可	賀箇佐个邏	
正韻	合	正	下平聲八戈〔註24〕	上聲三四果	去聲三九過	
			禾戈波和婆	火果	臥過貨唾	

十假攝

			下平聲九麻	上聲三五馬	去聲四十禡	
變韻	開	正	麻霞加牙巴	馬下疋雅賈	訝嫁亞駕	
	合	正	花華瓜	瓦寡	化吳	
	開	副	遮車奢邪嗟賖	也者野冶姐	夜謝	

十一宕攝

			下平聲十陽	上聲三六養	去聲四一漾	入聲十八藥
正韻	開	副	章羊張良陽莊方	兩奬丈掌養	様亮讓向放妄	灼勺若藥約略爵雀虐
正韻	合	副	王	往	況	钁籰
正韻	開	正	下平聲十一唐	上聲三七蕩	去聲四二宕	入聲十九鐸
			唐郎當岡剛旁	朗黨	浪宕謗	鐸落各博
	合	正	光黃	晃廣	曠	郭穫

十二梗攝

			下平聲十二庚	上聲三八梗	去聲四三敬（映）〔註25〕	入聲二十陌
變韻	開	正	行庚盲	杏梗猛瞢	孟更	白格陌伯
	合	正	橫	礦	蝗橫	虢
	開	副	驚卿京	影景丙	敬慶	㦸逆劇卻
	合	副	榮兵明	永憬	病命	㰏（借戟爲切）

〔註24〕《切韻考》戈韻分二類。曾氏以戈韻之迦、胠等字爲增加字，故戈只一類。

〔註25〕「敬」避宋諱用「映」，曾氏依徐鍇改回。

			平聲	上聲	去聲	入聲
變韻	開	正	下平聲十三耕	上聲三九耿	去聲四四諍	入聲二一麥
			莖耕萌	幸耿	迸諍爭	厄戹革核摘責
	合	正	宏	（闕字）	（闕字）	麥獲摑
正韻	開	副	下平聲十四清	上聲四十靜	去聲四五勁	入聲二二昔
			情盈成征貞并	郢整靜井	正政鄭令姓盛	積昔益跡易辟亦隻石炙
	合	副	傾營	頃穎	瓊（借正爲切）	役（借隻爲切）
正韻	開	正	下平聲十五青	上聲四一迥	去聲四六徑	入聲二三錫
			經靈丁刑	頂挺鼎醒泞剄	定佞徑	擊歷狄激
	合	正	扃螢	迥	鎣（借定爲切）	鵙闃臭
十三曾攝						
正韻	開	副	下平聲十六蒸	上聲四二拯	去聲四七證	入聲二四職
			仍陵膺冰蒸乘矜兢升	拯	應證孕甑餕	翼力直即職極側逼
	合	副	（闕字）	（闕字）	（闕字）	域洫（借逼爲切）
正韻	開	正	下平聲十七登	上聲四三等	去聲四八嶝	入聲二五德
			滕登增棱崩恒朋	肯等	鄧亙隥贈	則德得北墨勒黑
	合	正	肱弘	（闕字）	（闕字）	國或
十四流攝						
正韻	開	副	下平聲十八尤	上聲四四有	去聲四九宥	
			求由周秋流鳩州尤謀浮	久柳有九酉否	宥救祐副就僦富呪又溜	
正韻	開	正	下平聲十九侯	上聲四五厚	去聲五十候	
			鉤侯婁	口厚垢后斗苟	遘候豆奏漏	
變韻	開	副	下平聲二十幽	上聲四六黝	去聲五一幼	
			蚴幽烋彪	糾黝	謬幼	
十五深攝						
正韻	開	副	下平聲二一侵	上聲四七寑	去聲五二沁	入聲二六緝
			侵林尋深任針心淫金吟今簪音	寑稔甚朕荏枕凜飲錦瘁	鴆禁任蔭譖	入執立及急戢汁汲
	合	副	愔（借淫爲切）	願（借錦爲切）	（闕字）	邑（借汲爲切）
十六咸攝						
正韻	開	正	下平聲二二覃	上聲四八感	去聲五三勘	入聲二七合
			含男南	禫感唵	紺暗	閤沓合荅

正韻	合	正	下平聲二三談	上聲四九敢	去聲五四闞	入聲二八盍
			甘三酣談	覽敢	闞濫瞰蹔暫	臘盍
正韻	開	副	下平聲二四鹽	上聲五十琰	去聲五五艷	入聲二九葉
			廉鹽占	冉斂琰染漸	贍艷窆驗	涉葉攝輒接
	合	副	炎淹	檢險奄	愝(借驗爲切)	敜曄(借輒爲切)
正韻	開	正	下平聲二五添	上聲五一忝	去聲五六㮇	入聲三十怗
			添兼甜	忝玷忝簟	㮇念店	怗協頰愜牒
變韻	開	正	下平聲二六咸	上聲五三豏	去聲五八陷	入聲三一洽
			讒咸	斬減豏	陷賺韽	夾洽
變韻	開	正	下平聲二七銜	上聲五四檻	去聲五九鑑	入聲三二狎
			監銜	檻黤	懺鑑鑒	甲狎
變韻	開	副	下平聲二八嚴	上聲五二儼	去聲五七釅	入聲三三業
			嚴轙	广掩	釅欠劍字在梵韻借爲切	怯業劫
變韻	開	副	下平聲二九凡	上聲五五范	去聲六十梵	入聲三四乏
			凡	范犯	泛梵劍欠	法乏

　　本表系依曾氏所列，曾氏於《廣韻》二百六韻類分之考訂，既依每韻中切語下字而區分，則用字必不出下字所用字之範圍，其於每韻類分中，臚列爲一類之字，有用非切語下用字者，或復舉韻目字而非切語下字者，今皆不列入。其每韻後增加字，曾氏未列者，今從其例。每韻中有以同音異體字爲切語下字者，並爲苴補備全，字以□框之。有借同韻不同類之字爲切者，以括弧注明。以他韻之字爲切語下者，字旁以小字註明。有韻類而該類無字者，註明其闕字。渾、鑘、亂、麮四韻寄韻，於兩韻中互舉，以明其分合。

　　曾氏《廣韻》之學非唯《廣韻》，故上表雖言《廣韻》韻類之考定，實則有正韻變韻之區分，亦古韻今韻之變革。又有開合正副之判別，亦等韻開、齊、合、撮四等之析分，是以曾氏音韻之學實能並見古今之流變。

第四節　《廣韻》韻部之正變侈弇鴻細

　　昔之論韻，從婺源江氏洪細之說，後有蘄春黃氏之苴補，以洪細說韻等，又以韻等別正變。至曾氏之說音韻，則以鴻細稱聲，以侈弇稱韻，以正變稱音。於是聲、韻、音各得其稱引。又舊說以韻等說正、變，侈、弇，鴻、細。曾氏以侈弇非正變，是說亦可引之言鴻細非正變。

　　曾氏於《廣韻》聲類依〈《切韻》‧序〉所引切語有「鴻細侈弇」之例，遂依陳澧系聯之法，考得《廣韻》五聲五十一紐。黃侃於聲韻有「相挾而變」之說，曾氏更以「聲鴻者音侈，聲弇者音細」為其《廣韻》聲類之要旨。又於《廣韻》韻類，依系聯之法，考訂二百六韻分三百一十一類。此韻類之類分有韻之侈弇，有韻之正變，其中更有自古韻演變脈絡所考訂者，一韻之中可析為兩部三部而於古韻各有來源者。今以曾氏所訂古韻、今韻，正音、變音，侈音、弇音，鴻聲、細聲條件列於四表中，以觀其演衍之脈絡，明曾氏考訂《廣韻》韻部之要義。

表七七　曾運乾音韻正變鴻細弇侈對照表（一）

正變	侈弇	韻攝	平	上	去	入	等	呼	聲紐	鴻細	五聲	聲類	切語上字
正韻	侈	噫	哈	海	代		一	開	十九紐	鴻	喉	影一	安哀烏愛握鷖煙
		娃	齊	薺	霽		四	開			牙	曉一	火呵呼虎海花馨
			半	半	半			合				匣一	戶乎侯胡黃何下獲懷
		阿	歌	哿	箇		一	開				見一	公古各過姑佳格乖兼
			戈	果	過		一	合				溪一	口枯空恪苦康可楷客謙牽
					泰		一	開				疑一	五吾俄研
								合			脣	幫一	北布博補晡巴百伯邊
		衣	齊	薺	霽		四	開				滂一	普滂
			半	半	半			合				並一	步傍蒲裴薄部白捕
		威	灰	賄	隊		一	合				明一	母莫摸慕模謨
		烏	模	姥	暮		一	合			舌	端一	多多得德都當丁
		謳	侯	厚	候		一	開				透一	土吐他台託通湯天
		幽	蕭	篠	嘯		四	開				定一	同杜陀度唐徒特堂田
		夭	豪	皓	號		一	開				泥一	乃內奴那諾妳
		膺	登	等	嶝	德	一	開				來一	來洛落郎勒魯盧練
								合			齒	精一	祖作臧則縒借
		嬰	青	迥	徑	錫	四	開				清一	采倉麁蒼醋麤青千
								合				從一	昨徂才在藏前
		安	寒	旱	翰	曷	一	開				心一	蘇速桑素先
		桓		緩	換	末	一	合					
		因	先	銑	霰	屑	四	開					
								合					

韻攝	平	上	去	入	等	呼
詪	痕	很	恨	(麧)	一	開
	魂	混	慁	沒	一	合
鴦	唐	蕩	宕	鐸	一	開
						合
邕	東一	董一	送一	屋一	一	開
宮	冬	(湩)	宋	沃	一	合
音	覃	感	勘	合	一	開
奄	添	忝	㮇	帖	四	開
	談	敢	闞	盍	一	合

表七七　曾運乾音韻正變鴻細弇佟對照表（二）

正變	佟弇	韻攝	平	上	去	入	等	呼	聲紐	鴻細	五聲	聲類	切語上字
正韻	弇	噫	之	止	志		三	齊	三十二紐	細	喉	影二	一於乙衣委央伊依紆挹憂憶謁
		娃	支	紙	寘		三	齊			牙	曉二	許虛喜休朽況香羲興
			半	半	半			撮				匣二	于云雲王永有羽雨洧爲韋筠榮遠
		阿	支	紙	寘		三	齊				見二	居九几吉紀俱規舉詭
			半	半	半			撮				溪二	丘起乞去曲羌卿豈區棄袪欽傾詰綺墟窺驅
					祭		三	齊				群一	求巨臼狂其具奇將強渠暨衢跪
								撮				疑二	疑玉擬危宜魚愚虞遇語牛
		衣	脂	旨	至		三	齊			脣	非二	方甫必府并兵卑彼畀陂筆鄙分方府甫封
			半	半	半			撮				敷二	丕匹披譬撫芳敷妃孚拂峯
		威	脂	旨	至		三	撮				奉二	父扶符苻防房平皮便毗婢弼浮馮縛附
			半	半	半							微二	亡武文明眉美無綿彌靡巫望無
		烏	魚	語	御		三	撮			舌	知二	卓陟中竹張豬知珍追徵都丁
		謳	虞	麌	遇		三	齊				徹二	丑敕抽恥楮褚癡

	平	上	去	入	等	齊/攝		聲類	切語上字
幽	尤	有	宥		三	齊		澄二	丈宅佇直除場墜池治持柱馳遲
夭	宵	小	笑		三	齊		娘二	女尼穠挐
膺	蒸	拯	證	職	三	齊 / 攝		喻	夷與予弋以羊余悅移餘翼營
嬰	清	靜	勁	昔	三	齊 / 攝		照二	仄阻側莊鄒簪爭
安	仙	獮	線	薛	三	齊 / 攝		穿二	叉初測楚芻創廁瘡
因	眞	軫	震	質	三	齊 / 攝		牀二	查犲仕士助剗鉏鋤雛牀崇
	臻	(櫬)	(齔)	櫛	二	齊		審二	山生沙砂色所數史疏疎
昷	欣	隱	焮	迄	三	齊		照三	章之支止占正旨征脂煮諸職
	諄	準	稕	術	三	攝		穿三	昌充尺叱赤處春
鴦	陽	養	漾	藥	三	齊 / 攝		牀三	食乘神實俟禪
邕	鐘	腫	用	燭	三	齊		審三	賞失矢式始施書商舒傷試詩識釋
宮	東	董	送	屋	三	攝		禪一	氏市成臣承是時殊常寔植殖視署蜀嘗
	二	二	二	二				日	如而人仍汝兒耳儒
音	侵	寢	沁	緝	三	齊 / 攝		來二	力呂賴良里林離連縷
奄	鹽	琰	艷	葉	三	齊 / 攝	齒	精二	姊茲將子即資醉遵姊
								清二	七取雌遷親此
								從二	漸疾慈秦匠自情
								心二	私思息司辛相悉斯雖胥須寫
								邪	夕寺旬似徐祥詳隨辭辝

表七七　曾運乾音韻正變鴻細侈弇對照表（三）

正變	侈弇	韻攝	平	上	去	入	等	呼	聲紐	鴻細	五聲	聲類	切語上字
變韻	侈音	噫 娃	佳	蟹	卦		二	開	十九紐	鴻	喉	影一	安哀烏愛握鷖煙
								合			牙	曉一	火呵呼虎海花馨
												匣一	戶乎侯胡黃何下獲懷

韻攝	平	上	去	入	等	呼
阿	麻	馬	禡		二	開
						合
				夬	二	開
						合
衣	皆	駭	怪		二	開
威	皆	駭	怪		二	合
烏	麻	馬	禡		二	開
						合
謳						
幽						
夭	肴	巧	效		二	開
膺						
嬰	耕	耿	諍	麥	二	開
						合
安	刪	潸	諫	鎋	二	開
						合
因						
㷸	山	產	襇	黠	二	開
						合
鴦	庚	梗	映	陌	二	開
						合
邕	江	講	絳	覺	二	開
宮						
音	咸	豏	陷	洽	二	開
奄	銜	檻	鑑	狎	二	開

五聲	聲類	切語上字
	見一	公古各過姑佳格乖兼
	溪一	口枯空恪苦康可楷客謙牽
	疑一	五吾俄研
脣	幫一	北布博補晡巴百伯邊
	滂一	普滂
	並一	步傍蒲裴薄部白捕
	明一	母莫摸慕模謨
細　舌	照二	仄阻側莊鄒簪爭
	穿二	叉初測楚芻創廁瘡
	牀二	查犲仕士助剗鉏鋤雛牀崇
	審二	山生沙砂色所數史疏疎
	精二	姊茲將子即資醉遵姉
齒	清二	七取雌遷親此
	從二	漸疾慈秦匠自情
	心二	私思息司辛相悉斯雖胥須寫
	邪	夕寺旬似徐祥詳隨辭辝

表七七　曾運乾音韻正變鴻細弇侈對照表（四）

正變	弇侈	韻攝	韻類						聲紐	鴻細	五聲	聲類	切語上字
			平	上	去	入	等	呼					
變韻	弇	噫							三十二紐	細	喉	影二	一於乙衣委央伊依紆挹憂憶謁
		娃									牙	曉二	許虛喜休朽況香羲興
		阿	麻	馬	禡		三	齊				匣二	于云雲王永有羽雨洧為韋筠榮遠

			廢		三	攝
衣	微	尾	未		三	齊
威	微	尾	未		三	攝
烏	麻	馬	禡		三	齊
謳						
幽	幽	黝	幼		三	齊
夭						
膺						
嬰						
安	元	阮	願	月	三	齊 / 攝
因						
愳	文	吻	問	物	三	攝
鴛	庚	梗	映	陌	三	齊 / 攝
邕						
宮						
音	凡	范	梵	乏	三	齊
奄	嚴	儼	釅	葉	三	齊

		見二	居九几吉紀俱規舉詭
		溪二	丘起乞去曲羌卿豈區棄祛欽傾詰綺墟窺驅
		群一	求巨臼狂其具奇將強渠暨衢跪
		疑二	疑玉擬危宜魚愚虞遇語牛
	脣	非二	方甫必府并兵卑彼畁陂筆鄙分方府甫封
		敷二	丕匹披譬撫芳敷妃孚拂峯
		奉二	父扶符苻防房平皮便毗婢弼浮馮縛附
		微二	亡武文明眉美無綿彌靡巫望無
變韻細音舌齒無字	舌	知二	卓陟中竹張豬知珍追徵都丁
		徹二	丑敕抽恥楮褚癡
		澄二	丈宅佇直除場墜池治持柱馳遲
		娘二	女尼穠挐
		喻	夷與予弋以羊余悅移餘翼營
		照二	仄阻側莊鄒簪争
		穿二	叉初測楚篘創廁瘡
		牀二	查犲仕士助崱鉏鋤雛牀崇
		審二	山生沙砂色所數史疏疎
		照三	章之支止占正旨征脂煮諸職
		穿三	昌充尺叱赤處春
		牀三	食乘神實俟潺
		審三	賞失矢式始施書商舒傷試詩識釋
		禪一	氏市成臣承是時殊常寔植殖視署
			蜀甞
		日	如而人仍汝兒耳儒
		來二	力呂賴良里林離連縷

齒	精二	姊茲將子即資醉遵姊
	清二	七取雌遷親此
	從二	漸疾慈秦匠自情
	心二	私思息司辛相悉斯雖胥須寫
	邪	夕寺旬似徐祥詳隨辭辝

曾君音學中，以鴻細之說最不爲人所知。其「鴻細侈弇」條例中，又以「變韻之侈音，舌齒例配細音」最爲隱晦。言其五聲五十一紐者，遂詆其出「鴻細侈弇」之例。其變韻之侈即《廣韻》中二等韻，而其例用之細音則照系中二等字。曾氏雖不主等韻，二等韻用照系二等聲類，亦合於「鴻細侈弇」韻等均一之概念。

第五節　《廣韻》之補譜與考訂

曾君於《廣韻》韻類之析分既有所考訂，又以侈弇鴻細之音理，證得《廣韻》聲類五聲五十一紐。於是更合之於補譜中，以見聲、韻、音之總成。

切語之作既非一人一時一地，於是雙聲之字，有用甲爲切，亦有用乙爲切者，如此則五十一紐非止於用五十一字爲聲類。讀者每每惑其歧異而失其本音。曾君於是改良切語之法，訂之於譜。惟〈補譜〉雖成，而無凡例。其受業學生郭晉稀，於是更作〈補譜·略例〉，以俾於後之讀者能對譜讀音，得其音讀。郭氏於曾君《《廣韻》補譜》注云：

> 〈補譜〉舊無凡例，爲初讀者之便，今依曾先生作譜之意，補略
> 例若干條。曾先生舊有切語改良方法，其於改良舊切，對譜讀音，
> 頗爲方便，因採用其法，說明其意，並載於此。〔註26〕

一、〈《廣韻》補譜〉之〈略例〉

（一）譜依等韻稱攝，以本攝影母字爲其目。

（二）以收鼻音之陽韻爲陽攝，以不收鼻音之陰韻爲陰攝，而以入聲配陽韻，故陰攝諸韻無入聲。

（三）依新訂古韻三十部爲分攝根據，以正韻爲正攝，變韻爲變攝。正

〔註26〕曾運乾《音韵學講義》，（北京：中華書局，2000 年 11 月），頁 243。

變韻之分辨，可參考本章第四節：韻部之正變侈弇鴻細。

（四）由聲帶振動、喉部發出，受口腔各部阻阨而成者為聲；由聲帶振動、喉部發出，因口腔開合形狀不同而成者為音。

案：有關聲音產生之解說，郭氏之說明並不完全正確。依音理之解說，所謂「聲」者即輔音，其產生之方式為氣流自肺部出，經聲門而抵於口腔後，受不同部位，以不同方式而阻塞氣流，而後釋放而出。此時所產生之音，為輔音即「聲類」之謂。其不震動聲帶則為清輔音，若震動到部分聲帶則為濁輔音。氣流至於喉部，部分至於口腔受阻塞，部分自鼻腔出，而於鼻腔共鳴者，為鼻音。氣流至聲帶前即阻塞者，為喉塞音，此皆為輔音之聲類。氣流過聲帶而使之震動，至於口腔時，不以部位阻塞，而以舌之前後高低央，脣之展圓為調節，此為元音之韻類。簡言之，輔音氣流阻塞，元音氣流不阻塞。輔音基本上不震動聲帶，部分震動則為濁輔音，而元音必震動聲帶。

（五）聲依阻塞部位不同而分喉、牙、舌、齒、脣五聲，五聲因戛、透、轢、捺及清、濁不同而別為五十一紐，紐依發聲輕重而有鴻細，故〈補譜〉以五聲統鴻細五十一紐。

（六）鴻聲凡影一、見一、溪一、曉一、匣一、疑一、端、透、定、泥、來一、精一、清一、從一、心一、幫、滂、並、明十九紐；細聲凡影二、見二、溪二、羣、曉二、匣二喻三、疑二、知、徹、澄、喻四、娘、照三、穿三、牀三、審三、禪、日、來二、精二、清二、從二、心二、邪、照二、穿二、牀二、審二、非、敷、奉、微三十二紐。

（七）聲紐排列次第，一依五聲五十一紐四氣圖。可參考本文第四章《廣韻》學——聲類之部。

（八）音依發音時口腔張翕而分侈弇，侈音更分開口、合口，弇音更分齊齒、撮口，是為四呼。攷求切韻四呼分別，以切語下字繫聯為據，以訂二百六韻分類。

可參考本章：《廣韻》學——韻類之部。

（九）正韻侈音例用鴻聲十九紐，弇音例用細聲三十二紐，以鴻聲十九紐橫貫細聲之上，細聲三十二紐居於下，所以明音侈聲鴻、音弇聲細之例及細聲三十二紐古音讀同十九紐也。

（十）變韻侈音：喉牙脣及來母例用鴻聲，舌聲例用知徹澄娘，齒聲例

用照二穿二牀二審二，亦共十九紐，故即以此十九紐橫貫〈補譜〉上列。變韻弇音：舌齒例無字，故祇以喉牙脣細聲諸紐居於〈補譜〉之下列。

（十一）凡切語宜用鴻聲而借用細聲、宜用細聲而借用鴻聲者，等韻家謂之類隔切，此無妨於例，仍以之填入譜內。

（十二）定齊韻爲兩部，分屬衣、益二攝，填入譜內，可參考第八章：古韻之部。

（十三）凡由他韻迻入及錯紐、錯韻、錯呼之字，以及其他必須做攷訂說明者，均於字旁作標識（＊）。

（十四）切語上字，《廣韻》祇論其鴻細，不分別呼等，開口之字或用合口爲聲，合口之字或用開口爲聲，齊齒撮口與開合比，不必本呼字取本呼爲聲也，故欲矢口成音，頗不易得，今另取一百二字分別開合齊撮，書於各紐之上。

（十五）一百二字儘先取用向來常用之字，陳蘭甫所謂師師相傳以爲雙聲之標目者。陽聲字帶鼻音，以爲聲紐，不易切合；平上去入四聲之中，入聲短促，以爲聲紐，最易切合；故一百二字之擇取，又以陰韻入聲爲先。今擇定之一百二字，表列之於略例後。

（十六）一百二字固宜用之正韻，亦可用之變韻者，變韻侈音舌齒等紐字，可以從一百二字中採用齊齒撮口兩呼字也。

（十七）切語下字，廣韻祇論其侈弇，不論其聲紐。影母字外，其餘各紐，皆非純粹元音，取以行韻，故切合甚難。李光地《音韻闡微》以影母行清聲韻，喻母行濁聲韻，用意甚善。然喻母本非喉音，又無侈音，故不得用。影母既爲元音，自無清濁，故清濁諸字，皆可取以行韻。〈《廣韻》補譜〉以喉音影母爲第一紐，立意即在於此。

（十八）以一百二字中之一字爲切語上字，影母字爲切語下字，兩相切合，矢口即可成音。比如譜中噫攝鼉字，用德哀切合，矢口可以得出鼉字讀音。

（十九）本韻本呼本調影母無字，則依本譜其它影母字，先調之以開合齊撮，再調之以平上去入，自可得出正音，然後取以行韻。

（二十）一百二字僅填入噫攝、膺攝、益變攝、威衣變攝，以備省覽。其他各攝，可以依類相推。《音韻學講義》中表，舉要附入，本文〈《廣韻》

補譜〉已將一百二字全數填入。

表七八　曾運乾新訂聲類一百二字表

噫影開	格見開	客溪開	黑曉開	劾匣開	額疑開	德端開	託透開	特定開	內泥開
勒來開	則精開	采清開	在從開	塞心開	北幫開	柏滂開	白並開	墨明開	烏影合
姑見合	枯溪合	呼曉合	胡匣合	吾疑合	都端合	土透合	徒定合	奴泥合	盧來合
祖精合	麤清合	徂從合	蘇心合	補幫合	普滂合	蒲並合	模明合	衣影齊	幾見齊
豈溪齊	其羣齊	羲曉齊	囿匣齊	宜疑齊	知知齊	癡徹齊	池澄齊	夷喻齊	尼娘齊
之照三齊	叱穿三齊	食牀三齊	詩審三齊	時禪齊	兒日齊	離來齊	即精齊	七清齊	疾從齊
息心齊	夕邪齊	側照二齊	測穿二齊	崱牀二齊	色審二齊	陂非齊	披敷齊	皮奉齊	眉微齊
於影撮	居見撮	區溪撮	渠羣撮	虛曉撮	于匣撮〔註27〕	魚疑撮	豬知撮	楮徹撮	除澄撮
余喻撮	女娘撮	諸照三撮	處穿三撮	紓牀三撮	書審三撮	墅禪撮	如日撮	呂來撮	借精撮
取清撮	咀從撮	胥心撮	徐邪撮	阻照二撮	初穿二撮	鋤牀二撮	疏審二撮	府非撮	敷敷撮
扶奉撮	無微撮								

凡例中本有參考曾書章節之語，悉改為參考本文所討論之章節。

曾君以陰聲與入聲字，舉一百二字為聲類之標目，謂：「陽聲字帶鼻音，以為聲紐，不易切合；平上去入四聲之中，入聲短促，以為聲紐，最易切合」實為精審音理，此與戴震舉影母字為韻攝之名，有異曲同工之妙。亦音韻之創舉，前有未聞。一百二字中，開類十九字，合類同之；齊類三十二，撮類亦同。然則曾君聲類五十一紐，既分鴻細，何又分之，再倍為一百二類？事實上聲類非再分二類，而是韻類有侈弇，一百二字當據韻之開、合、齊、撮為區分條件。

如前所論，曾君於音韻主既「聲鴻音侈，聲細音弇」，則此百二字亦當以此為標準而定，然其中仍有再商榷之必要者。

二、新訂聲類一百二字表商榷

（一）「內」字表開類之「泥」母，然《廣韻》：「內，奴對切」，在隊韻合口一等，以之表開類之「泥」母，顯然開合不符。或當易以「納」為代表字。「納，奴荅切」，在隊韻合口一等字，如此位等方能一致。

（二）「柏」字表開類之「滂」母，然《廣韻》：「柏，博陌切」，字在陌

〔註27〕曾運乾《音韻學講義》此處作「於」，與影母撮口字重複，當作「于」為是。

韻幫母。是以不宜表開類之「滂」母，或當易以「拍」爲代表字。「拍，普伯切」正滂母字。

（三）「陂」、「鈹」、「皮」、「眉」表齊齒類之非、敷、奉、微。曾君〈《廣韻》補譜〉列「陂，彼爲切」在阿攝撮口，列「眉，武悲切」在威攝撮口。是以不當爲齊齒類代表字。又「陂」、「鈹」、「皮」在支韻，「眉」在脂韻中，非東、鍾、微、虞、廢、文、元、陽、尤、凡十韻中字，當於重脣求之。是以四字聲類當爲幫、滂、並、明重脣音一類。

（四）「區」字表撮口類之「溪」母，然《廣韻》：「區，豈俱切」，字在虞韻合口三等，曾君歸「區」字於謳攝齊齒呼。則「區」字不當以表撮口類之「溪」母。

（五）匣類撮口用「於」，烏類撮口又用「於」，匣類撮口當改用「于」爲是。

（六）「借」字表撮口之「精」母。然《廣韻》：「借，子夜切」，字在禡韻開口三等，當以合口三等字表之。或宜改「僦，子峻切」，字在稕韻合口三等。則韻等相符。

（七）「取」，麌韻合口三等，曾君列正韻弇音齊齒類，是以當用撮口音字。

（八）「府」、「敷」、「扶」、「無」表撮口類之非、敷、奉、微。然字皆在謳攝齊齒類中，當易爲撮口類字，如「鄙」、「嚭」、「否」、「美」等。

曾君舉陰聲入聲類爲四呼中，聲類之代表字，頗切合音理，惜爲例不純，未能堅守其「鴻細侈弇」條例之原則。可謂千慮一失。《廣韻》聲類之求，各家或以條件有異，見解不一而所得不同。曾氏〈《廣韻》補譜〉雖以五十一聲類爲緯，又於四呼中別開齊爲一類，合撮爲一類，如此則五十一聲類又以韻之條件再分兩類。於是遂有百二入聲字之別爲聲類標目者，此雖曾君之獨步，然又不免流於瑣碎。是以此說於曾君之之後，未有提倡發揚者，僅備爲一說。

〈《廣韻》補譜〉爲《廣韻》韻類之部，本當列於此章，以篇幅甚大，頗礙閱讀。今移置於論文之後爲附表，以備參考之用。

曾氏〈《廣韻》補譜〉以所考訂之《廣韻》爲內容，以韻爲經而以聲爲緯。韻類以考訂之《廣韻》二百六韻之三百一十一類；聲類則以「鴻細侈弇」所得之五聲五十一類，。又繫以音之正變與韻之侈弇而有開、齊、合、撮四等。

列圖三十二，名〈《廣韻》補譜〉，亦同等韻之圖。《音韵學講義》：「曾氏生前著有〈《廣韻》補譜〉，但未印成講義，並在〈《廣韻》補譜〉一章下註明『〈補譜〉自填』」。〔註28〕今《音韵學講義》中所刊，則曾氏學生郭晉稀於曾氏生前指導下所填出。是以此譜雖非曾氏原作，然斯譜實亦曾君音學精神之總成，仍可據以研究曾氏之音學理論。惟此圖之填成，其中仍有可為商榷之處。

三、〈《廣韻》補譜〉

參見附表

四、〈《廣韻》補譜〉之檢討

（一）〈《廣韻》補譜〉中之韻攝名稱不一

1. 曾氏古韻韻部名稱既已定訂，則〈《廣韻》補譜〉所用古韻攝名稱，當與古韻部相同，始不致混淆錯亂而誤為不同部。古韻既以「益攝」稱齊支佳韻之類，《廣韻》學中又以「娃攝」稱之，〈補譜〉又以「益攝」稱之；〔註29〕古韻以「邕攝」稱東鍾江韻之類，〈補譜〉又以「翁攝」稱之；古韻以「央攝」稱唐陽庚韻之類，〈補譜〉又以「鴦攝」〔註30〕稱之；古韻以「音攝」稱覃侵咸凡韻之類，〈補譜〉又以「諳攝」稱之。實前後名稱不一而易混。此其一。

2. 〈補譜〉與古韻攝之對應，以古韻之正韻為本攝，用原攝攝名稱之。原在本攝之變韻，則〈補譜〉以本攝「韻攝之變」稱之。如：邕攝本東一、鍾、江三類。東一、鍾為正韻，故於〈補譜〉稱「邕攝」而江為變韻，則以「邕變攝」稱之。如此本體例一致，甚為分明。惟《音韵學講義》中，又有另立攝名者。如：以「顯變攝」稱「㬎變攝」；〔註31〕以「央變攝」稱「鴦變攝」；〔註32〕以「翁變攝」〔註33〕稱「邕變攝」者。〔註34〕此其二。

〔註28〕曾運乾《音韵學講義》，（北京：中華書局，2000 年 11 月），頁 9。

〔註29〕曾運乾《音韵學講義》，（北京：中華書局，2000 年 11 月），頁 256。

〔註30〕曾運乾《音韵學講義》，（北京：中華書局，2000 年 11 月），頁 301。

〔註31〕曾運乾《音韵學講義》，（北京：中華書局，2000 年 11 月），頁 364。

〔註32〕曾運乾《音韵學講義》，（北京：中華書局，2000 年 11 月），頁 368。

〔註33〕曾運乾《音韵學講義》，（北京：中華書局，2000 年 11 月），頁 373。

（二）三十攝外又別立攝名

古韻三十攝本曾氏古韻分部之最後成果。而古韻與《廣韻》韻部間自有其對應之經界。古韻阿攝中，除本韻之正，有侈音之歌戈，弇音之支半，又有變韻之麻韻。此外又附有祭泰夬廢，皆本阿攝中韻部。今〈《廣韻》補譜〉又以「藹攝」〔註35〕稱泰祭韻之類，以「藹變攝」〔註36〕稱夬廢韻之類。如此則三十攝之名已不止此數。實自亂其例，徒擾人意者。

（三）〈《廣韻》補譜〉依諧聲偏旁分類之內容未能彙整成表

〈補譜〉之作，能以諧聲偏旁析《廣韻》中字，半歸於某攝，半歸於另某攝，應是曾氏審音精確之處。依其意齊韻當分二部，半在「娃攝」而半在「衣攝」。如此則《廣韻》中齊韻下，於同一切語，當分爲二部。同切烏奚，而「詿」在益攝，「鷖」在衣攝；同切都奚，而「鞮」在娃攝，「低」在衣攝。當韻中以同一切語下所有字分類，某在甲而某在乙，如此則能竟全功。不惟齊韻如此，支紙寘半在娃攝而半在阿攝；脂旨至半在衣攝而半在威攝，皆此之例。

（四）〈《廣韻》補譜〉別以一百二字爲聲目，未切合其類分

〈補譜〉以正、變、侈、弇、開、合、齊、撮爲區別條件，以韻攝爲經，以聲類爲緯，歸其音位，依位可以辨音。非唯《廣韻》之補譜，實等韻之功能。雖依五十一聲類分《廣韻》聲類，又以一百二字入聲字爲代表字，實欲令讀音者能御簡於繁，舉一而反三。然則，有標聲在此，而本字在彼著。其類分不合於所標之目。如：「眉」爲明母齊齒類下標目，然「眉」本字在撮口；又如「區」爲溪母撮口下標目，而「區」知本字在齊齒。實未能精合其例說，不免自亂其例。

今以〈《廣韻》補譜〉之作，能析韻中之字，依其諧聲類分，各歸其古韻本攝之中，實能明聲韻之變遷。又〈《廣韻》補譜〉能於治譜之際，取捨韻中之字，更正其失誤，實有功於《廣韻》，然雖後增之字，亦得有存在之必要，以覈其本有，明其差異分合。〈補譜〉則一概不取，又析韻中字歸其古攝，是

〔註34〕曾運乾《音韵學講義》，（北京：中華書局，2000 年 11 月），頁 364。

〔註35〕曾運乾《音韵學講義》，（北京：中華書局，2000 年 11 月），頁 259。

〔註36〕曾運乾《音韵學講義》，（北京：中華書局，2000 年 11 月），頁 355。

以〈《廣韻》補譜〉乃爲《廣韻》之歸於古韻而作，非爲《廣韻》而作，此不能不明其要旨。

〈補譜〉就五十一聲類之開、合、齊、撮，以一百二字入聲字標明，乃曾氏之創舉。《廣韻》以四聲分一韻之平、上、去、入，知古人於音韻之研究「韻」實重於「聲」。陳澧之能分聲類四十，亦僅止於切語用字之類分。於聲類之開、合、齊、撮，並無區別。曾氏以「聲鴻音侈，聲細音弇」之理，同時觀照聲類、韻類。〈補譜〉再就聲類與韻類之對合而更舉一字以標目，亦聲類研究之創舉。其以入聲之字無鼻音韻尾以影響結合之韻類，是知漢語入聲爲「唯閉音」之結構形式，雖有塞聲之輔音韻尾，然塞而不破，亦不影響後接之元音。此同戴震以影母字爲韻攝名稱之旨。曾氏古韻亦以「影母字」標攝名，又舉「入聲字」標聲類，實亦精於音韻之理者。

第六節　小　結

法言〈《切韻》·序〉言其著作精神，在論南北是非，古今通塞。故《切韻》所存之音，有古今之音，有南北之音。然《切韻》之不存於世已久，唐·孫愐有《唐韻》，宋·陳彭年、丘雍有《廣韻》，丁度有《集韻》，實皆《切韻》之流緒而存於世者。明末之際，崑山顧氏離析《唐韻》以求古韻；乾嘉之際，番禺陳氏系聯《廣韻》，以求陸氏之舊。是皆知《唐韻》、《廣韻》一本於《切韻》，兼存古今南北之音也。

清末敦煌出石室書，其中有《切韻》之殘卷數種。於是音韻學者據以考訂存世之《廣韻》。有以二書部目與次第不侔，而主《廣韻》不承於《切韻》者。然亦有主《切韻》、《唐韻》、《廣韻》三書，實同一書者。曾氏以舊說皆以《廣韻》就法言書爲刊定，又自唐後以爲官書者，非可自爲刪移等由，主《廣韻》即法言書。是以就《廣韻》切語，自可明音之流變。

曾氏以陳澧之法，以《廣韻》切語下字爲系聯。就舊部之二百六韻再爲考訂。於是析《廣韻》二百六韻爲三百一十一類。此三百一十一類者，可以就韻之正變爲分者，可以就韻之侈弇爲分者。其就正變侈弇以論韻，於一韻之開齊合撮，往往有所更易，此不同於前人之處。其於韻部之次第則同於《廣韻》之舊部，惟以黠承刪，而以鎋承山。曾氏以爲乃《廣韻》舊部之誤，遂改易之，以黠承山，而以鎋承刪。近之學者董同龢亦主此義，實合轍之說。

　　曾氏音學於《廣韻》可以視所作《廣韻》之補譜爲經典。此譜所呈現曾氏音學之主張，有以下數點。一、不同意等韻之以照三列齒音，喻母爲影之濁聲，於是補譜移其部居，以喻歸於舌音，于歸於牙音。照三歸於舌音，皆本其類分，而不亂音之經緯。二、說韻者以開合各四等，於是韻有八等。曾氏不以爲然，而以音之正變，韻之侈弇，析爲開口、合口、齊齒、撮口四類，再無分爲八等者。三、析《廣韻》中韻部之字，各歸其古攝，能知一音之演變，一譜而上推古音，下求今韻。四、更正切語之誤，以合其本位。五、能正照母二三等舌齒之界，分影喻之不以清濁相配。六、以入聲字標聲目以配聲類亦有開、合、齊、撮之異。

　　音既有古今正變侈弇，曾氏於古韻創〈古本音齊部當分二部〉之說，於是《廣韻》之韻部亦不得不爲析分。齊薺霽之半爲娃攝之字，而半爲衣攝之字，皆就其諧聲偏旁爲條件。支紙寘之半爲娃攝，半爲阿攝之例同此。脂旨志之半在衣攝，而半在威攝。亦以諧聲區分爲兩類。至於麻馬禡之兼承阿攝、烏攝者，蓋麻馬禡，等韻謂之阿烏變攝者，曾氏以麻韻分開、合、齊三類，麻韻本爲變韻之弇，例無齊齒音，是以此類音皆本阿攝齊齒呼音變入，當改入阿攝齊齒，眞可謂深闇音理，剖析入微。惟〈補譜〉能析一韻之分合，明其嬗遞，歸於古韻，《廣韻》之字亦不免於支離。《四庫全書總目提要》論崑山顧氏之《古音表》，謂其：「入聲割裂分配，其說甚辨。然變亂舊部，論者終有異同。其門人潘耒作《類音》八卷，深爲李光地《榕村語錄》所詬病，其濫觴即從此書也。」〔註37〕《類音》以韻有正副而分等，此不同於舊說者。曾氏於韻等亦主潘耒之說，其〈《廣韻》補譜〉之作圖，實亦割裂舊部，惟如前所言，《廣韻》、《集韻》俱在，而欲求舊部者仍爲可循。是以曾氏之作〈補譜〉於《廣韻》雖爲支離，然能明一音之演衍，仍爲瑕不掩瑜。

〔註37〕紀昀主編《四庫全書總目提要》第一冊，（臺北：臺灣商務印書館。1983 年 10月），頁 886。